漫娱图书
SINCE BOOKS

外 国 文 学 小 说 系 列

The Leisure Seeker

爱在记忆消逝前

[美] 迈克尔·扎多里安

著

长江出版社

漫娱图书

For Norm and Rose

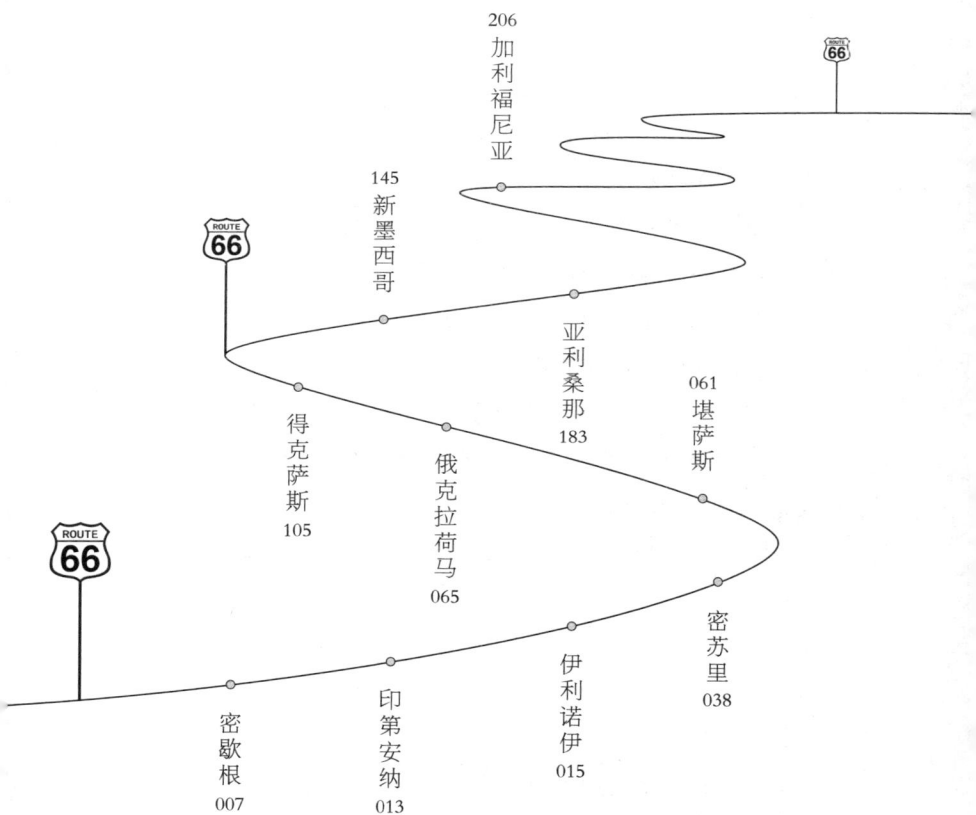

ROUTE 66

ROUTE 66

ROUTE 66

目录
CONTENTS

哪个更加闪亮？

是早上的晨星或夜晚的繁星？

是心中日出的朝霞还是日落的夕阳？

当我们展望未知的时光，

当翌日的朝阳赶走夜幕的阴影，

或者当所有的风景展现在我们眼前时，

谎言便悄悄跟随在我们身后，隐藏在我们所熟悉的地方，

远处泛着微光，甜美的回忆，

像轻薄的迷雾慢慢升起，将我们所看到的一切放大，最终却一定要转瞬即逝吗？

—— 亨利·沃兹沃斯·朗费罗

这个世界有很多地方我想要回去。

—— 福特·马多克斯·福特

[第一章 · 密歇根]
MICHIGAN

我们是出来旅行的。

我是最近才逐渐接受了游客的这个身份。我丈夫和我从来都不是那种为了开阔眼界而到处旅行的人，我们旅行是为了开心。我们去过很多地方，有弗吉尼亚州的威基沃奇，还有田纳西州的加特林堡、南部边境、乔治湖，佐治亚州的岩石城、南达科他州的墙镇药店，等等。我们见过会游泳的猪和马，见过一个建在玉米地里的俄罗斯宫殿，见过年轻的女孩在水下用七盎司的瓶子喝百事可乐，也见过建在沙漠中间的伦敦桥，另外还有骑自行车走钢丝的鹦鹉。

我猜你们现在都清楚了。

这将是我们的最后一次旅行，我们是最后一分钟才决定的。两个白发老人决定最后奢侈一回。虽然所有人（包括医生和孩子们）都反对我们出来，但我很高兴我们做了这个决定。

"我强烈反对你去旅行，艾拉。"当我向托马谢夫斯基大夫暗示我和我的丈夫打算去旅行时，他生气地说道。现在大概有几百个医生在给我看病，他是其中之一。

当我随口提到周末去我女儿家度假时，我女儿也用对一只不听话的小狗训话似的语气说："不行！"

可约翰和我需要这次旅行，比以往任何时候都需要。医生只想让我待在医院里，这样他们就可以给我进行各种试验，把各种冰冷的仪器插进我的身体，照出我体内的阴影——他们已经做了无数次了。而孩子们只关心我们的身体，但其实这根本不关他们的事。虽然签了永久授权书①，但不意味着什么都得由孩子来替我们做决定。

你们也许会问：这是个好主意吗？两个不中用的老人，一个病恹恹的，比死人多口气；另一个傻乎乎的，甚至不知道今天是星期几。这样的两个人能单独进行一次长途旅行吗？

别傻了。这当然不是个好主意。

我听过一个关于安布罗斯·比尔斯先生的故事，我还是小女孩的时候最喜欢看他写的恐怖小说。他七十岁的时候，突然决定去一趟墨西哥。他这么写道："当然，也许，甚至很有可能，我这一去就回不来了。在这个奇怪的国家，什么事都有可能发生。"他还写道："但不管是年纪还是疾病，还有可能会跌下楼梯，这些都不能阻止我去那里的决心。"作为这三样都占了的人，我非常同意老安布罗斯的观点。

不过，其实我们也没什么可损失的，所以我决定动身出发。我们的小"求闲者号"露营房车已经准备就绪。自从我们退休以后，这辆车就一直没开过。所以在向我们的孩子保证绝对不会私自出去度假后，我"绑架"了我的丈夫约翰，把车偷偷开走，前往迪士尼。我们以前经常带孩子们去那里玩儿，所以我们对那里很有感情。毕竟，活到这

---

① 永久授权书，指父母在世时，由子女代为管理资产的法律协议。该协议授权一名或多名子女在父母出现无行为能力时，代为负责资产决策。

个岁数，我们俩越来越像小孩儿了，特别是约翰。

我们一直生活在底特律，我们从这里出发，一路向西跨过州界。到目前为止，我们的旅行都很开心，平平安安，顺顺利利，没出什么事。我把车窗打开一点儿，透透气，车窗口灌进气流，发出"呜呜"的白噪音。汽车一路奔驰，我突然觉得身体有种焕然一新的感觉。此时的我，神清气爽，心情愉悦，身上好几个小时都没怎么疼了。约翰一直没说话，不过看上去非常专注而满足地开着车。他今天很安静。

大约三个小时之后，我们把车停在了一个小型的度假小镇上，准备在这里度过我们旅行的第一晚，他们自称这里是"'艺术家'的聚居区"。当我们一进入这个小镇，就发现整个小镇被笼罩在一片郁郁葱葱的绿色之中，还有幽静的池塘，仿佛是画家的调色板，周围一串串彩灯闪烁，就像是用画笔点缀上了五颜六色的色彩。池塘边立着一个牌子，上面写着：索戈塔克①。

六十年前，我们的蜜月就是在这里度过的。当时我们住在米勒夫人的家庭旅馆，可惜那里老早以前就被烧毁了。当年我们是乘坐"灰狗巴士"来的，我们的蜜月就是：坐灰狗巴士到西密歇根玩儿。那时候没什么钱，最多只能这样了，不过我们却很高兴。哎，这就是容易满足的好处。

我们在房车露营区办好登记，停好车，然后去镇里逛逛，在身体所能承受的限度内，尽情享受下午的最后时光。我真的很高兴，许多年以后还能再次跟我的丈夫一起来这里。我们至少三十年没来了，我

①索戈塔克，位于密歇根湖畔的索戈塔克丘陵地区，沙丘、水域、森林和湿地景观基本上保持自然原貌，多个濒危物种在这里生存栖息，同时也保有数量可观的具有重要历史和考古价值的遗迹。

惊讶地发现这里跟以前相比，几乎没什么太大的变化——仍然有许多糖果店、画廊、冰激凌店和一些叫不出名字的老店。我还记得这里的公园，许多老房子依然保持完好。令我惊讶的是，这个小镇的管理者们并没有把所有的东西都拆除再建新的。他们肯定知道，大伙儿是来度假的，他们只想回到令他们感到熟悉的地方，虽然在这里的时间很短暂，但对他们来说，有一种归属感，一种回家的感觉。

约翰和我坐在大道的长椅上，现在正值秋天，秋高气爽，空气中有巧克力软糖的甜蜜味道。我们看着一大家子人从眼前走过，他们穿着 T 恤和短裤，吃着冰激凌甜筒，一家人说说笑笑，轻松惬意，这就是度假的快乐和温馨。

"真好啊，"约翰说，这是我们到这儿以后，他说的第一句话，"这里是咱们的家吗？"

"不是，不过这里很不错。"我说。

约翰每到一个地方总是会问我这里是不是他的家。特别是从去年开始，他的情况就变得越来越糟了。他的记忆力出现问题是在四年前，不过很早之前就已经有记忆力衰退的迹象了，这是一个循序渐进的过程。我的病情最近也越来越严重了。大家都说我们很幸运，但我并不这么觉得。

约翰的记忆，就像是一块黑板，首先是从黑板的四个角开始被慢慢擦除，然后沿着黑板的四周逐渐向里一圈一圈地被擦掉，圆圈越擦越小，最后所有的记忆都消失不见。剩下的只有橡皮擦没有完全擦掉的微小印迹，脑子里只有零零散散的记忆碎片，一遍一遍地不断重复，听得我耳朵都生茧了。每隔一阵，他都会想起来生活中曾经有过的许许多多片段他都不记得了，但是最近这样的时候也变得越来越少了。

有时候，当他因为自己的记性变差而恼羞成怒时，我竟然感到很高兴，因为这就意味着他还记得我，还在我的身边。可惜大部分时候他都沉浸在自己的世界里，忘了我的存在。不过，没关系，我还记得，过去的点点滴滴始终都印在我的脑子里。

晚上，约翰睡得出奇地好，可我却怎么也睡不着。他睡觉的时候，我在熬夜看书，用移动电视看深夜脱口秀节目，唯一陪伴我的就是那顶套在塑料头模上的假发。我们两人躺在昏暗的房车里，我一边看着杰·雷诺的脱口秀，一边听着约翰像打雷一样的呼噜声。不过没关系，我一天也睡不了两三个小时，虽然睡得这么少，我也没觉得怎么样。最近，好好睡上一觉对我来说简直就像一件奢侈品，可望而不可即。

约翰就像在家一样，把钱包、零钱和钥匙放在桌子上。我拿起他那个被汗浸得都发硬了的钱包，打开一翻，里面散发出一股苔藓似的气味，还有皮革夹层粘连的摩擦声。钱包里乱七八糟，就像他的脑袋，所有东西都混在一起，像鸡窝一样。我在里面发现了一张纸片，上面满是潦草的字迹，模糊得难以辨认；有几张名片，名片上的人早就作古了；一把汽车的备用钥匙，但是车好几年前就被卖掉了；过期的安泰人寿保险卡和医保卡，旁边是新的医保卡。我敢打赌他得有十几年没清理钱包了，真不知道裤子后口袋里揣着这么鼓鼓囊囊的钱包，他是怎么坐的，怪不得他总是说后背疼。

我在钱包的其中一个兜里掏出了一张叠了两折的纸。这张纸跟钱包里其他的东西都不同，像是不久前才放进去的。我把折叠的纸打开，发现是一张从什么东西上撕下来的图片。乍一看，像是一张全家福——一家人站在一栋房子前，但照片上的人我都不认识。当我打开照片破破烂烂的折角时，看到了一个标题：来自出版商公司[①]的朋友们！

在这里我要解释一下，我们从这家公司收到了一大堆的邮件。约翰刚得这个病的时候，他对这个出版商公司特别着迷。他总是参加他们的抽奖活动，一不小心就订阅了我们并不需要的各种杂志，比如什么《人物》杂志青少年版、《越野车》、《当代雪貂》，等等。不久，这些该死的家伙们就开始每周寄给我们三份邮件。后来，约翰越来越难看明白活动细则，于是那些邮件打开以后，没怎么看就被他扔在一边，结果越积越多。

我盯着那张图片看了半天，最后终于明白约翰为什么把它放在钱包里了。他认为那是他自己家的全家福！我忍不住哈哈大笑。我笑的声音太大了，真怕把约翰吵醒了。最后我笑得眼泪都出来了，然后把那张图片撕成了碎片。

---

① 出版商公司（Publishers Clearing House），简称PCH，是一家美国直销公司，公司以抽奖的方式推销商品和杂志订阅，以及奖品游戏。

[第二章 · 印第安纳]

INDIANA

我们一大早就出发，在昏暗的黎明时分开车行驶在印第安纳的州际公路上，准备前往芝加哥，然后我们会在那里转到66号公路[①]。一般来说，我们不愿意走大城市附近的公路，因为对上了岁数的人来说，路上人多车多，会很危险。大城市的人开车太快，而我们人老了动作太慢，根本跟不上那些年轻人，很容易就会把车开上人行道（记住这一点）。但现在是星期天早上，一般来说路上基本没什么车。即便如此，今天还是有好多载货的大卡车，发出"轰隆隆"的声音，然后"嗖"的一下，气势汹汹地从我们身旁超过去，速度得有每小时75千米以上呢。不过约翰很镇定，心不慌，手也没抖。

虽然约翰的记忆力衰退了，但他开车的本事还没忘，技术还是那么好。我突然想起了达斯汀·霍夫曼演的电影《雨人》[②]。也许是因

[①]66号公路，被美国人亲切地唤作"母亲之路"，全长2448英里。始建于1926年大萧条时期，该公路曾是通往美国西部的主要通道，沿途地域性景点众多。

[②]《雨人》，电影中达斯汀·霍夫曼扮演一个患自闭症的人雷蒙，他表现得重复刻板，在固定的时间做固定的事；又记忆力惊人，有"过目不忘"的本事。

为我们以前经常开车旅行，又或者是因为他开车年头很长，从十三岁就开始了。不过我觉得就算有一天他把所有的事情都忘了，也绝对忘不了怎么开车。总之，一旦你开始了驾车长途旅行，唯一的问题就是方向（这就是我的活儿——导航贤内助），避免突然改变方向，或者走错路，并且看着镜子，留意突如其来的危险。

不知不觉，天色变得灰蒙蒙的，平静无风。在污浊的阴霾中，远处的铸造厂和工厂闪烁着微光。

约翰皱起眉头，扭头看着我，说："你放屁了？"

"没有，"我说，"我们刚穿过加里市。"

[第三章 · 伊利诺伊]

ILLINOIS

芝加哥外的丹瑞安高速公路上，车辆不多，但大伙儿都开得特别快。约翰想在正确的车道上开车，但车道上总是麻烦不断，不是有人加速，就是抢道。我现在很后悔，没有按照原先的计划，从乔利埃特驶入 66 号公路。我真的想走完这趟旅程，从头至尾圆满地完成这次旅行。

其实从非官方的信息来看，66 号公路从密歇根湖开始，在杰克逊和湖滨大道附近，我们很容易就能找到。但官方公布的信息说的 66 号公路起始点在亚当斯和密歇根之间，很难找到准确的位置。等我们终于找到 66 号公路的标志时，我让约翰立刻把车停下来。在繁忙的工作日里，我们绝对不敢这样急刹车，会很危险。不过今天没关系，因为这条路根本没有人。

历史开始的地方

美国伊利诺伊州 66 号公路

我扒着车窗向外看，但没有走出车子。因为我的假发禁不住风吹，会被风吹跑的。它会像风滚草一样沿着亚当斯街被一路吹走的。

"就是这儿。"我对约翰说。

"遵命。"他兴致勃勃地说。

我不知道他到底明不明白我们在干什么。

我给他指路，让他沿着亚当斯街直行。一路上，两旁都是高楼，所以太阳照不到我们，一座座摩天大楼投下的阴影让我觉得出奇地有安全感。车开到了奥格登大道，我终于看见了66号公路的标志牌。在伯温，街道的每个路灯柱子上都挂着66号公路的标志旗，我发现有个地方就叫66号公路住宅区。

我们到达西塞罗的艾尔·卡彭①的老地盘时，人们都好像刚睡醒似的——开车出门，不紧不慢地享受着周日早上悠闲的时光。

我意识到如果约翰和我想要平平安安地完成这次旅行，就必须小心点儿，尽量不开快车，不着急上火，不走四车道的高速公路。我们以前经常带着孩子们一起开车旅行，两天到达佛罗里达，三天就能开到加利福尼亚——因为那时我们只有两周的假期，所以只能开快点儿，再开快点儿，争分夺秒。而现在，我们有的是时间，除非我彻底崩溃，或者约翰连自己名字也记不起来了。不过即使这样也没关系，我的记忆力还在。我们两个人加在一块儿，就是一个全须全尾的正常人。

路边，有两个刚从教堂出来的小孩在朝我们挥手。约翰按了下车喇叭，跟他们打招呼。我就像伊丽莎白女王一样，举起手，轻轻挥动手腕，点头微笑。

一个巨大的白鸡雕像从路旁掠过。

---

①艾尔方斯·加百列·卡彭，又被称为艾尔·卡彭，绰号"疤面"，意大利裔美国人。美国黑手党成员，曾是芝加哥犯罪集团的首领，拉斯维加斯创始人之一。

你知道 66 号公路有一段被后来建造的高速公路给覆盖了吗？没错，是真的。这些没人情味的混蛋，竟然在 66 号公路上面修建高速公路。所以才导致如今 66 号公路变成了一条被人遗忘的荒路，就像退役的老兵，黯然地被人撕下肩膀上荣誉的徽章。

我们到达了高速公路延伸处的一段公路，约翰不由自主地开始加速行驶。在底特律长大的男孩身体里都涌动着喜欢飙车的血液。

"踩油门，冲吧，约翰！"我说。我已经好多年没这么兴奋，这么无拘无束了。

坐在高高的"求闲者号"驾驶室里，能看到 66 号公路在我们脚下飞驰，一路上发出汹涌的怒吼。突然间我觉得有些昏昏欲睡，于是打开车窗，一股和煦的微风吹了进来，而伴随着阵阵风声的，是听起来像轻轻拍打刚洗完的床单时发出的声音。在副驾驶座的手套箱里，我找到了一个折叠起来的塑料头巾，是我们老家底特律老社区一家干洗店送的赠品，这东西有些年头了。我把它套在我的假发上，然后在下巴底下打了个结，接着把车窗摇下来。头巾连带着我的假发，甚至整个脑袋都像是要被风吹跑了似的，于是我赶紧把车窗又摇了上去，只露出一道缝。

现在已经是早上，朝阳初升，天气非常好。这可是九月里一个阳光明媚、风和日丽的早上啊。像鸡蛋黄一样的太阳高高挂在天上，就像小孩子画的画一样，他们的画最上角总会画着一个黄灿灿的大太阳。不过，我仍然能感受到秋天的气息，那种秋高气爽的天气和秋天特有的馨香味道。像这样秋意浓浓的日子，总是会让我觉得一切都充满着希望。我记得很多年前，在孩子们还小的时候，有一次我们也是开车去旅行，那天的天气跟现在一样，我们遥望着广阔的密苏里平原，感觉生命仿佛会无限延续下去，永远没有尽头。

真奇怪，一点点阳光就会让你相信生命可以充满无限的希望。

这几年，我已经不怎么喜欢秋天了。树叶枯萎，不再鲜活，花枝凋零，不复艳丽。我也不知道为什么会这样。

我们的"求闲者号"终于驶出了像多层蛋糕一样的高速公路，重新回到66号公路。我看到了路边上耸立的标志性建筑——巨型绿色太空人。

"老头子，快看！"我说。我们离"绿巨人"越来越近，它的大脑袋上扣着一个鱼缸似的头盔。

"看什么啊？"约翰问。他的眼睛一直盯着路面，路边的东西他连瞧都不瞧，根本不在乎。

我们经过"发射台"免下车餐厅时，我再一次想把车窗摇下来。这时我突然意识到，如果我想吹吹风，晒晒太阳，那就去做好了，犹豫什么呢。于是我扯下塑料头巾，把我的人工合成纤维做的头盔（伊娃·嘉宝贵妇型假发夜影款——75%白发/25%黑发）拉到脑后，露出脑袋上所剩不多的头发。我把手伸进假发，然后把假发拉到脑后，最后干脆摘了下来。

我摇下车窗，扔掉那个该死的破玩意儿，看着它像一个刚被枪击中的毛茸茸的动物似的，在路面上翻滚。我终于解脱了，我都不记得我的脑袋上一次晒到太阳是什么时候了。主要是因为我脑袋上的头发就像婴儿刚出生不久的胎毛一样，又细又软。现在，在和煦的微风中，我的头发又像长长的绿草一样，随风飘动了，虽然戴着难看的头巾，但我并不介意。自从更年期之后，我的头发就开始变稀疏了，这让我一直很别扭，耿耿于怀。我感到很难为情，就像做错事了一样，在人面前抬不起头，特别在意别人的眼光和看法。人们整天都活得战战兢兢，在乎别人的看法，但其实，别人根本不在意你。只有在少数情况下，人们才会议论你，虽然往往都是坏话，但值得欣慰的是，至少他们还在想着你。

我回头看着我的聚乙烯塑料头模。那个头模还放在桌子上，虽然现已经不再需要它，但它还是在盯着我，像是在批评我："你怎么回事，发什么神经啊？"

我不照镜子，因为我知道我看起来病恹恹的，毫无生气。没关系，我已经觉得轻松多了。

我发现前面有一座房子看起来好像很眼熟。房子又矮又宽，绿松石色的屋顶被阳光晒得已经褪色，房子旁边有个褪色的马车。汽车离房子越来越近，我终于看到了上面的牌子：斯塔基便利店。

我们以前带孩子们（凯文和辛迪）开车旅行的时候，经常在斯塔基便利店停下来，买点儿山核桃糖果条和苦咖啡。有时候从一百英里外就能看见便利店的牌子。每十英里或者十五英里就有一个斯塔基便利店。孩子们一看见便利店的牌子就兴奋得手舞足蹈，叽叽喳喳地嚷着要停车，约翰说不行，还得再开几英里才能停，让他们两个老老实实地坐着。最后约翰总是没开出半英里，就架不住孩子们的央求，乖乖妥协了。孩子们高兴地尖叫着："哦！太棒了！"约翰和我就会相视而笑，就像所有宠爱孩子的父母一样。

一辆货运卡车从我们身旁呼啸而过。转眼间，一切又恢复了安静，只有呼呼的风声。

"我好几年没见过这些便利店了，"我说，"你还记得斯塔基吗，约翰？"

"哦，我当然记得。"他信誓旦旦地说。我差点儿就相信他了。

"少来了，"我说，"咱们去一趟吧，反正也得给车子加油了。"

约翰点点头，找好位子停了车。我刚一下车，一个衣着整洁，穿着米黄色运动衫和黄铜色休闲裤的男人向我们走来。

"我们这里没有汽油了，不过前面有个英国石油公司的加油站。"他说。他的声音有些粗哑，但并不会令人感到不适。他用拇指微微抬了一下头上戴着的白色帽子。

"没关系，"我说，"不过我们想买点儿山核桃糖果条。"

他摇了摇头说："这个现在也没有了，我们的店已经停业破产了。"

"哦，真遗憾，"我抓着车扶手说，"我们以前很喜欢斯塔基便利店，经常带孩子们来。"

他无奈而绝望地耸耸肩，说："以前人人都喜欢。"

他转身走了，我也费力地回到了车里。我系好安全带，正要让约翰开车时，那个男人又回来了。

"我找到了一个。"他一边说，一边递给了我一块山核桃糖果条。

我还没来得及谢谢他，他就已经走了。

我发现66号公路现在已经变得越来越荒凉，跟60年代我们开车旅行的时候完全不一样了。原来的路现在大部分已经改道了，不是被遗弃，就是被推土机铲平，很早以前就被55号、44号和40号高速公路替代了。有些地方原来粉红色的混凝土路已经破损，坑坑洼洼的，汽车根本没法走。不过，现在仍然有些书籍和地图上记录着过去的旧路线，还有详细的分路段导航，以及房车公园路线指引。是真的，我在图书馆的互联网上找到的。事实证明，人们依然对老公路念念不忘，很多战后出生的孩子们，希望跟父母一起旅行，追溯父辈们的步伐，重走这条老公路。显然，这使得原来的旧公路，又重新焕发出生机。

除了我们俩。

"我饿了，"约翰说，"咱们去麦当劳吧。"

"你总是要去麦当劳，"我用山核桃糖果条戳了戳他的胳膊说，"来，吃这个吧。"

他瞥了一眼糖果条，说："我想要吃汉堡。"

我把山核桃糖果条藏到我们的零食袋里，说："行，待会儿给你找个吃汉堡的地方。"

约翰特别喜欢吃麦当劳，而我对汉堡薯条一类的东西没什么兴趣。他每天吃麦当劳都没问题，有段时间他真的天天都去麦当劳。退休后的几年里，他一出门就去麦当劳，简直快把那儿当家了，从周一到周五，每天上午都去。后来，我开始纳闷，麦当劳怎么对他有那么大的吸引力，所以我就跟他一起去了。一群老头儿坐在那里，大口嚼着油腻腻的汉堡，喝着廉价的咖啡，看着报纸，叽叽喳喳地讨论世界形势。等又来了新的老头儿时，他们免费续一杯咖啡，然后接着聊。我真恨不得立刻拔腿就走。之后，我再也没有陪约翰一块儿去了，我想他也不希望我去。老实说，我觉得约翰退休后，想找个地方躲清静，不想天天对着我。不管你信不信，我很高兴他不来烦我。

然而，当我们都适应了退休的生活节奏之后，我们度过了一段非常美好的时光。那时候我们身体都不错，所以一起做了不少事情。约翰不再去麦当劳了，我们开始一起拾掇房子、收拾家务，赶上打折或者促销的时候去超市或者大卖场大采购、看日场的电影、早点儿吃晚饭，等等。我们给"求闲者号"加油，周末跟朋友开车去玩儿，或者长途奔袭到柏奇伦的名牌折扣商场逛逛。那段时间生活真是惬意，可惜这样的日子并没有持续多久。很快，我们就开始整天到处去看医生，一次次地去做各种检查，一个月一个月地进行各种治疗。久而久之，我们每天的全职工作就是争取活着。这就是为什么我们迫切地需要度个假。

我们设法避开麦当劳，在伊利诺伊州诺默尔市外的一家快餐店停下来吃午饭。我拄着我的四脚拐杖，走下房车。约翰的身手还是那么灵活敏捷，他早就下了车，走过来扶着我。

"我来扶你。"他说。

"谢谢，亲爱的。"

我们两个互相帮助，配合默契。

我们走进快餐店，小餐馆看起来像是还停留在50年代，但我却没什么印象。随着时间的流逝，在人们的印象中，那个年代无非就是（不穿鞋的）短袜舞会、蓬蓬裙、摇摆舞、闪亮的红色雷鸟汽车、好莱坞青春偶像詹姆斯·迪恩、玛丽莲·梦露和"猫王"埃尔维斯·普雷斯利。

有意思，整整十年的时光最后却被减缩成了几张随即拼凑的图片。对我来说，那十年就是一摞摞的尿片、学步车和流产，还有用每周仅有的47美元供房贷的同时还要养活三个人。

约翰和我坐下之后，一个穿成汽车餐厅服务员的女孩走了过来。（怎么是汽车餐厅呢？我的天，我们可是在餐厅里面呢。）那女孩一头金色的长发梳了马尾，红润的嘴唇，笑起来嘴角弯弯，微微上扬，一双眼睛就像丘比特娃娃一样可爱。

"欢迎来到66号公路餐厅，"她轻声细语地说，"我叫香塔尔，很高兴为您服务。"

我不知道该说什么，所以只好自我介绍一下："你好，香塔尔，我叫艾拉，这位是我的丈夫约翰。我想我们现在是你的客人了。"

"我想吃汉堡。"约翰突然说。随着记忆力的衰退，他的社交能力也没剩下多少了。

我笑了笑掩饰尴尬，然后说："我们两个人各要一个普通汉堡和一杯咖啡。"

香塔尔看起来有些失望。可能是因为有推销餐品的任务，客人没点的话，就没有提成可拿。

"来份法比安薯条怎么样？还有开心旋涡？"

"那是什么？"

"一种巧克力奶昔，"她对我点点头说，"味道好极了。"

"好吧，那我就来一个开心旋涡好了。"

"好的，开心旋涡马上来。"终于推销成功了，她显得很高兴。

我们的新朋友香塔尔离开后，我找了个借口出去，打了个电话。

"妈妈，该死的，你们在哪儿？"餐厅的大堂里，我通过手机听着我的女儿在电话另一头大喊道。

我看了看周围，差点儿因为她的大声喊叫而感到无地自容。我不知道她怎么是这个脾气，但肯定不是随的我。

"辛迪，别用这种语气跟我说话。你爸爸和我都很好，我们只是出门旅行几天。"

"我真不敢相信你们就这么走了。我们都说好了的，你们答应我们不去旅行的。"

从她的声音中，我能听出她真的很生气。我不希望辛迪这么紧张，动不动就发火。因为她最近血压有点儿问题，这么容易着急上火对身体不好。

"辛迪，冷静点儿。你爸爸和我什么都没答应你们，是你和凯文还有医生替我们做的决定，但是你爸爸和我觉得我们应该去旅行一趟。"

"妈妈，您身体撑不住的。"

"生病是相对的，亲爱的，我早就病了。"

"我真无法相信你们竟然真去旅行了，"她愤愤地说，"你们不能就这么停止治疗。"

我看了看餐馆四周，确定没人在听我打电话。我压低声音说："辛西娅，我是不会再让他们在我身上插管子了。"

"那是为了把你的病治好啊。"

"怎么治？靠杀了我吗？我宁愿跟你爸爸出来旅行。"

"该死的，妈妈！"

"别对我喊大叫，孩子。"

我们俩一时间都没说话，辛迪喘了口气，让自己镇定下来。她跟她的孩子们发火时，就会这样，现在她对约翰和我也是如此。

"妈妈，"她开始重新组织语言，说道，"您知道爸爸这个样子不能开车的。"

"你爸爸车开得好极了。我要是没想到这一点，也不会跟他一块儿出来。"

"可你们开车要是发生了意外或者撞伤了别人怎么办？"

我知道她的意思，但我也了解约翰。

"他不会撞伤别人的。十六七岁的毛头小子开车在大马路上狂奔都没人管，你爸爸开车的技术很棒，而且驾驶记录良好，所以更没问题。"

"哦，天啊，妈妈，"辛迪几乎是哀求地说，"你们在哪儿？"

"别担心。我们只是停下来吃点儿午饭。"

"你们要去哪儿？"

我真受不了我女儿连珠炮似的没完没了地问问题。

我也不知道应不应该告诉她，不过我还是说了："我们要去迪士尼乐园。"

"迪士尼乐园？加利福尼亚？您开玩笑吧。"我发现我女儿还是像小黄毛丫头一样，那么有戏剧天赋。

"哦，我们是认真的。"我觉得是时候该挂电话了。也许他们会在电话上放追踪器，就像电视里演的那样，谁知道呢？

"哦，天啊，我真不敢相信。我们给您买的手机，您至少带着了吧？"

"我带着了，可我不喜欢那玩意儿，亲爱的。不过如果遇到紧急情况我会打手机联系你们的。"

"请您至少把手机开着，好吗，"她恳求道，"这样我可以随时跟你们联系，好吗？"

"我觉得没这个必要。别担心我们。你爸爸和我不会有事的，只是出去玩儿几天而已。"

"妈——"

"我爱你，亲爱的。"然后我挂断了电话。

如果她觉得我会开着那部手机，那就错了，我一定会疯了的。我的癌细胞够多了，别再烦我了，谢谢。

回到餐桌，约翰和我吃着 66 号公路汉堡。我的巧克力开心旋涡的味道还真不错。

我们吃完东西继续上路，但是疲惫却突然而至。我想告诉约翰今天就到这儿了，但是我们才开了四个多小时的车。我试着忘记身上的疲惫，跟辛迪打完电话之后，我想再开一段路，离家更远一点儿。昨天，我还有点儿害怕离开家，原因就不用多说了，但是现在既然我们已经出来了，那就干脆彻底走得远远的。

约翰扭头看着我，非常关心地问："你还好吗，亲爱的？"

"是的，我很好，老头子。"他此时好像知道我对他来说是个很重要的人，但他不是很清楚我是谁。

"约翰，你知道我是谁吗？"

"我当然知道。"

"那我是谁？"

"哦，别说话。"

我握住他的胳膊，问道："约翰，告诉我，我是谁？"

他眼睛盯着路面，看起来很心烦，但又有些犹豫："你是我老伴儿。"

"很好，那我叫什么名字？"

"天啊，没完了。"他说，不过他还是想了想。

"艾拉。"过了一会儿，他回答说。

"说对了。"

他冲我笑了。我用手捏了捏他的膝盖。

"注意看着路。"我说。

至于约翰记得什么，不记得什么，我也不知道。大部分时候，他都知道我是谁，但是我们在一起这么久，即使他的记忆力慢慢衰退，忘记了一切，我还是陪在他身边。我在想：难道眼睛也会被记忆所欺骗吗？如果在他看来，现在是1973年的话，那我的样子看起来也像当时那样吗？如果不是这样的话（我敢肯定当然不是），那他怎么知道坐在他旁边的是我呢？这说得过去吗？

66号公路的这一段是I-55号州际公路的延伸线。在我们的左边，是一排电线杆，年头长了，电线杆都已经变黑了，上边缠着蓝绿色的玻璃绝缘材料（有时在古董店里会看到这种东西），沿着高速公路均匀地排列着。有些电线杆上出现了破损或者裂缝，有的歪歪倒倒，摇摇晃晃，上面的电线悬吊着，发出噼噼啪啪的响声。然而，不少电线都还正常，笔直地连接在一起，一路与我们平行，感觉我们的"求闲者号"就像一辆有轨电车，被电线拴在空中。

另一边，高速公路和铁路轨道沿着这条路一直延伸到加利福尼亚。在我们这条公路和高速公路之间，我看到了一个路障牌，这里肯定是66号公路上一个非常老的支线，一条狭窄的粉色小道，宽度大概只够一辆车通行。这条年代久远的小路已经渐渐被大自然侵蚀。四周杂草丛生，像一条条动脉，向路面延伸。路面都已经裂开，每处缝隙中的杂草已经长得很高。再过几年，这条老的公路很可能就看不见了。

我们离开公路，穿过一个个狭小而又孤零零的村镇。大伙儿都不走66号公路了，而且人们也没有理由经过这些村镇，或者停下来买东西，所以这些地方日渐衰落，再也不像过去那么繁荣了。在一个叫亚特兰大的村子，我们见到了另一个玻璃纤维制成的巨人雕像（我的旅行指南上也有这个地方）。这座雕像是美国传说中的伐木巨人保罗·班扬他手里抱着一个巨大的法兰克福香肠热狗。

"哦，快看啊。"约翰说。这是他第一次对一个雕像感兴趣。

"他们把它从芝加哥搬过来的。"

"为什么？"他问。

我环顾了一下街道，四周都被栅栏围了起来，毫无生趣。

"亲爱的，这问题价值六万四千美元呢。"

我们把车停在路边，摇下车窗，抬头看着那个巨人肌肉隆起的胳膊。我的旅行指南书上说，他手里原本拿着的是一个汽车消声器，现在虽然消声器被换成了香肠，但他左手还握着消声器残留的把手，看起来就像议员鲍勃·多尔抱着一个巨型热狗一样。

这些人把所有的希望都寄托在这个巨人雕像身上，希望他能让这个小小的鬼城恢复原有的生机，一想到这儿，我就忍不住感到有些难过。

我们把车停在春田郊外，打算在这里过夜。这儿的房车露营地不应该叫露营地，而是应该叫露营村，占地面积很大，所以他们也把地方租给搭帐篷野营的人。基本上来说，就像是在脏乱的小区空地里过夜一样。不过我们都累了，只要有个地方能让我们停下来歇歇脚就行。

我们在这儿安顿下来，连上电线、水源和下水道管——凭着约翰的残存记忆，还有他以前教过我的模糊印象，我们稀里糊涂地接好了各种插头和管道。我们吃完三明治，然后喝了药，随后约翰就倒在床上呼呼大睡了。我让他先睡，因为我想自己坐在野餐桌旁安静地待会儿。

我们隔壁的邻居回来睡觉了。男主人开了一辆破旧的老房车，引擎盖和车顶上全都是锈迹斑斑，车身上有一幅世界地图，也被腐蚀得模糊不清了。我朝他挥手问好，他看了我一眼，然后一头扎进了自己的房车。几分钟后，女主人走路回来了，她身上还穿着沃尔玛超市的工作服，皮肤被晒得很黑，身形瘦弱，看上去只剩下皮包骨头。我想她不是每天吸两包烟的烟鬼，就是参加马拉松长跑的运动爱好者。我向她挥挥手，她朝我走过来了。

"你好，我们有邻居了！"

我笑着对她说："我们只住一个晚上。"

"我叫桑迪。"她伸出手说。

"我叫艾拉。"我跟她握了握手。

她点了一支烟，然后猛吸了一口，说："天啊，我这一天过得真是够了。从我进单位打卡到下班离开，我们经理就一直盯着我不放，就连吃个午饭也不放过我，我发誓，我说的都是真的！我好端端地坐在那里，吃着索尔兹伯里牛排，他突然走过来，抱怨库存的货不够了。竟然在我吃午饭的时候也冲我大喊大叫！你能想象吗？我就坐在那里，当着他的面，一口一口把肉塞进嘴里，而且一直也没停下来。我就这么张大嘴吃，张大嘴嚼，直到他气哄哄地离开。我甚至把吃的东西掉在盘子上，他也没有注意。我心想，该死的，现在是我的午餐时间，我就吃我的午饭，管他乐不乐意，高不高兴……"

她叽里呱啦地说了半天。一边说话，一边抽烟。说一会儿就停下来抽一会儿，抽一会儿又接着说会儿。她抽了一根又一根。一开始我还挺同情她，觉得她也许真的需要跟陌生人倾诉一下，发泄一下怨气，但过了大约二十分钟后，我意识到她估计得跟我抱怨一整宿了。可怜的女人，我知道她只是想找人说话，发发牢骚，希望有个人能陪她、关心她。她不明白拉着我听她说话没有用，因为我明天就走了，她应该找身边的人倾诉心事。

"我的第一任丈夫，让我染上了病，整整四年都没治好。他就是个混蛋，我就是供他发泄的工具——"

这时，她的现任丈夫出来了，二话没说，拉着她的胳膊，就把她往小小的房车里拽。

"啊！唐纳德！你干吗？"

她丈夫一句话不说，而她却喋喋不休，一路猛抽烟。我们把房车门关上，依然能听见她说话。

暮色就像一个怯生生的小动物一样悄然而来，房车露营村里一盏盏灯光亮起。天色渐凉，我抓起约翰的一件旧夹克披在肩上，从一个储物箱里，我找出了一顶旧的灰色羊毛帽子戴在头上，刚一戴上就觉得头皮发冷，我还是不习惯没有头发戴帽子。约翰夹克上冰冷的麝香味让我想起了1950年冬天我们新婚后的一个晚上。当时我们住在西大道附近的十二大街，那天气温骤降，雨下了一整晚。到了半夜，雨停了，约翰和我都睡不着，决定出去走走。

外面虽然很冷，但是雨后的景色很美。一切都像是被覆盖上了一层晶莹剔透的冰，仿佛整个世界都被罩在玻璃里面。我们小心翼翼地走着，以防滑倒。头顶上，电线杆上的电线噼啪作响；一盏路灯上结满了冰，灯泡掉了下来，砸在街道上"啪"的一声摔得粉碎。黑色的夜空有点点星光闪烁，我们在夜色中走着，皎洁的月光照耀着街旁的大楼，月光下的玻璃窗犹如水晶一般闪亮。我们一直朝着费舍尔大厦金色的塔顶走去，走了至少有一英里，我们也不知道为什么要朝那走，但就是知道要去那儿。后来我们两人兴高采烈地回到了家，头发上满是闪闪发光的小冰碴，我们相视而望，眼里充满了对彼此深深的渴望。辛迪就是在那晚怀上的。

思绪回到现在，我们的"求闲者号"在公路上缓缓行驶，沿途我听到了蟋蟀响亮的叫声，还有汽车压过碎石的"咔嚓"声，不知从哪儿飘来了一股微波炉爆米花的味道。不知为何，周围的这一切都让我心里产生了一种安全感。约翰现在很清醒，我能听到他粗声粗气地在说话。他正在骂人。我听到他嘟嘟嚷嚷地说脏话，威胁警告某个人。我跟约翰过了一辈子，一直以来他都是个被动而安静的男人，但是现在，自从他开始失去记忆力之后，他才毫无拘束地说出藏在心里一直想说的话。每天的这个时候，他总是会威胁和咒骂某个人，太阳一落山，他的火气就上来了。

他站在房车的门口，大声嚷嚷着："我们这是在哪儿？"语气凶得像是要打架似的。

"我们在伊利诺伊州。"我心里早有准备，心平气和地说。

"我们的家在这儿吗？"

"不，咱们的家在密歇根。"

"那我们来这儿干吗？"他气哄哄地说。

"我们在度假。"

"就我们两个？"

"是的，我们玩得很开心。"

他双手抱胸，说："不，我不开心，我想喝杯茶。"

"等会儿再给你沏茶，我现在正休息呢。"

约翰走过来坐在我身旁，安静地陪我一块儿坐着，过了不到一分钟，他说："亲爱的，你想喝杯茶吗？"

"咱们等一会儿再喝茶。"

"为什么？"

"因为你喝了茶之后整晚都会起来尿尿。"

"该死的，我想喝杯茶！"

最后我终于发火了。我瞪了他一眼，用一分钟前他说话时那种威胁的语气，压低声音说："你小声点儿，周围还有人呢。你自己起来泡一杯茶不行吗？你又不缺胳膊不缺腿的。"

"保不齐我就自己弄。"

他肯定不会的。我很清楚他完全不知道房车里有什么东西、所有东西都放在哪儿，他就坐在那里暗自着急。他一整天都很乖，也许是因为他有事可做，我们从来没像今天这样把车开这么远，看来给他点儿事做对他的身体有好处。

"咱们喝杯茶怎么样？"约翰说，就好像这个主意是他刚想起来的一样。

"好吧。"我说。

我站起身来，给我们两个人各泡了一杯茶。

到了晚上，约翰又像中了魔法一样神奇般地睡着了。我呢？当然还是睡不着，即使睡了也救不了自己的命。我还是不习惯睡在露营车里，空间太小，感觉很压抑，就像躺在棕褐色条纹的石棺里一样。这辆"求闲者号"真是太小了。此时此刻，我就坐在对着后门的餐桌旁，这里是车里唯一的活动区域。这是一张很小的胶木桌子，两侧各有一个带有格子软垫的长座椅。我们在这里吃饭或者打牌（如果你是我的话，还会在这里睡觉）。

餐桌对面是厨房，这里有一个三眼的炉灶（我从来都不用），一个小微波炉，一个跟洗脸盆差不多大小的水池子，还有一个小冰箱。约翰正躺着睡觉的床就在房车最后面的车后窗下面，这是一张折叠沙发，打开之后就是一张双人床，床旁边就是世界上最小的卫生间，如果你跟我们一样，经常半夜上厕所的话，这个卫生间还挺有用的。驾驶室的上面还有一个睡觉的地方，不过已经好多年没用过了，另外还有各种壁柜、储物空间和小隔间，也都闲置好多年了。车的最前面是驾驶座和副驾驶座，两个座椅都有厚厚的软垫，可调节高度，也是这辆房车里最舒服的两个座椅。

这辆"求闲者号"是我们很久以前买的，虽然里面的装潢陈设已经很旧了，但还是很干净整洁。车身用的是土黄色木纹嵌板，小麦金色和鳄梨绿色的窗帘，裸金色、绿色和棕色格子的家具，直到现在依然充满苏格兰的田园气息。我们把这辆车保养得很好。

我知道有些人认为我们不适合开房车露营，可我觉得这样挺好的，没大伙儿想的那么老土，说实话我一直认为露营是一个不错的旅行方式，虽然没有住酒店舒服，但也不怎么辛苦。我们开房车旅行的真正原因只有一个——省钱。多年来，我们一直开着这辆小型的阿帕奇弹出式露营车①到处旅行，露营地的租金每晚只要两美元。这种旅行既便宜又好玩儿，我一直以为孩子们很喜欢。但现在凯文和辛迪都不愿意露营了。他们长大以后才告诉我，他们小时候其实不喜欢开房车旅行，他们更希望住在有游泳池、电视和餐厅的旅馆里。哦，天哪，孩子们真是太难伺候了。

我双手撑着桌子站起来，打开车门，走到外面，听着夜晚的虫鸣鸟叫。夜里很安静，都能听到远处高速公路上卡车在路面行驶发出的声音，这种声音让我心中充满渴望，但却不知道究竟在渴望什么。我们开车旅行的时候，我觉得身体舒服多了，心情也轻松很多，我们把车停在高速公路旁的一个房车露营地休息，虽然累得骨头都快散架了，

---

①弹出式露营车，一种拖挂式的休闲露营车，可以折叠起来方便存放和运输。

但是很开心，我们两个竟然开车走了这么远的路。

我觉得也许喝杯酒可以有助于让自己入睡，于是我拿出了特意从家里带出来的"加拿大俱乐部"威士忌酒，我倒了一杯酒，加了点儿冰块和七喜。不用说也知道，我不应该喝酒，但管他呢，我在度假呢。我端着酒杯坐回餐桌旁，听着远处卡车轰隆隆的声音，立刻感觉舒服多了。

第二天早上我六点四十才起床，一起来就感觉头疼，而且膀胱憋得难受。我上了一趟厕所，回来后用电暖壶烧了一壶热水。外面天已经亮了，山雀叽叽喳喳地叫着，还有大大小小的房车开门关门的声音。约翰还没起床，他似乎睡得不安稳，身子扭来扭去的。等他睡醒了，睁开眼睛，扭头看着我，用一种出奇平静而冷静的语气跟我说话，仿佛在继续我们昨晚的谈话似的。是原来的那个约翰，他又回来了。

"我们好久没睡房车了，是吧？感觉好极了，你睡得好吗，亲爱的？"

我走到床前下来，说："不太好。不过很高兴又开着房车出来旅行了，不是吗？"

"当然。我们在哪儿来着？"他揉揉脸，摸着下巴说。

他早上起来有时就喜欢这样揉揉脸，正常的时候经常这样。

"我们在伊利诺伊，"我说，"距离密苏里州际线大约一百英里。"

"哇。我们玩得很开心，是吧？"

"嗯。"

"天哪，再次开车上路的感觉好极了，这感觉太棒了。"

"是的，没错。"

他突然蹙起眉头，说："你告诉孩子们了吗？"

一部爱与成长的勇气之书

谁在说谎

[美] 卡伦·M·麦克马纳斯 / 著

许言 / 译

定价 42/元

你所有孤独的经历，都是成长的印记

[美] 卡伦·M.麦克马纳斯 著

许言 / 译

谁在说谎

One of Us Is Lying

我们每个人都可能成为**网络暴力**的 **受害者/加害者**

当舆论的利刃对准你，你将如何自处

引起美国年轻人热议，叫板 Facebook、Twitter 等别丁话题

现已上市

★ 蝉联《**纽约时报**》畅 销 书 排 行 榜 35 周

★ 版权已售出 40 国 被翻译成 25 种语言

改编真人版电视剧集正在火热策划制作中

你所有孤独的经历
都是成长的印记

A Boy Made of Blocks

我们的世界

[英]基思·斯图尔特 著　李婧 译

无论生活如何失控，我们都要好好的。

★ 2017年亚马逊（海外）五星好评、畅销桂冠
★ 版权已售出27国，千万家庭阅读书单首选
★ 英国火爆电视读书节目"理查德和朱迪书友会"推荐作品
★ 英国《卫报》游戏编辑根据自己与儿子的真实故事创作，已引发全球媒体热议

★ 教科书级的幸福家庭养成指南

定价：45.00 元

温馨亲情告白卡
随书附赠

8 岁的孩子教会我，如何做好一个爸爸。

根据真实事件改编创作、教科书级的幸福家庭养成宝典

2017年亚马逊（海外）
畅销桂冠

版权已售出27国
千万家庭亲子阅读首选

（英国）理查德和朱迪书友会
推荐作品

献给所有默默守护的爸爸，你们是孩子心中永远的超人。

漫娱图书
SINCE BOOKS

"昨天吃午饭的时候我告诉辛迪了，她很担心咱们独自出来旅行。"

"她为什么担心咱们？"他从床上坐起来，拱起背把被子掀开。

"啊，"他嘟囔着，"这首歌是《老人摩西》。"

"哦，你知道辛迪这孩子，总是担心这个担心那个，整天紧张兮兮的。"

他冲我笑了笑，说："也不知道这孩子随谁。"

我也冲他笑了笑，从床边站起来，吻了吻他。我摸了摸他皮肤红润而又皱纹遍布的额头，抚平他宽大的额头两侧湿润的白发。这些日子以来，每天早上都像回到过去一样，每天都是久别重逢。

"对了，有水沏咖啡吗？"我点点头，然后回到灶台，给我们两人各沏了一杯速溶咖啡。我在他的咖啡里加了半包低脂糖，然后把咖啡递给他。他喝完咖啡，又躺了下来，闭上眼睛。

"老头子？"

他睁开眼睛，看着我说："咱们这是在哪儿？"

"我刚才跟你说了，亲爱的，咱们在伊利诺伊。"

"不，你刚才没告诉我。"

"我说了，约翰。"

"这里是咱们家吗？"

又来了，老约翰走了。就是这样，有时候早上他会清醒几分钟，当他有记忆力的时候，我们在一起真的很美好，仿佛他的脑子压根忘了自己失忆了这回事，然后突然间，我们刚说过的那些话就像从来没说过一样。我应该习惯的，但我却怎么也做不到。

"你怎么不穿上衣服啊，约翰？换上干净的衣服。"

"好吧。"

我走出车外，坐在草坪的椅子上喝药。

今天早上，我好像有些"不舒服"，我的医生喜欢用这个词，所以我除了吃了一大把平时经常吃的药之外，又吃了几粒蓝色的镇痛羟考酮药片。我不想掩饰自己的判断，因为其实我是自己骗自己，不过我真的只是有点儿不舒服，请相信我的话。

我听到约翰在车里面嚷嚷，他正在穿衣服。也许他需要我帮忙，但我现在不想跟他说话。我想独自回味他清醒时与我在一起的那几分钟，那份美好的记忆现在依然历历在目，萦绕心中。

很快，我们两个人就都各自收拾好了。约翰穿了一件绿色格子衬衫和一条米色格子裤。我差点儿跟他说，他这一身看起来就像巴纳姆贝利马戏团的。但是我最终还是没有说，因为最近这些天里，我很高兴终于让他穿上干干净净的衣服了。对了，跟我说话的是谁来着？我把我的假发换成了凯文的一顶旧棒球帽，他和我们露营旅行时经常戴这顶帽子，我差点儿就像孩子们一样把帽子扔到车后面，但突然间我改主意了。不过一个老太婆戴着一顶棒球帽看起来还是有点儿傻，也许过一会儿我会把帽子换成头巾，不过现在我很喜欢这顶底特律老虎队的棒球帽。

我们又踏上了66号公路，约翰的精神不错，虽然不像今天早上那样神志清醒，但心情很好，车开得也很稳。至于我，咖啡因和药物在我身上起了神奇的效用。我的手指尖有些刺痛，我的心脏像马达一样嗡嗡地震动。我时刻提醒自己要冷静，让自己只想着旅行的快乐。

汽车轮胎在路面上的摩擦声，对我来说就是振奋人心的音乐，平息我内心的恐惧，让我忘了身体上的不适，从而把注意力转移到公路的前方，远处的地平线上突然出现了一个小黑点。

现在我们已经进入了另一个州。

[第四章 · 密苏里]
MISSOURI

我们经过了一个教堂，教堂上面有一个巨大的蓝色霓虹灯十字架，一种虔诚而敬畏的感觉从心底油然而生。不，我倒不至于激动得喊出声来。别犯傻了。我喜欢这条公路，因为它看似俗气老土，却蕴藏着伟大的力量，因为我们每天的生活就是这么平淡无味。公路沿途的这些人，厚着脸皮地使用各种花招，吸引开车路过的人停下来，不管是想让你买个汉堡也好，还是希望你进教堂敬拜一下也好，你不得不佩服他们这种使尽浑身解数的韧劲。

我们转到 I-270 州际高速公路，好避开圣路易斯。汽车穿过了一座又长又旧的锈迹斑斑的悬索桥，准备横跨密西西比河。这座桥比我们俩的岁数都大，污秽的河水在桥下滚滚翻涌。我终于松了一口气，因为我看到标志牌了——欢迎来到密苏里州。

即使活到这把岁数，我还是像年轻人一样兴奋不已。然而，惊喜总是短暂的。

突然，一辆很大的蓝色越野车从后面冲了过来，突然超车，抢了我们的车道。这帮该死的傻子，现在开车都这么肆无忌惮了。

"老头子，小心！"我惊声大喊，知道肯定会撞上那辆越野车的车尾。我紧张得坐直身子，双脚重重踩着地板，紧闭双眼，等着撞车的那一刻。

约翰猛踩刹车，转向右边。我的身体被惯性甩向前面，安全带紧紧勒住我的胸口。太阳镜和旅行指南"嗖"的一下从座椅上飞了出去。我听见车后面橱柜"啪"的一声打开，里面的罐头哗啦啦砸在地上。

过了一会儿，我睁开眼睛，看见约翰正漫不经心地盯着前面那辆车的尾灯，车上的司机竟然跟没事一样。

"我们没事。"他喃喃自语地说。

我跟你说过，约翰开车的技术棒极了。

我们又开了几英里之后，发现路上有些堵车，所以慢慢减速，结果又停在了那辆蓝色大越野车后面。约翰踩刹车把车停下，我看到有人在越野车布满灰尘的后车窗上写着什么，正好对着新车上的第三个车尾灯。

约翰又踩了一下刹车，前面那辆车的尾灯闪烁，显出后车窗上的字：开车的是个白痴。

我们两个哈哈大笑，笑了半天才停，然后又开上了 66 号公路。

每隔一段时间，我就会在公路沿途看到一些年代久远的东西。比如，一座久经日晒雨淋、斑驳残破的简易加油站；一家墙皮脱落、荒无人烟的汽车旅馆，门口还挂着牌子，上面忽明忽暗地闪着"有空房"的字样。但是，沿途大多都是废墟，或者道路前方空地上褪色生锈的标志牌。这些旧日的痕迹勾起了我一些像碎片一样模糊的记忆。

很久以前，我跟父母一起去旅行，一路上风尘仆仆，破旧的老爷车开起来咣啷咣啷响，我们一起去偏远宁静的小镇，比如兰辛、密歇根、剑桥或者俄亥俄。那时候根本没有度假一说，大老远地跑一趟只是为了去看亲戚，不是因为家里有人去世了，就是有什么不愉快的事。

可惜的是，约翰、我和孩子们，我们全家开车旅行只有去迪士尼乐园时才会走一次 66 号公路。我们家跟其他的美国家庭一样，更愿意走更快的高速公路，因为路程更短，限速更高。我们完全忘了这条速度更慢的道路。我不禁心里产生一个疑问，我们究竟知不知道人生一转眼就会过去，如白驹过隙，还没咂摸出滋味就快要走到尽头，所以我们所有人都像没头的苍蝇一样四处乱窜。

时光匆匆，所以与全家人一起度过的两三周假期就变得更加弥足珍贵。我还记得很多关于我们全家一起旅行的事情：我们在野餐桌上打牌时，一群飞蛾绕着汽灯飞，不停地往汽灯上撞；约翰开车带我们在科罗拉多春季的暴风雪中行进，我们在便携式冷藏箱的盖子上做橄榄面包三明治；在鲍威尔湖的岸边，我们在皎洁的月光下看亚利桑那州的报纸；我们总会在我们那辆老庞蒂克车的后备厢里放几本凯文的漫画书，开车途中，孩子们一抱怨吵闹或者无聊的时候，就会给他们发两本漫画书打发时间；南达科他州荒野上伫立着的灰色山岩，就像一座座石化的猛犸象拔地而起；在怀俄明州珍妮湖的一个巨大圆锥形帐篷里，我们一起户外烧烤；在拉斯维加斯星辰酒店撒欢似的玩老虎机……太多太多的记忆了，实在说不过来。至于假期之外的那些时候，就是另外一回事了。

时间就这么悄无声息地过去了，一天又一天，一年又一年，不知不觉，转眼就过了几十年。

在斯坦顿，我叫约翰把车开进梅乐梅克洞穴景点的停车场。自从我们启程出发以来，沿途到处看到标志牌——广告牌、屋顶上的图案、保险杠上的贴纸，还有谷仓四周的标志。

"快来，老头子，你想不想去洞穴里面看看？"

"看什么？"他满不在乎地说。

我忘了我不能问他的意见，因为如果他处在一种逆反情绪里的话，无论什么事他都会跟你抬杠，甚至会问你为什么水是湿的。我必须得记住医生说的话，别问他事情，而是告诉他事情。

"我们到了。"我对他说。我们把车停在了弗兰克·詹姆斯和杰西·詹姆斯兄弟的雕像旁。显然，詹姆斯兄弟在这儿"躲了"有些时日了。同是天涯沦落人，我倒是觉得跟他们有些惺惺相惜。我拄着拐杖，跟约翰一起走进洞穴入口。

我们刚要买票就遇到了麻烦。售票口里一个年轻的小伙子瞥了我一眼，他的脸红得跟猴屁股似的，一脸鄙夷的神色，身上穿着公园管理员的制服，松松垮垮的，至少大了两个号。

"这位女士，景点游览的路程有点儿长，我想你需要坐着轮椅进去。"他说。

"我绝对不需要那玩意儿。"我说。

他板着脸，用一副不可思议的表情说道："此次游览路程大约有1.5英里。有些路需要上坡下坡，而且通道很滑，曾经有不少人都摔倒了。担架真的真的很难抬进去。"

我看了一眼约翰。他耸耸肩，一点儿也帮不上忙。

"好吧。"我干脆地说，心里也知道这小子也许说得对。洞穴不是拄拐老太太能进去的地方，但没准也正是适合拄拐老太太去的地方。

于是，我坐上了轮椅，椅子太窄了，我的大屁股差点儿塞不进去。

"我推着你，妈妈。"约翰握着轮椅的把手说。

"谢谢你，约翰。"我伸手向后拍拍他的手。

哦，好吧，既然他不介意，我不妨就好好享受坐轮椅被人伺候一回吧。

我们进入洞穴之前，都去了趟厕所。然后站在小吃店前，约翰心急火燎地吞下了一个热狗，这是他有生以来第一次偷偷摸摸地吃东西。（看到了吧？旅行的确能长见识！）几分钟后，导游宣布我们这组游客准备进入洞穴。

我们进去之后，我发现这次洞穴之旅与我以往去过的那些洞穴都不同。约翰和我还有孩子们曾经去过新墨西哥的卡尔斯巴德洞窟，我们在洞口等了好几个小时，等着太阳落山，因为日落之后，蝙蝠就会出来找虫子吃。只是那个时候你不能想着日落，不能惦记着去看有什么事情发生。最后，蝙蝠终于出现了，成千上万只的蝙蝠呼啦一声涌出来，黑压压一片，紫褐色的天空就像被吞噬了一样。这景象既恐怖又壮观。凯文一直用海滩浴巾裹着脑袋不敢看。

就像我刚才所说，这里的一切都与众不同。这是我见到的唯一一个地上铺着油毡的洞穴，就像有些人家里的娱乐室一样。这里有桌子和椅子，天花板上还悬挂着一个闪亮的迪斯科舞厅镜球。约翰推着我走，我"咯咯"地笑了起来。

"真是有意思的洞穴。"我说。我说话的声音很大，游览团里的另外六七个人都听到了。他们都朝我们这儿看过来。是的，我是有点儿神神道道的，不过我不在乎。

我们的导游是个胖嘟嘟的小女孩，细绒毛一样的米色长发，眼底有深深的黑眼圈，还得了重感冒。她没有理我，开始用浓浓的鼻音和沙哑的嗓音给我们做讲解："此处的洞穴，我们称之为'舞厅'，20世纪40至50年代，这里经常举办舞会。你们能想象到那年一群年轻的男男女女在山洞里跳吉特巴舞的场景吗？现在，这里仍然可供出租，举行舞会。"

不错，真有商业头脑。

我们继续往里走，油毡路终于走到头了，代替它的是一段鹅卵石小道，我的轮椅在凹凸不平的鹅卵石路上发出"咯噔咯噔"的震动声。有很长一段时间，导游都没有说话，她只是用大喇叭招呼我们，让我们别走散了。洞穴越往里走光线越暗，导游一边走路，一边时不时打开手电筒照亮。我们经过了一个长长的洞穴，下面有一个地下水池，是由巨大的滴水石滴水汇成的。洞窟昏暗而幽深，水池的投射作用下，巨大的石柱仿佛染上了各种艳得吓人的颜色——血红色、流脓一样的琥珀色，还有胆汁一样的绿色。这些讨厌的颜色让我觉得很不舒服，特别是那些颜色投射到悬挂在洞穴顶部的钟乳石上，像一把把滴着血的匕首刺向我。我闭上眼睛，却更让我感受到自己的身体内脏，就像这些钟乳石一样丑陋不堪，疙疙瘩瘩长着东西。过了一会儿，我睁开眼睛，突然看见洞穴墙上有两个人形的巨大阴影。一开始我以为是我和约翰的影子，但是随后我才发现是弗兰克·詹姆斯和杰西·詹姆斯两兄弟在秘密藏身处的雕像投影。

"小心点儿，约翰。"我指着湿滑的路面说。

他没说话，只是推着我走，态度和蔼，很有耐心。我们的导游带我们进入了一个中等大小的洞穴，里面有一张发光的石床。上面写着几行字：电视剧《人人都好笑》中的蜜月房。

我们的导游让我们聚拢过来，夸张地假笑道："阿克·林克莱特是个很有趣的人，他曾经让一对新婚夫妇在这个洞穴里睡九个晚上，这样它们就可以上他的电视节目，并且赢得巴哈马度假蜜月游的机会。"

　　"你开玩笑吧？"我大声说。我身边的人都点点头表示赞同。

　　"不，是真的，他们整整住了九个晚上，于是赢得了一个美妙的蜜月游。"

　　"太恐怖了。"站在我左边的一个六十多岁的小老太太说道。

　　"这哪是有趣，简直是卑鄙。"我说。

　　旅行团里的人都在窃窃私语，表示同意我的看法。大家现在都站在我这边。我甚至听见有人说："真是混蛋。"

　　导游笑得更尴尬了，赶紧带我们离开这里，不然的话反对阿特·林克莱特的声势会更猛。我们跟着导游往前走，一路上她滔滔不绝，嘴没停过。现在想让她闭嘴都不行了。

　　"莱斯特·迪尔，他多年来一直致力于推广和宣传洞穴，事实上，他对年轻夫妇们非常友好。1961 年，他曾经向所有愿意在洞穴里结婚的年轻夫妇举办免费的婚礼。这一举措获得了巨大的成功。短短时间内，就有三十二对新人报名参加。"她一边说，一边瞥向我，盼着我别乱说话，又搅起什么事端来。不过我已经懒得煽动大家了，所以只是对她微微一笑。

　　我实在不能理解怎么会有人喜欢在洞穴里结婚。约翰和我结婚的时候，我们的婚礼跟当时大多数人的一样，先是在我家附近的教堂举行简单的结婚仪式，然后在我姨妈凯莉的家里开了一个小的派对，邀请我们的朋友和双方父母参加。我妈妈做了一个结婚蛋糕，还准备了三明治和咖啡。只是一个小小的庆祝仪式，而不像现在的年轻人，又是酒店，又是豪车，又是金碧辉煌的婚礼大厅，搞得铺张浪费，穷奢极欲。辛迪的婚礼几乎把我们的钱包都掏空了，搞得我们俩差点儿去领救济金生活。我真不明白，何必要搞成这样呢？世界上所有新奇的婚礼都不过如此，到头来结果还是一样——最终你还是得坐在轮椅上，被你孩子们的父亲推着，游览一个花里胡哨的洞穴。但没到我这岁数，你可能永远也不会明白。

真令人惊讶！66 号公路上竟然还有一个令人心酸的荒凉之地——密苏里州的古巴镇。我在旅行指南里看到介绍说，现在这些令人心伤的小村庄，却有着辉煌的过去，曾经风光一时。在古巴镇，曾经有一个叫作"中途岛"的地方，那是一个巨大的综合性建筑，里面有一个旅馆、一个汽车代理店和一个二十四小时营业的饭馆，这个饭馆每天接待六百多位客人用餐。而现在，这里只剩下一个小水果摊。真是世事难料啊。

"老头子，在那个水果摊那儿停车，我想买点儿葡萄。"

约翰把车停在一个小货摊旁，那个小货摊上有新鲜的葡萄和葡萄汁。显然，这里盛产葡萄酒，而现在正是葡萄收获的季节。

"你就待在车里吧，老头子。"

"好吧，艾拉。那儿有什么喝的东西卖吗？"

"我买点儿葡萄汁，怎么样？"

约翰冲我点点头，说："好极了。"

"我没回来，别把车开走。"我半开玩笑地说，但我说的是真的。

不管怎样，约翰现在没一点儿幽默感，而且别人开的玩笑他也完全免疫。不过，不管他知道还是不知道，他现在还是能逗得我开怀大笑，但是我说的笑话，他却一点儿也领会不到。

我挑了一小兜葡萄和一大瓶像黑血一样的葡萄汁，卖水果的女人帮我把它们装在一个大纸袋里。

"给您，拿好。"她甜甜地对我笑着说。

我敢肯定，她冲我笑，只是因为我是个有趣而古怪的老太太，戴着个棒球帽，拄着拐杖颤巍巍从一辆贴着花里胡哨图案的房车里走下来——约翰总是喜欢在车上贴东西，比如粗体字的州名和"奇观之地"的字样，下面贴着某个座右铭或格言，车后身贴着"求闲者号"的字样。

但这不是说我怀疑这个女人的诚意，真不是。最近看到别人充满友善的笑容，总是会让我很开心，特别是售卖或者递送给我食物的人。

"谢谢你，小姐。"我说。我把钱递给她，同样笑容满面。

"祝您拥有美好的一天，女士。"

她的声音有些儿化音，这是中西部地区人说话的特点，没想到在中部的奥扎克地区竟然能听到乡音，真是很有亲切感。我觉得，我们中西部的人，有时候更容易注意到别人的口音，因为我们的口音没有明显的特征，很难听出来。但是当我听到她说话时浓浓的儿化音和鼻音时，听到了美妙的乡音，这种口音正是来自我的家乡。

我们没有立刻开车，而是在车里坐了一会儿，喝点儿果汁，吃点儿葡萄和鸡肉味的饼干。这几样东西加在一起吃有点儿奇怪，这味道我说不上喜不喜欢，但我实在不想费劲地钻到车后面找东西吃。总之，有胃口吃东西我就很高兴了。葡萄很好吃，甜美多汁，所以我吃的时候，特意在胸口铺了一张餐巾纸，怕葡萄汁滴在身上。我们俩都没说话，除了约翰时不时会心满意足地"嗯"几声。

这样很好，都不说话，静静地品尝美味挺好的，说话就破坏气氛了。我高兴得几乎要哭，这正是旅行带给我的快乐，这就是我不顾大家的意见，执意要出来旅行的原因。我们两个人在一起，就像过去一样，什么也不说，什么特别的事情也不做，就是静静地享受假期。我知道这世上没有永恒，但即使你知道生命即将走到尽头，有时候你还是想把时间拉回一点点，再多留住一点点时间，而且没有人会注意到。

汽车行驶在66号公路一段年代久远的路段上，路旁砌着路牙石，公路两旁是粉红色的花岗岩山脉，还有布满道道裂痕的柏油路面。之后，汽车转入了泪滴路，这条路通往魔鬼弯道，那里是一段蜿蜒的山道，汽车将会沿着锈迹斑斑的铁索吊桥，跨越大松树河。"大松树河"这个名字挺好笑的，它让我想起我出生的地方附近的一条河，名叫"红唇圣克莱尔河"。我觉得这些名字听起来很有法国味道，而且很新奇。不过我向你保证，底特律既没有法国的浪漫也不新奇。即使在20世纪50年代，经济繁荣时期，那里也只是个枯燥无味的工业城市，街上的人穿着宽大臃肿的短大衣，衣角上沾着油渍。然而，我一辈子都生活在这个地方，除了这里我想象不到在别的地方会过着怎样的生活。

我们在阿灵顿停车加了汽油，顺便上了个厕所。66号公路在这里消失，于是我们不得不再次开上州际公路——I-44号州际高速公路。虽然旅行指南上告诉我们怎么短时间内再转到66号公路，但我们偷了个懒，想继续走州际公路。

到了另一个春田镇①时，我让约翰调转方向继续驶入66号公路。

---

① 春田镇，美国一个非常常见的地名，在美国共有34个州都有此城镇名。

"你怎么样，老头子？觉得还好吗？"

约翰点点头，抬起手擦擦脑门上的汗，然后抹抹袖子擦干手上的汗水，说："我很好。"

"你累了吗？要不要找个地方停下来过夜？"我问他。不过我猜真正想要停下来休息的人其实是我。我觉得浑身酸疼，身体有点儿支撑不住了，感觉很不舒服。

"哦，好的。"

当然，虽然我们决定要停下来休息了，但不可能立刻就能找到合适的地方停车。汽车继续在公路上行驶，闯过了一个又一个名字怪异的村镇：破路村、求救村、信天翁镇，等等。这些村子里都是木头和石头搭建的老房子。在一个叫迦太基的镇子里，我们找到了一个露营地。我们付了钱，然后搭好露营的桌椅准备过夜。

下午的阳光太强烈，所以我们坐在"求闲者号"的餐桌旁休息。我打开车里的小电扇，吃了下午该吃的药，然后静静地看着一份过期的《底特律自由新闻报》。过了一会儿，约翰走到房车后面，躺在床上。他这么一躺，整个车子都微微震动了，我听见底盘上的零件在"嘎吱嘎吱"作响。

"艾拉，孩子们在哪儿？"

"他们在家呢。"

约翰坐起来，瞪着眼珠盯着车顶和天花板之间的裂缝，问道："我们把他们留在家里，自己出来了？"

"是啊。"我知道他接下来会怎么样。

他突然扭头看着我，眼神中充满狂乱。

"天啊，我们竟然把孩子们扔在家里了？"

我"啪"的一声，把报纸撂在桌上，说："约翰，孩子们都是大人了。他们现在已经成家立业，有自己的房子，有自己的家庭。他们很好。"

"是吗？"他充满疑惑地问。

"是的，你不记得了吗？凯文和辛迪都结婚了。凯文和艾琳生了两个儿子，彼得和斯蒂文。辛迪生了一儿一女。"

"是吗？"

"是的，约翰。你忘了吗？辛迪的孩子一个叫莉迪亚，一个叫乔伊。"

"哦，是啊。他们还小呢。"

"乔伊十八岁了。莉迪亚已经上了大学，咱们还参加过她的高中毕业典礼呢，你想起来了吗？"

有时我觉得自己成天到晚都在跟约翰说："你不记得了吗？"

我知道，我们共同生活的所有记忆就在他脑海中某个地方，时隐时现。我必须不断提示，那些记忆才会冒出来。假如必须不断唠叨和提醒，那些记忆才出来的话，那我只好整天跟他碎碎念了。

"莉迪亚在毕业典礼上还讲话了，说年轻人要知道前进的方向，找到自己的未来之路。大家都鼓掌叫好。乔伊还在毕业典礼上进行乐队演奏，这些你都记得吗？"

"对，我记得。"

"啊，太好了。你应该记得，最好一直记得。因为我病了，不舒服，不想什么事都得替你记着。"

"很抱歉，艾拉。"他愧疚地说。

有时我真恨我自己，恨不得扇自己耳光。

"哦，该死的。是我不好，亲爱的。我不是在生气责怪你。"

"这些是我应该记得的。"

"我知道，亲爱的。"

我翻开报纸，想要玩儿填字游戏，于是我四处张望，想找一支笔。

"艾拉，孩子们在哪儿？"

我深吸一口气，说："他们很好，约翰。你要不要睡一会儿？"

于是，我打发他去睡觉，结果你猜怎么着？我倒是先趴在餐桌上睡着了。不知不觉，迷迷糊糊就睡着了。人老了就是不中用了，本来并不想睡觉，但等你突然醒过来时，已经好几个小时过去了。其实我根本没打算睡觉，因为睡觉的时间还没到，我只是不经意间打了个盹。

我醒来时，房车里一团漆黑，吓了我一跳。车里没有一点亮光，这么多年来从未出现过这种情况。我和约翰从来没让车里这么黑过。最近这些年里，黑暗让约翰的脑子更加迷糊不清，也让我心里更加恐惧害怕，所以我们睡觉的时候，房子里总是会亮着灯。我们睡在灯光昏暗的房间里，在灯光的阴影中进入梦乡。我们经常半夜里醒来，特别是约翰。

"老头子！"我大喊道，尽量不流露出内心的恐慌。

约翰睡得正酣，呼噜打得跟乐队演奏似的，还带着节奏。忽然，我想起桌子上方还有一盏灯。天哪，真是上帝保佑。我举起手在黑暗中摸索，终于找到了开关。灯光亮起，我又感觉安全了。

"老头子，快起来。"我看着手表说。

"怎么了？"他睡意蒙眬地说。

"咱们睡了三个小时了，天都黑了。"我想站起来，但是腿却麻了，不听使唤。我动了动腿脚，以便促进血液循环。

"你能帮我一把吗？"

"稍等一下。"他说。不一会儿，他走到餐桌旁，两只手架着我，把我拉起来。

"哎哟，天哪。"桌子边蹭到了我的肚子，"咱们两个老胖子啊，加起来得有四百来斤了。"终于，我又站了起来，可是膝盖疼得要命。

"嘘，好了好了，别说话，歇一会儿吧。"约翰捋了捋我的头发。他的手上有股酸味，不过我倒是挺喜欢他摸我头发的。

"我没事了。你饿了吗？"

一提到吃，约翰眼睛立马就亮了。睡了一觉之后，他的精神特别好。不过有时他醒来后就会有起床气，气得人牙痒痒。反正，他睡醒之后，不是天使，就是魔鬼。

"我做个培根煎蛋怎么样？"我说。

"好极了。"

我一瘸一拐地走到厨房，其实总共才两三步的距离。所以我说房车才是最好的房子，等到老了，腿脚走不动的时候，本来很近的距离，却费力走半天才能到。但是在这辆"求闲者号"里，一切都唾手可得，十分方便。

我打开电煎锅，从冰箱里拿出培根和鸡蛋，在锅里放了六片培根。我催约翰去洗手，他洗完手之后，饿得等不及了，站在炉灶边，手里拿着一大兜面包片。

"还没煎好呢，等会儿再夹面包片。"我说。

我看着他用一条扎带把装着面包片的袋子系好，然后在杂物抽屉里翻找，原来是找剪刀。他用剪刀把扎带上面塑料袋多余的部分剪掉了，这是约翰这两年才有的新习惯，都成了一种病态。在家的时候，他经常剪面包塑料袋扎口多余的部分，然后离开，接着又转头回来，再接着剪。有时候，一袋面包还没吃呢，袋口就被他剪得光秃秃的。尽管如此，他现在依然比平时清醒，一切都很正常。

"喂，老头子，咱们喝杯鸡尾酒怎么样？"我问道。

"好主意。"

我知道你可能在想，这女人真奇怪，她家老头子本来清醒的时候就不多，怎么还让他喝酒呢？不是越喝脑子越不清楚了吗？你也许会不赞同，但是我不在乎。我伸手从橱柜里拿出了一瓶加拿大俱乐部威士忌酒和一瓶甜苦艾酒。

"咱们好久没一起喝鸡尾酒了，"我把煎锅的火调到最小，然后说，"从冷藏箱里拿点儿冰块来。"

让我惊喜的是，约翰竟然打开了录音机播放音乐，房车里突然萦绕着悠扬悦耳的弦乐和浑厚低沉的萨克斯曲。很多年前，他录了很多我们喜欢的音乐，整合成专辑，为了在度假时听，他收集了很多明星的经典名曲，比如亚瑟·莱曼、托尼·莫拓拉、赫伯·阿尔伯特、杰基·格里森等人的。

"是那首《午夜阳光》吗？"我问。

"可能是吧。"他端着一盒冰块回来了。

"我想应该是那首歌。"我调了两杯曼哈顿超甜鸡尾酒。自从孩子们各自成家之后，约翰和我就开始每天在晚饭前喝点儿酒。我们楼下有个娱乐室，以前全家人经常在这间屋子里唱歌、看电影、玩游戏，我们两人坐在娱乐室的吧台旁，点上蜡烛，放点儿音乐，一边喝酒，一边聊天。那时约翰刚刚从通用公司工程师的岗位上退下来，他会告诉我技术中心发生了什么事、谁在背后搞小动作、谁将会被裁员，等等。反正他也退休了，所以不在乎泄露公司里的事情。当时正值 20 世纪 80 年代中期，底特律的汽车业正迅速衰退，走向没落。不过幸好有"30 and out"①这项法律规定，约翰才能安枕无忧地退休。我会告诉他我今天跟谁聊天了，孩子们的生活过得怎么样，还有商店里正在热卖什么东西——都是些日常琐事，没什么惊天动地的大新闻。但我们就是喜欢聊聊天，说说心里想说的话。

现在我们坐在房车的小餐桌旁，看着眼前的酒杯，却一句话也没说。幸亏有安迪·威廉姆斯演唱的《月亮河》，车里还算有点儿声音，不然寂静无声难免有点尴尬。

我晃了晃酒杯，看着杯里的樱桃沉到杯底。我举起杯，说："来，干杯。"

约翰也举起酒杯，微微一笑，就像以前一样。难道鸡尾酒也能唤起人以前的记忆？我喝了一口酒，又冷又甜，还很烈，从来没有一种鸡尾酒给我这样的感觉。啊！这种曾经遗忘，然后又失而复得的喜悦，让我对这次旅行又重新充满希望。

约翰尝了一口酒，然后闭上了眼睛。我突然担心起来，但他却陶醉不已地叹了口气说："天哪，这酒太好喝了。"

"我们越来越有进步了，你不觉得吗？"

约翰点点头说："当然了。"

"我想咱们今天开了大概有三百英里。"约翰又喝了一口酒，皱着眉说，"可惜没开多远的路。"

"我们做得很好。老公路难走，肯定会慢一点儿。别担心。"

"也许明天能走得远点儿。"他说。

---

① 30 and out，底特律汽车业为吸引更多的工人采取的退休计划，即工作满30年后，工人们将得到全额退休金以及自己和配偶的退休医疗保险。

"是啊，也许明天能走得远点儿。"我举起酒杯，重复他的话，感觉从来没有这么有信心过。

晚饭后，我决定找点儿事做。我给了约翰一瓶百事可乐，给我自己又倒了一杯酒，然后说："今晚的节目开始了。"

"什么节目？"约翰拿牙签剔着牙问道。

约翰并不知道我这次旅行还带了一个投影机和一大盒幻灯片。我们家的地下室里，有一个大柜子，里面堆满了幻灯片——度假时的、家庭聚会、周末郊游、生日聚会、婚礼、婴儿出生，各种场合，各种时间的幻灯片，应有尽有，记录着我们家发生的所有事情。有一段时间，约翰特别喜欢拿着相机拍照。他是我们家的御用家庭摄影师。

今晚天气很好，温和宜人。我喜欢在空地上看幻灯片，感觉就像看露天电影一样。附近有点点灯光，所以外面不是一团漆黑。我让约翰把投影仪放到户外野餐桌上，房车里灯还亮着，点点温暖的灯光洒在露营地上，虽然灯光昏暗，但光线仍然能够照到投影仪上。

"你那边怎么样，老头子？"我朝他大喊。

"屏幕在哪儿？"

"啊，哎呀，我忘记带出来了。拿床单代替吧。"

我在小储物柜里翻来翻去，最后找到了一堆床单，都是很久以前替下来不用的，没想到竟然能找到这么旧的东西，我一下子感慨万千。看着这些旧床单，表面的纤维都被磨平了，白色的床单微微泛黄，带着细小的褶皱，多年来被洗过足有上百次了。我摸着泛黄的床单，不禁联想到自己的人生，或者至少是婚后的岁月。婚姻生活如同这白色的床单，从一开始的纯白无瑕，历经岁月浸染，直至渐渐斑驳泛黄；那些斑驳的黄色中，还包含辛迪小时候爬上床跟我们一起睡觉时的尿渍。还有一些柔粉色的床单，那是我们结婚十八九年之后我重新换上的。那时候我把车上的所有东西都更换一新——床垫、收音机、毛巾，以及所有破旧或者残损的东西——你明白年头有多久了吧。这些更换过的床单一直陪伴我们进入中年，直到后来我们在旅行的路上路过奥特莱斯商场时，买了新的条纹棉麻混纺床单（豪华三件套），这一换又是好多年。后来，我们老了，这条亚麻床单经年累月，变得像丝绸一样柔软了，这几年，由于约翰年纪大了，越来越不注意卫生，床单也脏了不少，总有一股像是身上好几年没洗澡的味道，让人睡不好觉。

我想起我们正在贴牌待售的房子里有一个衣柜，里面装满了亚麻床单。以前商场大减价时，我就总买亚麻床单，想着给房车上的老床单换了。可最后还是舍不得换掉，感觉还是老床单更亲切，而且充满了感情。

我拿出一条旧得几乎都快磨破的白色床单，感觉很适合做幻灯片的幕布。然后我走出房车，看见约翰正坐在野餐桌旁，默默地流眼泪。

"老头子，你怎么了？"

他抬头看着我，双眼通红，满含热泪，而且一副垂头丧气的样子。

"艾拉，该死的，这破机器怎么也打不开。"

一看见他哭，我就六神无主，连忙安慰他说："亲爱的，没事。让我看看。"

我看了看，发现他已经把接线板电源线插进了电源接口，但是没有把投影机的电线连接到接线板上。

"没关系，你只是忘了把投影仪的电线插上。"

约翰摘下眼镜，用手背抹了抹眼泪，用力按下插座电源。

"该死的，打开开关这件事我可记得。"

我亲了亲我丈夫的脸颊，从袖子里掏出一张面巾纸，说："行了，咱们看幻灯片吧。"

　　夕阳斜照在圣克莱尔湖，照片上，我们的女儿辛迪那时才十几岁，正慵懒地靠在码头的长椅上。我们只能看到她身形的轮廓——一个年轻活泼的女孩正仰望天空。日落黄昏，此时的天空呈现出一道道火热的橙色和金色的条纹，就像海螺的斑纹一样。现在看来，这种颜色已经有些失真，像是人工调色而成的，因为随着时间的推移，颜色变得越来越红，有一种梦幻的色彩，就像彩色的梦境一般。虽然我觉得自己老了，但有时做梦时，梦境里竟然还会有声音，就像有声电影一样，让我很惊讶。那时我们住在度假小屋，我们夏天周末的时候经常去那里。这次照片里的是跟我的姐姐、弟弟以及他们的家人。

　　"那是谁，老头子？"我试探性地问他，"你还记得吗？"

　　"我当然记得，是辛西娅。"

　　"没错。"我拿着遥控器，按了一下按钮，换到了下一张照片。那是我们一家四口的全家福，是约翰用相机上的定时自拍功能照的，大家笑容很灿烂。在户外玩了一整天之后，我们穿着短裤和颜色鲜艳的衬衫站在一起，皮肤晒得黢黑，笑得却很开心，只有辛迪闷闷不乐的，很可能是哪个男孩惹她生气了。

　　"这张照片照得真好，老头子。"

　　"是啊。"

　　几张幻灯片之后，接下来这张是我们在老平房的厨房里，我的小弟泰德和他的妻子斯黛拉以及他们的三个孩子泰瑞、小泰德和蒂娜在一起。有的父母喜欢用相同的首字母给孩子们起名字，这各有所好，谁也说不了什么。可我总是觉得替斯黛拉捏把汗，一叫孩子们名字都是"T-T-T"的。我姐姐莉娜也跟家人在这儿度假，他那个整天泡在酒桶里的丈夫艾尔，可能正躲在车库里喝得烂醉呢，他一天到晚大部分时间都守着专放啤酒的冰箱，挪不开步，后来得了肝硬化，这一点儿都不奇怪。

"像是个聚会。"约翰说。

"只是家庭聚餐。"

在照片里，大家都站在餐桌旁，挑选自己喜欢吃的东西。餐桌上摆满了各种食物——午餐肉、薯片、通心粉沙拉、果冻沙拉、装在小碗里的脆薄饼和蘸酱，还有瓶装汽水（红色的、橙色的和绿色的，等等），瓶子上有汽水的牌子，但现在几乎认不出上面的字了，看样子似乎有Uptown、Wink 和 Towne Club 几种不同牌子的汽水。我想起这么多年来，有好几十张类似这样的照片，长长的餐桌，上面摆满了各种美味的食物。现在幻灯片上的很多人都已经不在了，有的死于心脏病，有的得了癌症，都是被各种不健康的饮食、舒适的沙发软床和战后的安逸生活给害的。看着这些照片，明显能看出大家的脸一年比一年胖，体型一年比一年富态。

不过，今晚，这张照片最吸引我的是上面的自己——为什么人们总是对照片里的自己最为关注呢？不管到多大岁数，都是如此，一点儿都不会改变。照片中，我站在大家身后，一个不起眼的角落里，眼睛看向一边，不跟大伙儿说话。

"那晚你很伤心。"约翰突然冒出这么一句。

我很惊讶，他竟然会说这么一句话。但是我又看了一眼照片，才发现我确实看起来很难过。

"是吗？我因为什么难过呢？"

"我不知道。"

突然间，我很想弄清楚我伤心的原因，这对我来说很重要，但我却怎么也想不起来了。

我们身后的小路上，有一对年轻的夫妇带着孩子停下脚步，向我们挥手致意。她的丈夫看样子三十多岁，黑色头发，像个运动健将，他笑得很开心，好像认识我们似的。

"你们好吗？"他说着拉着一个淡黄色头发的小男孩向我们走来。

他的妻子，一位穿着粉色背心裙的金发女人，跟在他们身后，跟他的丈夫边走边说，好像跟我们很熟。

他的妻子蹲下来搂着男孩，指着屏幕说："看，亲爱的，这就是过去的样子，就像回到以前一样。"

那个男孩，看起来大概六七岁，穿着一件 T 恤，上面写着：吃过见过。

一看他的表情我就明白了，他想跑开，也许是跟我的孙子们一样，一心想玩掌上游戏机。

"在这儿放幻灯片真是太棒了。"那位丈夫说。

"我们喜欢看这玩意儿。"我说。

不知为什么，我不想跟陌生人说太多话，本来希望约翰跟他们聊几句，但他正专心致志地看着屏幕。几年前，他还是个特别爱聊天的人，话匣子一打开就滔滔不绝，他停都停不下来。约翰曾经很喜欢跟陌生人唠嗑，他和这个小伙子一定聊得来，聊聊天气或者露营，谈谈各自要去的目的地等等。可是这会儿，约翰却静静地坐在那里，一动不动。那一家人站在我们身后看完几张幻灯片，然后就跟我们说再见走了。我很高兴他们终于走了，因为我听到那位金发女人说"过去的样子"，就顿时有些恼火，不过主要还是因为我的嫉妒和惭愧。我嫉妒他们风华正茂，年富力强，嫉妒他们生活丰富充实，有大把的时光和前景等着他们，嫉妒他们根本意识不到他们有多么幸福。

又有一些人走了过来，不得不说，看了几张幻灯片之后，他们很快就感觉没意思了。这时一对六十多岁的夫妇走了过来，他们站在一旁，看了好一会儿了。我想他们不仅仅是觉得新鲜有趣，更是觉得他们当年的生活也是这样的。

孩子们长大之后最不感兴趣的就是看幻灯片了。辛迪十几岁的时候，每当我们拿出投影机，她都恨不得立刻就冲出客厅，凯文也是一样。我强按着他们看了十到十五分钟之后，他们就会烦躁不安，所以我只好让他们走了，只剩下我和约翰两个人安安静静地看着。但是最近几年，两个孩子又有兴趣了，他们现在很喜欢看幻灯片，他们的孩子们也喜欢看。我觉得他们已经明白，这些幻灯片记录了他们的成长历程，也记录了我们全家这么多年来的生活。

屏幕上又出现了夏日周末度假时的照片，和前一张照片是同一年拍的，不过是另外一次度假。大家一起在野外烧烤，孩子们对着相机翻跟斗，我们一起吃热狗、汉堡、芥末土豆沙拉、三豆沙拉和水果沙拉。幻灯片中大家身后的其他几个度假小屋看起来平淡无奇，就像戏剧舞台上的背景板一样，只是为了装饰和衬托。玩掷马蹄铁比赛时，我有一次远远地躲在了人群之后，看起来依然闷闷不乐，可约翰还是把我照了下来。我不知道为什么这么难过，不过我好像想起了什么。我想起那天约翰拿着相机朝我挥手，想逗我开心，让我笑一笑。那时正是在我第三次流产后，孩子怀了好几个月了，然后突然就没了。那时我心痛不已，万念俱灰，放弃了再生一个孩子的想法。我哪里也不想去，更不想周末去度假，可约翰和我姐姐莉娜觉得带我出去度个假对我有好处。

虽然我知道最后的结局很圆满——我换了一位医生，一年半后我生下了凯文。不过看着照片里当年的我，一个陷入痛苦中的年轻女人，被困在自己伤心的世界里，无法走出来，现在看来还是感觉难掩心痛。

我没有按投影仪的遥控器换到下一张照片，而是继续凝视着照片里人群身后那个孤单而又模糊的身影。泪水模糊了我的双眼，我几乎看不清照片里的自己。

那对年老的夫妇向我们挥手道别，转身离去，也许是觉得我疯了，也许吧。我们几乎连一半的照片都没看完，不过我觉得今晚就到此为止吧。

[第五章 · 堪萨斯]

KANSAS

我们穿过 66 号公路上的一个跳蚤市场，后来经过了 66 号公路旁的一个快餐店，接着路过了一个废车处理场和另一家路边快餐厅，再驶过一家书店，最后进入了堪萨斯州。我要说的是：堪萨斯州境内的 66 号公路只有十二英里长，却非常醒目。不仅是因为到处都有"历史遗产 66 号公路"的标志牌，而且 66 号公路的徽章也被印在这条公路上，每十英尺就有一个徽章标记，丝毫不差。

然而跨越州界线的喜悦总是短暂的。约翰和我很快就发现到"半亩地狱"了，这里土地贫瘠，光秃秃的山石林立，岩石上有道道痕迹，而且碎石遍地。我的旅行手册上说，这片土地因为长年开采而遭到了永久性的破坏，自然资源枯竭殆尽。我一点儿也不喜欢这个地方。我不禁想到当年那些一脸狞笑、粗鲁暴躁的人们，凿山开矿，几乎把整座山都摧毁，还口口声声说里面有值钱的好东西，但最后拿走所谓值钱的东西之后就拍拍屁股走人了，留下累累的伤疤和疮口。

我对那片土地抱有深深的同情，简直感同身受。我的一生就如同这片贫瘠的土地，历经波折。我做过阑尾切除术、外阴侧切、剖宫产、子宫切除、肿瘤切除、髋关节置换术、膝关节置换术、动脉内膜切除术和导管插入，我的身体早已千疮百孔，犹如半亩地狱——在我看来，更像是整亩地狱。伤口缝线、疤痕、皮肤缝合钉痕迹以及各种医疗手段造成的痕迹，就像一幅地形图，永远印刻在我的身体上。所以这次，当医生第一次表示不愿再在我身上开刀时，你明白我为什么这么高兴了吧，你明白我为什么非要带着我丈夫一起飞奔上路了吧。一切都有个头儿，这是早晚的事。

　　道理是这样的：医生喜欢救人，可要是一个八十岁的老人，还救个什么劲儿呢？给这么大岁数的人开刀有什么意思呢？如果你真想要开刀，他们也会按照你的要求做的，但他们肯定会告诉你做手术的风险性和复杂性。那些胆小鬼们会跟你不厌其烦地唠叨，说出一大堆可能出现的"合并症"来，像绕口令似的。听了他们的话后，你自然会考虑一番，但你一想又会觉得他们的话似乎有道理。

　　生命就是一场赛马比赛，不管你走多远，最终都逃不过命运。我的这场比赛中，排在第一位的是转移性乳腺癌！第二名是高血压，紧随其后的是颈部动脉阻塞，肾脏衰竭被远远甩到了第四位。哦！缺血性中风正迎头赶上！现在中风与乳腺癌已经并驾齐驱了！中风在前，癌症在后！癌症超出，中风紧跟不舍！女士们，先生们，多么精彩激烈的比赛啊！

　　除了艾斯勒兄弟的杂货店外，我的旅行指南和地图上提到的唯一令人愉悦的景点是"马什彩虹拱桥"。20世纪20年代，堪萨斯州曾经有三座长而优美的彩虹型拱桥，但其他两座拱桥已被拆除，现在只剩下唯一的一座。我指挥约翰往拱桥的方向去。很快，我们就看到了一座可爱的小混凝土桥，长长的拱形跨过两岸，应该是不久前被漆成了白色，脚下是潺潺的小溪。有人在彩虹桥的尽头印上了66号公路的徽章。周围几英里之内一个人没有，于是走到半路时，我让约翰停下车。

"什么？"约翰问。他怀疑自己是不是听错了。

"把车停下来，老头子。"

他照我说的停下了车。我打开车门，走出去，站在小桥上，看着桥下的潺潺溪水。

"天啊，你在干什么？"约翰有些恼怒地说。

我也不知道我在干什么，但是我现在就想站在这里待一会儿。按照旅行指南上的图片所示，另外两座拱桥比这座大，也更漂亮。但仅仅是因为人们觉得需要更新鲜的东西，所以就把它们给毁了。为什么这个世界坏的东西不摧毁，偏偏要摧毁美好的东西呢？我们还是搞不清楚爱的本质是什么。

我站在桥中间，看着桥下的溪水，感到轻松又自在。这就是我这些日子以来的感受，从东到西，从南向北，度过一个个白天和黑夜，有时心情沉重，有时自在轻松。我靠近小桥，扶着栏杆俯下身去，想要看清水底，但水面漆黑而浑浊。

"艾拉！"

"等一下。"我低头看着溪水，突然发现溪边好像有什么东西。可能是某种猫，要么就是麝鼠或者海狸，反正是一种有光滑的黑色皮毛的动物，不过已经死了很长时间。我不知道我该不该去看，但不管怎样，我还是看了。我最不想看到的就是死亡。果然，看了一眼之后，我立刻拄着约翰多年前给我做的拐杖，跟跟跄跄地回到了车里，走得比平时更快。

"咱们赶紧离开这鬼地方，老头子。"

我们穿过了巴克斯特斯普林斯。不久之后，我们看到了一个路牌，上面写着：欢迎来到俄克拉荷马州。

"真够快的。"约翰说。

我们真的很快就出了堪萨斯州，连约翰也感觉到了。

"我说，咱们今天真的很开心。"我笑着对约翰说。他也朝我笑了笑。

他今天早上看起来精神不错，所以当听到他对我说的话时，我吓了一跳。

他说："艾拉，你看到我的枪了吗？"

[第六章 · 俄克拉荷马]
OKLAHOMA

　　我不知道该说什么。他的枪就在这辆"求闲者号"里，但我清楚他并不知道枪放在哪儿了，我十分确信这一点。总之，这把枪真是我们的，我们旅行的时候总是带着一把枪，尤其是这二十年。带着武器跨越州界是违法的，但我们需要这东西来防身。

　　我想我应该在这里解释一下，有时候约翰比较清醒的时候，他想要自杀。不过，他并没有对我说过什么，但我知道他心里的确这么想过。

　　几十年前，约翰的母亲得了跟他现在一样的病，只不过那时候人们把这种病称为"动脉硬化"。他跟他母亲并不十分亲近，但她的病却给了他很大的打击。说实话，他的母亲是个有些抑郁的女人，总觉得这个世界对她很不公平，她付出很多，却得到的太少。即使如此，看着她渐渐变成了一个比抑郁的母亲还糟糕的人，约翰依然心痛不已。在家里的最后一段时间里，她整晚都睡不好，大半夜出来进去，在小区里晃荡，有暴怒和中风的症状。

　　于是我们大半夜的时候，经常接到她的第二任丈夫莱纳德打来的电话，请求我们的帮助。莱纳德是个脾气很好的男人，只是有些软弱。

最终她还是被送进了养老院，那时的养老院才刚刚兴起，发展不够完善，看起来跟真正的地狱没什么分别。约翰说等他老了，绝对不去这种地方聊度余生，他还让我发誓，无论如何都不要把他送进养老院。他告诉我说，如果他觉得自己老得不行的话，就干脆自杀算了。

大约一年前开始，我发现家里的枪总是藏在一些奇怪的地方——放袜子的抽屉、厨房橱柜或者杂志架里——这可把我吓坏了。我本来想问他这是怎么回事，但他这记性肯定不记得枪是怎么跑到那些地方去的。问题变得越来越严重，我知道像他这种病情的人，始终觉得有人在追杀他，于是为了安全起见，我把枪藏了起来。可是他开始不停地问我有没有看见他的枪，有时候一天得问三四次。后来，他好像就把枪的事忘了。我本来终于松了一口气，但是几个月前，我却发现在他最喜欢的一本小说——路易斯·拉莫的《绝处逢生》里夹着一张写了一半的遗书，遗书上的好多字我都认不出，但我知道大概的意思。

你也可以想象，遗书上的内容十分消极而沮丧，但面对一个遗书写了一半就不再写了的人，你该拿这封遗书怎么办呢？还有比这个更令人沮丧的吗？

就像我曾经说过的，最近这些日子，约翰只是偶尔意识到他失去了记忆力。我觉得他问起那把枪的时候，意识还是清醒的。

所以，该死的，他得了这个病，既是幸运，也是不幸。等他找到了枪，也就忘了自己要拿枪干什么了。

"我记得我看见过那把枪，老头子，不过我忘了在哪儿看见的了。"

"是在车里吗？"

"我忘了，就是想不起来了。有时刚过去的事就不记得了，你能明白吧。"我看了他一眼，他似乎对我的这个解释很满意。

"看那边儿，老头子。"我指着路旁的一排电线杆说。

那些电线杆几乎都歪七扭八的，沿着长长的公路依次排开，就像喝醉酒的士兵一样，站得歪歪斜斜，然后突然向右看齐。

"你觉得那些电线杆通向哪里？"

约翰没有说话。我知道他还在想着那把枪，直到他的脑子像电脑似的按下重启键，删除缓存记忆，重新设置。我只好没话找话地瞎唠叨，不让车里太沉闷，也不让他的脑子空闲下来。

"我在旅行指南里看到过关于这些电线杆的介绍，"我说，"这些电线杆是沿着 66 号公路的老路线铺设的，但现在公路已经没有了，新的州际高速公路很多都建在老公路的原有旧址上。多年来，公路一直在不断变化，有些公路经过的村镇现在都已经不在了。"

约翰点点头，但不是因为我滔滔不绝地说着通向无人村镇的遗忘之路而点头的。他是在和自己较劲，说有人偷走了他的枪。他正走在自己世界中的"遗忘之路"。

我希望那些流离失所的电线杆能够再次恢复原样，因为我想跟着电线杆的轨迹走，想知道它们会把我们带到哪里。如果是个鬼城也不错，我们可以在那里开个小店。

我把车窗摇下，摘下棒球帽，用梳子梳理着头发。梳子上的梳齿刮蹭着我的头皮，不过我感觉很舒服。我从梳齿上拿下油腻的杂质和不透明的头屑，把它们扔到车窗外，看着它们随风飘散。我翻了翻手套箱，找到一根橡皮筋，把头发束成一个短短的马尾。不管头发是不是稀疏，我都决定把它当作我的新发型。

我把帽子扔到车后座上，我厌倦了这副古里古怪的样子，不想过着古里古怪的生活。

"妈妈，你们在哪儿？"今天早上我跟我那个急疯了的儿子通了电话。

我让约翰在俄克拉荷马州的迈阿密停留片刻，我想看一眼漂亮的老剧院——科尔曼剧院。它让我想起了底特律杰弗逊大道旁的名利场舞厅，二战时期我曾经去过那里跳舞。我带了三个女伴一起去，另外还有几十个女孩带着她们的女伴一起，舞会里还有几个 4-F[①]级的男孩，我们玩得很开心。

我们开车经过剧院时，我注意到路边有一个电话亭，于是我决定打个电话回家。

"我们在俄克拉荷马州呢，凯文。"

"大家都很担心你们。不行，我要坐飞机赶过去，把你们接回来。"

我立刻据理力争，我说："不，别来。你爸爸和我玩得开心极了，我们不希望你们过来。"

凯文深吸一口气，然后重重地呼了出来。隔着电话我都能感觉到他沮丧地耷拉着肩膀。

"妈妈，你们再不回来我们就找警察报告失踪人口了。"

"你敢！"我是说真的。

他叹了口气，说："妈妈，你们疯了吗，为什么不跟我们说一声就走了？"

"亲爱的，因为我们想旅行。能再出来转转真的挺好的，我没法跟你们说。"

"真的吗？"他说。他的语气变了，情绪有所缓和。不过过了一

---

① 4-F级，二战期间，美国实行义务兵役制，并根据身体和心理条评定等级，如果被评为4-F等级，即不适合参军。

会儿，他又着急起来："等等，那辆房车不是有问题吗？排气管是不是出毛病了？"

"哦，我们早就修好了，亲爱的。"

"您确定吗？"他说，他有点儿不相信，"要是排气管有问题会很危险。"

"别担心，凯文。房车一切都好，什么毛病都没有。"

他又叹了口气，这次叹气的声音更大了。我并不是想为难他，但他总是一副忧心忡忡的样子，担心这个，担心那个的。就连小的时候，他也总是一脸忧郁，闷闷不乐，动不动就哭鼻子。辛迪就很会管理自己的情绪，凯文却内心敏感脆弱。作为父母应该了解孩子的脾气秉性——孩子的性格在娘胎里就形成了。

虽然他是个妈宝，但我也不会心软。我希望他别总是哭哭啼啼的，不过当他找我寻求安慰时，我也会很高兴。但是约翰却对他感到很忧心，约翰担心凯文太软弱，会被这个残酷的世界活生生吞噬掉。他说得没错，恶霸流氓在六个街区外就能嗅到凯文的气味，他回家时总是要么被打得头破血流，鼻青脸肿，要么身上的东西被抢了，再要么就被人扔进泥坑里，浑身脏兮兮的。约翰曾经想方设法让他坚强起来，比如给他加油打气，给他报拳击课，但是并不管用。他一直鼓励凯文不要害怕，举起拳头，用力地揍那些欺负他的人，但是说了也没用，凯文的拳头总是举不起来。

即使到了现在，凯文也总是来找我诉苦，跟我说他公司里的事，他的公司负责给三巨头之一的企业分配更换发动机的部件，他说他的同事怎么利用他，欺负他。一切都跟小时候一样，有些事情永远也不会改变。

"你们快回家吧，妈妈。您带药了吗？"

"当然带了，孩子。"这倒是真的。

"唉，妈妈。"他又在叹气。

所以现在，我实在忍不了了。

"行了，凯文。别磨磨唧唧的，我们不会回去的。你让我们回去干什么？再看医生？再做治疗？再吃药？我已经看了无数次的医生，吃了无数的药了，吃那么多药会上瘾的。不，我们不回去，你听明白了吗？"

他最后一次叹气说："是的，听明白了。"

"很好。艾琳和孩子们都好吗？"

他缓了口气，说："他们都很好。爸爸怎么样？他还好吗？"

"他很好，亲爱的。他开车开得棒极了，他很好。别担心我们，我需要好好度个假。"

"好吧，你们小心点儿。"

我看见约翰在街对面的房车附近拿着什么东西瞎晃荡，心想我得赶紧挂电话了。

"再见，亲爱的，替我向家里人问好。"

"妈——"

我立刻挂了电话，正好看见约翰在发动车子。天哪，看样子他是不打算等我，自己开车走了。"求闲者号"开始向前冲，我声嘶力竭地喊着约翰的名字，街上的人们都停下脚步看着我。我想跑去追他，但我跑不动，膝盖受不了。我只能朝着房车挥舞拐杖。

"有谁能帮我拦住那辆车吗？求求你们！"我大声喊道。

一个穿着机车修理工作服的年轻小伙子走过来，他上衣右边的口袋上印着他的名字——马儿。他的双手很脏，但是脸上带着善意的微笑，他和善地对我说："需要帮助吗，女士？"

"是的，你能追上那辆车，告诉他等等我吗？"

小伙子二话没说，追着房车在大街上跑，那辆房车正慢慢沿着街道行驶。但他还没追上，车就自己停下来了。他跑到车门旁，消失在我的视线中，所以我不知道发生了什么事，我只能尽量加快脚步，往房车那边走。

我走到靠近副驾驶座的车门旁，看见那个年轻人正隔着车窗跟约翰说话。

"没事，女士，"他说，"他哪儿也不去，需要我扶您上车吗？"他替我打开了车门。

"非常感谢，马儿。你真可爱。"

马儿对我微微一笑，伸出满是油污的手，我开心地握住了他的手。他扶我上车的时候，我注意到他上衣左口袋上有一个印章，上面写着菲利普 66①，我想这应该是公路管理局统一给员工发的。

我走上房车，关上门，然后向年轻人挥手告别。等汽车开上公路，我才开口说话。

"你个空脑袋壳怎么回事啊？"我朝约翰大喊，"你竟然不带上我，自己走了？你一个人要去哪儿？你想干什么？要没有我，你肯定得迷路，你个傻瓜白痴。"

我感觉我的血压"噌噌"地往上升。

"你到底要去哪儿？啊？告诉我。听见没有？你个蠢货。"

---

① 菲利普66，菲利普石油公司是一家综合性的跨国能源公司，1927年该公司开始在66号公路上设加油站点，因而被称作"菲利普66加油站"。

约翰看着我，眼神中既有愤怒也有一丝迷茫和困惑，他说："我哪儿也不去，我只是听见有奇怪的声音，所以想往前开一点儿看看出了什么事。天哪，我不会把你一个人留下的。"

　　"哼，你最好别一个人走。你个疯老头儿。"

　　"去你的。"约翰说。

　　我从纸巾盒里抽出一张面巾纸，擦了擦手，说："你去死吧。"

　　接下来我们两个人谁也没说话。开了十几英里之后，约翰扭过头对我笑了笑，他一只手抚上我的膝盖说："嗨，亲爱的。"

　　我们经常像这样打招呼，言外之意就是"很高兴有你在身边""你是我最亲爱的人"，或者类似的意思。不管是什么意思，反正我现在没心情。于是我把膝盖往旁边一偏，不让他碰。

　　"去死吧。"

　　"怎么了？"

　　"我气还没消呢。"我叉着胳膊说，"你差点儿把我扔下。"

　　"什么？"

　　天哪，我最恨他明知故问。我们争吵不休，开始互相大喊大叫，但五分钟之后，他就把一切都忘了。然后又是一副嬉皮笑脸、亲热的样子。他把所有的怨气一股脑都忘了，你能怎么办？还怎么跟他吵？没办法，你只能乖乖闭上嘴，因为再吵下去你会疯的。

　　"你刚才差点儿把我丢下，你个笨蛋。"我心里虽然知道该怎么做，嘴上却不依不饶。

　　"你个疯老婆子，去死吧。"

　　这就让我心理平衡点儿了。我们现在都在生气，这就对了。接下来我们又陷入了沉默。一分钟之后，约翰转过头看着我。

"你好，亲爱的。"他说。

我叹了口气，无奈地说："你好，老头子。"

我的外孙女莉迪亚最先发现了约翰的异常表现。大约四年前，我们全家一起过圣诞节的时候，莉迪亚在我们楼下的娱乐室里找到了约翰。那个房间里堆满了我们旅行时买的所有纪念品，包括一张装裱精美的美国地图，约翰用彩色笔标注了所有的旅行线路。莉迪亚告诉我们，她当时看见约翰正在娱乐室里来回溜达，而且迷茫地看着周围的一切，自己小声嘀咕着："真舍不得扔下这一切。"

莉迪亚走过去，对他说："外公，你还好吗？"

她说约翰看着她，好像不知道她是谁。她又问了一遍，约翰只是点点头。

于是莉迪亚对他说："您要去哪儿，外公？您说您要扔下一切。"

约翰只是说："不去哪儿，我哪儿也不去。"

莉迪亚陪他一起上楼，他看起来一切正常，比刚才清醒多了。不过莉迪亚还是把我叫到一边，跟我说了一遍刚才的事情。

过了一会儿，我问约翰刚才是不是去了娱乐室，他却否认。他信誓旦旦地说他根本没下过楼，但我刚才亲眼看见他走上了楼。接着，又过去了几个月，一切都很正常，于是我把这件事放下了。

后来，我们去了佛罗里达。我们要去基西米见朋友，我们的朋友在那里有个度假屋。一路上，约翰有些消化不良，头晕目眩，而且胸闷气短。他一直说自己没事，但我怎么也不相信。我们开车旅行的第二天——我们打算两天到那儿，总是急急忙忙地赶路，走到半路，约翰突然把车停在高速公路的路边，气喘吁吁。然后他打开车门，突然呕吐不止。

"约翰，你怎么了？"我真是吓坏了。

"我不知道，不知道！"他呛得直咳嗽，接着就上气不接下气，"我喘不上气了，艾拉。"

我以为他是心脏病犯了，但他并没有捂着胸口或者胳膊，不像是心脏病的症状。

约翰双手捂着嘴，喘着粗气，眼泪都流出来了，他声音颤抖地说："我想我开不了车了，艾拉。我感觉头很晕，我恐怕要不行了。"

在一起生活这么多年，我第一次也是唯一一次听到他这么说。

这时，另一辆"求闲者号"在我们身后停了下来。一个五十多岁的男人摇下车窗，问我们出了什么事。

开"求闲者号"的人总是惺惺相惜，互相支持。

"我想我丈夫心脏病犯了。"我说。

那个男人看了看约翰，看见他真的很难受，他问我："你会开车吗？"

"我三十多年没开车了，更不用说开房车。"我说。

"好吧。"他跑到自己车前，然后又跑回来，说，"我开车把你们送到下一个镇子，我妻子开车跟在我们后面。"

我们最后来到了佛罗里达狭长地带的一个偏僻小镇的医院就诊。经验之谈，如果不是万不得已的话，千万别去佛罗里达的医院。这个州不应该叫"阳光之州"，而应该叫"滥做手术之地"。几个庸医接待了约翰，让他躺到床上接受检查，然后，他们说十分钟后要给约翰做心脏手术。

"胡说八道，"约翰说，他现在感觉好多了，"想给我做手术，没门。"

于是他们又在我身上施加压力。

"这是为了他好。反正如果不做手术，随时可以走人。"他们这么一说，真把我吓坏了。我告诉他们我得给孩子们打电话商量一下。

辛迪的看法跟约翰一样。凯文自告奋勇，表示明天要亲自过来。我们告诉医生说，我们不做手术，至少现在不做。

第二天，凯文赶了过来。现在，约翰觉得身体好多了，准备继续上路。

"我开着这辆车回底特律，"凯文坚定不移地说，我从来没听过他用这么坚定的语气说话，"你们两个人坐飞机回家。"

我们不满地抱怨，因为我们两个人都不喜欢坐飞机，但最终我们还是听了凯文的话。这是我们第一次感受到权力的转移，现在是孩子们管父母，而不是父母管孩子了。实话跟你说，这种感觉并不好受。

三天后，看着"求闲者号"停在家门口，感觉自己就像个孩子被父母责骂训斥，并且赶出了家门。孩子们不让我们单独出去了。

我们的医生听说了前几天发生的事情，立刻赶来我家，给约翰做了一个全面细致的检查，医生对我们说，约翰的这种表现通常被称作"焦虑症"。

焦虑症？你能想象吗？

约翰一笑而过。我个人并不认为到了我们这个岁数还有什么可焦虑的。我们的孩子，以及孩子的孩子可能有焦虑，但我们这些在大萧条时期成长起来的一代人，经历过经济动荡和战争的年代。那个时候，满脑子想的都是怎么填饱肚子，怎么保住小命，谁还有闲工夫焦虑呢？

现在看来，医生的诊断是正确的。当约翰开始真的意识到他到底是怎么回事时，我才真正相信医生说的话。我们总是着急上火，我们两个人都是这样。我一听见很大的声音就心烦，约翰总是把火闷在心里，男人都是这样，喜怒不形于色。

我想他终于意识到他最终还是会像他母亲那样走向生命的终结。谁知道这病是怎么引起的？不过我想当时我们一起开车去佛罗里达的路上，他脑子里已经想了一遍又一遍了。这种忧虑和烦心足以让他喘不过气来，把车停在路边呕吐不止。

然而，就像他们所说的一样，这就是厄运的开始。

我们在克莱尔摩尔附近的一家名叫"深坑"的小烤肉店吃午饭。约翰和我现在觉得好多了，也许是因为烤猪肉三明治的作用，约翰的手上和脸上弄得满是橘红色的酱汁和油，不过我想我也比他好不到哪儿去。

这次旅行我们想吃什么就吃什么。请记住，当你到了一定的岁数时，总会有人提醒你什么该吃，什么不该吃。我们这辈人打生下来开始，就是吃牛奶麦片，等老了，半截入土了，他们还让我们吃这些。不过，因为胆固醇高，他们把牛奶也给我们免了。

现在我嘴上虽然是这么说，但是我心里知道，即使一会儿我们上车以后会吃点儿法莫替丁[①]，但我们的胃肯定会灼痛难忍，这就是我们不计后果吃烤肉三明治的代价。

"您二位看起来吃得真开心啊。"接待我们的女服务员不知从哪儿冒出来说道。她是个又高又瘦的中年女人，红色头发，穿着超短裙。

我笑了笑，擦去约翰脸上的酱汁，然后擦了擦我脸上的东西。

"您再来点儿茶吗，亲爱的？"她对我说。她的声音浑厚而低沉，

---

①法莫替丁，一种可以抑制胃酸分泌的药物，常用来治疗消化性溃疡和胃食管反流病。

说着就给我续了一杯茶。

我这辈子从来没像这次旅行一样，听过这么多次亲爱的。

人到中年时，受到的第一次打击就是听到别人叫你"女士"或者"先生"，所以现在当有人叫你"亲爱的"时，也不会感到太震惊。

"不了，谢谢。"我微笑着说。不过说不说也没什么区别，反正她已经把茶给我续上了。

"我憋着尿呢。"

"呃，呵呵。"

通常来说，我不会说这样的话，但最近我也不管那么多了，想说什么说什么。

等我们吃完，服务员拿来账单，我从袜子里掏出钱包——钱放在袜子里是以防扒手和顺手牵羊的小偷。我把钱给了约翰，让他起来去结账。我得赶紧去一趟卫生间。

我坐在马桶上，一抬头看见有人在门上写了几个字，字体娟秀清雅：永远爱你的，查理。

该死的，哪个小子竟然在女卫生间写字？这世界真是越来越奇怪了。我洗了洗手，担心约翰又把我一个人扔下不管，自己走了。不过当我走出卫生间时，看见他正在门口等我，一边吃着好时巧克力，一边跟吧台的雷德聊天，就像旧友重逢一样。

"我们要开车回家，我们家在密歇根。"约翰对雷德说。

"我从来没去过密歇根，那里怎么样？"

"那里很美，"约翰说，"我们打算一两天内到家。"

我不想过去纠正他。我走过去，他伸出手让我挽着他的胳膊，我一下子觉得嫁给他真的很幸福。

我们经过了克莱尔摩尔的威尔·罗杰斯纪念馆。我对这个男人从来没关注过，我觉得他就是个大骗子，对于一个从未见过而且也不喜欢的人，不用花时间和精神去了解他。我摇下车窗，伸出手臂，微风吹动着我的手臂，将我的手臂向后推，我把掌心摊开，然后紧紧握住，再水平张开，轻轻划动，就像游泳一样。我迎着风上下挥动手臂，感受着自由的气息。

我觉得自己就像小孩子一样幼稚，我知道，但幼稚的感觉真好。到了我这个岁数，不会再有幼稚的人，但现在这个时候，我最需要的就是幼稚。我弓着手心，在风中舞动手臂，令人惊讶的是，路旁突然出现了水——一个长长的天然泳池，池边长着高高的芦苇，一只巨大的蓝色鲸鱼卧在中间。那只鲸鱼的颜色就像天空一样湛蓝，嘴巴张开，咧嘴而笑，孩子们站在混凝土制成的鲸鱼背上，尖叫着跳入水中。我挥动着手臂，突然感觉自己就像正在和鲸鱼一起游泳。

有时当你对生活并没抱什么希望时，生活却像国家地理杂志一样，带给你意想不到的惊喜。

快到塔尔萨之前，我告诉约翰转弯开上 44 号州际公路，绕个弯，然后在萨帕尔帕重新回到 66 号公路。我想吃几粒蓝色药片，但想等安顿下来再吃药。

"老头子，"我说，尽量不让自己的声音听起来太疲惫，"我累了，也许我们应该找个地方停下来过夜了。"

"几点了？"

房车上的钟表好几年前就坏了。我看了看手表，显示现在才三点零五分，不过我不想让约翰觉得今天旅行这么早就结束了。

"五点多了，"我骗他说，"咱们睁大眼睛找个过夜的地方吧。"我翻了翻钱包，找到我的蓝色小药片。我想把药片掰一半，但是掰不开。我懒得再想办法了，干脆整片都扔进嘴里，喝了一口根汁汽水把药吞了下去。

十分钟之后，我觉得好多了，但开始有些犯困了。前面不远处，有一个名为钱德勒的镇子，镇子上有一个加油站的广告牌。我记得旅行指南上说这个镇子挺不错，值得一去。

我们刚一进镇子，就看见一个牌子，上面写着：林肯汽车旅馆。

"老头子，咱们在这里住一晚吧。我今晚想睡在一张真正的床上。"

约翰照我的话做了，我很高兴。我们把车开到汽车旅馆，停在接待处门口的停车场上。虽然我感觉糟透了，但不得不说这个地方真不错，有一种30年代老式汽车旅馆的风格。还挺走运，旅馆里有空房。

我们回去把车停在我们住的小屋附近。我突然发现一件奇怪的事。

"老头子，你看那些老式的汽车。"

"哇哦。"他吹了一声口哨。

其中有一辆灰绿色的车，前脸像子弹头一样，我指着那辆车对约翰说："老头子，这辆是1950年的斯图贝克。你还记得吗？当年我们结婚时买了一辆这样的车，你还用那辆车教我开车。"

"我的天哪，"他说，"这可是辆好车。"

"哼，你教我开车的时候还冲我大吼大叫的，我都快被你气死了。"

约翰摇摇头说："你开车可真够烂的。"

我正想要回击，但又一想，他说得也没错。我开车真是不行，压根就不怎么会开车。我总是害怕开得太快，所以讨厌上高速公路，也不喜欢左转和并道。开车的时候，总是有人冲我大喊大叫，不是约翰就是车里坐着的其他人。等孩子们大点儿的时候，我就让他们开车带我出去。当凯文拿到了驾照，我就彻底放弃开车了。

"那还有一辆老的克莱斯勒帝国，太漂亮了。"约翰仔细瞧着一辆薰衣草色华丽气派的汽车，像一条船一样有巨大的散热片和枪用瞄准器一样的环状尾灯。

是的，我们俩不愧是来自汽车之城的人。我们把车停在一辆红色的福特平托汽车旁边，那辆车的牌照上写着：爷怒了。

我们的房间不大，不过挺干净，也舒服。我现在只想上床睡觉，但得先把约翰安顿好了才行。

"咱们睡会儿吧，老头子，然后再把车上的东西拿进来。"

"我不累。"

"可我累了。"我打开电视来分散他的注意力。我们一起看了重播的《陆军野战医院》，约翰立马就看上瘾了。我发誓，这部电视剧的每一集他都看了不下一百遍了，但他还是喜欢看。我想我知道他为什么看了这么多遍还喜欢看了，因为对记忆力减退的他来说，这部电视剧既熟悉又新鲜。我锁上门，然后爬上柔软又舒服的大床，累得筋疲力尽，很快就睡着了。

等我醒来，约翰已经走了。现在才下午五点二十五分，所以我并没睡多长时间，但愿他没有跑到什么地方自己溜达去了。我把酸痛的两条腿用手搬到床边，一手拄着拐杖，一手撑着床头柜站了起来。一站起身来，突然觉得好多了——虽然感觉是在自欺欺人。

我打开房门，看见约翰正坐在草坪的椅子上，茫然地望着前方某个地方，我顿时松了一口气。他身旁的小桌子上放着我们的幻灯机。

"约翰？"

"我弄好幻灯机了。"

"真棒，不过现在光线太亮了，看不清幻灯片。"

"我意识到了，艾拉。"他还是记得必要的时候以自嘲来缓解尴尬。

"嗯，好吧，我们过一会儿把床单架上做屏幕。来吧，咱们去吃点儿三明治。咱们有火腿和大腊肠，你喜欢吃哪种？"

"我想吃腊肠。"

我怎么会问他这个问题呢？工作这三十五年来，他每天都吃腊肠三明治，腊肠配上美国奶酪，再抹上点儿芥末酱，要对半切开，而不是对角切。我闭着眼都能做。

我们走回到车里。但愿幻灯机没事，因为我不想动它。我做了三明治，还搭配了薯片和根汁汽水。我的身体已经没那么难受了，所以我决定打起精神，恢复以往的习惯。我从橱柜里拿出酒，找了两块方糖，还像以前一样，我调好酒，然后在杯子上放了一片切口的橙子和一颗樱桃作为装饰。如果没有这些点缀，就不叫老样子了。

约翰喝完一瓶汽水，又拿了一瓶。太阳渐渐落下，他又变得有些意识模糊了。

"这里是咱家吗？"我们坐在户外草坪椅上，他问道。

"不，亲爱的。我们不在家里，我们在度假。"

"哦。"

我知道这趟旅行对他来说并不轻松。他和这个世界的唯一联系就是我和我们的家。现在这辆房车就是我们的家，我把我们的房子卖了。但是我们必须要出来旅行，即使我们的医生、孩子们，甚至国会议员都说服不了我。该死的，这是我们两个人唯一的心愿。

一开始，最先映入眼帘的是一片茂密的森林：天空和大地都笼罩在一片斑驳的色彩之中——金色、深红色和橘色相映成辉，犹如绚烂的篝火，就像电影画面一般。如果仔细看霞光闪耀的树林深处，你会有惊喜地发现"求闲者号"的身影。"求闲者号"旁边，是另一辆相似的露营房车，那是我们的朋友吉姆和唐恩·吉列特夫妇的车子。两辆房车并排停放，延伸出的檐篷几乎紧挨着，这样两辆车之间就产生了一个公共空间，我们可以搭起野餐桌，一起打牌。有时如果下雨了，吉姆和约翰就会铺上一块篷布，挡在两辆车檐篷的缝隙间。这样一来，我们两家就可以自由地走动了。

　　下一张幻灯片，是吉姆和约翰两个人坐在野餐桌旁打扑克。吉姆一边打牌，一边抽着烟，眉毛皱起，额头挤出了一个"川"字，正一筹莫展地看着自己手里的牌。唐恩一头赤褐色的头发梳向脑后，用一条淡紫色的方巾将头发绑住，正在朝着吉姆微笑。照片的右下角是约翰的那只布满雀斑的手，他正用一条方格油布当扇子扇风。

　　"那是吉姆！"约翰说。这一路上他都没有这么兴奋过。

　　"还有唐恩。"我说。

　　"老吉两口子。"那一瞬间，约翰的语气好像把"老吉"当成了吉姆的绰号。

　　他们同在通用汽车公司工作，一起共事多年，所以我们两家人成了朋友。

　　"对了，吉姆现在怎么样？我好多年没见过他了。"

　　我叹了口气，扭头看着约翰说："亲爱的，吉姆八年前就去世了。"

　　"什么？吉姆死了？"

　　"是的，亲爱的。你不记得了吗？我们还一起参加了他的葬礼。"

我们以前就说过这件事。约翰把所有不想记住的事情全都忘得一干二净了。

"哦，天哪。那唐恩还健在吗？"

"吉姆去世的前一年唐恩就死了。"

"哦，上帝啊。"他震惊地用手捂着嘴。

看着约翰脸上脆弱的表情，我有些后悔给他看这盒幻灯片了。我知道不应该告诉他真相的，但我厌倦了总是把不好的事情都瞒着他。我只是希望他能把这些事情记住，但我的愿望从来都没有实现过。

我又换到下一张照片。这张是唐恩和我走在一条小路上，道路两边是满地金灿灿的落叶，我清楚地记得我们一起捡了一些落叶，精心地放在了我们的野餐桌上一个空牛奶盒里。

下一张照片就是野餐桌上的一小把落叶。我意识到这就是看照片产生的问题——过一会儿，你就记不清是这些照片真的勾起了你对过去的回忆，还是照片就是回忆，或者也许没有了照片，你也想不起过去的事情了吧。

不，我不愿意相信这一点。

我又按了一下遥控器。这张照片是我们两个人在篝火旁的自拍照，肯定是约翰用相机的自拍功能照的。光线很暗，因为是夜景，所以我们两个人看起来都有点儿模糊，但火光却很明亮耀眼。这最后一张照片让我觉得心里很不舒服，尤其是吉姆和唐恩都已经不在人世了，于是我把这盘幻灯片拿了出来。我们的房间里开着灯，一道灼热晃眼的白光投射在当作屏幕的床单上，但我不能把灯关了，要是没有亮光的话，我就没法找下一盒幻灯片了。

"该死的，太刺眼了。"约翰说。

我把新的一盒幻灯片插进投影仪里，但怎么推也推不进去。

　　"等一下。"我说。本来约翰负责弄这台投影仪的，但现在他把这活儿交给我了。他看着我摆弄半天都没弄好，于是走过来，推了几下就把幻灯片推进去了。他咧嘴得意一笑。

　　"瞧你那得意劲儿，别臭美了。"我说。有时候我觉得他这个病比任何病都懒散懈怠。

　　第一张幻灯片被投射到床单上，我听到旁边有喋喋不休的声音。我转过头一看，发现我们周围围了一群人，站在二十英尺外的一个街灯附近。乍一看，我吓了一跳，以为是来了一帮流氓暴徒！然后我再仔细一看，他们看上去不像是我们周围那些穿着松松垮垮的衣服、戴着绒线帽、面无表情的邻居，这些孩子们看起来像是所谓的问题少年。男孩们穿着紧身的白色 T 恤，袖子里藏着香烟，穿着裤脚卷起的工装裤，脚上蹬着机车靴。他们的头发抹着油腻腻的发蜡，整齐一致地向后梳着，就像精心雕刻的瀑布或者鸭屁股。还有几个女孩，其中一个穿着牛仔裤和一件紧身的蓝色保龄球衫，脚上穿着一双笨重的黑色靴子。另一个女孩穿着一条长长的毛呢裙，一双低跟绑带鞋，嘴上涂着鲜红色的口红，一头墨黑色的短发。

　　他们身上都布满文身——手臂和腿上印有各种不同的图案，比如火焰、心形、裸女和头盖骨，等等。我仔细地观察了一下，发现他们其实并不是孩子，有的至少得有三十多岁了，他们正站在路灯下面，就像行走的墨水广告。我很快意识到他们对我们并没有恶意。看到我在注视着他们，其中的两个人羞涩地朝我们挥了挥手，面带微笑。他们对我们的幻灯片很感兴趣，所以不是什么坏人。

　　屏幕上现在显示的照片是我们去蒙特利尔参观 1967 年的世博会，

又是跟吉姆一家人一起去的。在我们身后，是一个网格状的球形圆顶建筑，大家看到这个建筑都惊讶不已。我们都玩得很开心。

我又换到下一张照片。这是其中一个展览馆，我不记得是哪个了，不过约翰拍这张照片主要是因为镜头中有一个穿着超短裙的年轻女孩。那个女孩正停下来整理衣服，被约翰出于好奇抓拍到了。当时这种摩登性感的潮流刚刚流行起来，风头正劲。男人们当然不介意。约翰和吉姆一路上看到周围无数的短裙美腿映入眼帘，既惊讶又兴奋。唐恩和我那一周心里一直憋着火。

从我身后的"观众席"里，传来了一阵雀跃的唏嘘和起哄声，男孩们看到照片上的性感女孩都吹起了口哨。真是男人本色啊，无论什么时候都本性难移。

我听到其中一个女孩说："这裙子真好看。"我转过头，冲他们微微一笑。

人群里一个男孩大声喊道："照片上那个女孩是您吗，女士？"

"不是。"我回答说。

另一个男孩向前走了几步。他跟其他几个男孩的衣着打扮差不多，不过只有他穿了一件夹克。虽然只是一件加油站工人的制服外套，不过很明显他是唯一一个稍通事理的人。我们在这里度过了一个开心的晚上。他继续朝我们走来，约翰站了起来看向他，摇了摇头。

"没事的，老头子。"我说。

"您好，女士。希望你不介意我们跟你们一起看照片。"

我一直面露笑容。他看起来谦逊有礼，只要一个人有起码的礼貌，我其实并不在乎他的衣着和外貌。

"完全不介意，"我说，"你们随便看吧。我叫艾拉，这是我的丈夫约翰。"

"您好，先生。"他走过来跟约翰握了握手。约翰面带微笑。

"我们是来这里参加疯狂古董车大赛的。"

"听起来真不错。"我说。

"是的，我们在沿着老 66 号公路开车旅行。"

他的话让我突然眼前一亮，我说："真巧，我们也是。"

他惊讶得瞪大了眼睛，说："真的吗？真是太巧了。"他说着转过身对着同伴们大声喊："他们也沿着 66 号公路旅行！"

他的同伴们笑着欢呼，点头赞许。现在我终于知道这次旅行并不是一个疯狂的想法，因为还有不少与我们志趣相投的人。

渐渐地，那群人向我们走来。他们看起来很羞涩，因为他们不想吓着我们。我真不敢说，如果我事先没看他们一眼的话，他们会不会伤害我们。

"我是大块头艾德。"一个人说。

我点点头，说："是的，我看见你口袋上缝着的补丁了，上面写着'大块头艾德'。"

他咧嘴一笑，显得有些傻乎乎的，不过挺可爱。

"还挺管用的，是吧？"大块头艾德指着那个墨黑色头发的女孩说，"她是我老婆，蜜茜。"然后他指了指人群中的其他男男女女，一一向我们介绍："盖奇""达驰""贝蒂"和"夏洛塔"。

我向他们问好，然后说："如果你们想跟我们一起看幻灯片的话，那就请坐吧，别客气。"

大块头艾德抬起头看着其他人，说："真的吗？如果您不介意的话，那真是太好了。"于是多数人都直接坐在了地上。大块头艾德正要坐下，突然想起了什么。

"能稍等一下吗？我去给大伙儿拿点儿啤酒。我们的车就在那边，我马上回来。"

"别客气，请自便，艾德。"我说。

"您二位也跟我们一起喝点儿吧？"他摆了一个喝酒的姿势，说道。

"好的。"

大块头艾德站起来飞奔而去。他走了之后，我们都很安静，没有说话。不过一分钟之后，我听到了他厚重的靴子踩在柏油路面上的脚步声，他回来时拿了几盒六罐装的蓝带啤酒。他把一盒六罐装的啤酒扔在地上给同伴们喝。然后从另一盒里拿出了两罐啤酒，一罐给我，一罐递给了约翰。

大块头艾德用袖子擦了擦罐子的顶部，然后"啪"的一声把啤酒罐打开，就像开 Zippo 打火机一样。

"请喝吧，女士，"他打开啤酒递给我，"给您，先生。"他又递给约翰一罐啤酒。

看得出来，他是个挺不错的小伙子。

他举起手里的啤酒，向我们致意："干杯，二位，谢谢你们的热情款待。"

"谢谢你的啤酒。"我说。

我们碰了碰杯，都喝了一大口啤酒。

这些孩子们都很喜欢这些照片。我们看着关于 1967 年世博会的所有照片，同时喝了两盒六罐装的啤酒。每张照片我都做了一些简短的说明。

"这里是日本馆，这些艺术品多么精美啊；这是美国馆，你们见过这么大的展馆吗？"

照片里出现了更多的超短裙，男孩们也发出了更多的口哨声。

"看起来约翰好像眼睛都直了，一直盯着，目不转睛。"达驰说。我们都笑了。

我确实很开心，虽然我这辈子从来没有跟满身文身的陌生人在旅馆的院子里一起看过幻灯片，但不知怎的，这让我突然想起了过去的时光。

接下来这张照片是我们四个人一起站在主展馆门前。我们几个人站在一长排来自世界各国的国旗前面，笑容满面。我给孩子们介绍吉姆和唐恩，过去我们经常跟他们一起结伴旅行。

"我们四个人一起去旅行了很多次，"我说，"玩得特别开心。"

"真好，"大块头艾德说，"跟朋友一起游山玩水真的很有乐趣。"他转过头对着他的妻子和朋友们一起举杯而饮，"对了，你们的朋友，他们还，呃……"

他的话到嘴边又咽了下去。人群里突然安静了下来。

我没有理会他问了一半的问题，继续播放下一张幻灯片。这是吉姆一个人在通用汽车展馆里的照片，他站在一辆最新概念版汽车前。

这时，约翰终于开口了。

"是老吉！他现在怎么样，艾拉？我好久没见到他了。"

我看着约翰说："他很好，老头子，很好。"

开着古董车的几个孩子们都相视而笑。我也一样。

不知道是不是因为喝了啤酒的缘故，那一晚，约翰和我睡得像死猪一样。一晚上我们都睡得很沉，既没有半夜醒来，也没有辗转反侧。早上起来，约翰既没有剪面包袋，也没有锉电池的两头。而我也没有像平时一样凌晨四点就突然惊醒。我们晚上睡得很好，一觉醒来都精力充沛，神清气爽。

约翰转过头，睁着一双大眼睛，以前的他又回来了。

"你好，亲爱的。"

"早上好，老头子。"我对着清醒的约翰说，"你好吗？"

"我很好。"他打着哈欠说。

我用手抚摸着他的脸庞。虽然岁月在他的脸上刻下了深深的皱纹，但他的脸庞依旧充满阳刚，有一种雄健的力量，那棱角分明的脸庞总是让我沉迷，让我心醉。

"你头疼吗？"我笑意盈盈地问他。

他有点儿诧异，不知道我在说什么。其实我是在逗他，我们两个人很少喝这么多啤酒。

"不，我头不疼。你想吃点儿早餐吗？"他对我说。

我依然抚着他的脸，我什么都不想做，不想打破此刻美好的气氛，也不想打乱他的思绪，让这珍贵的一刻瞬间而逝。

"不，咱们这样躺一会儿，好吗？"

"你最近跟孩子们联系了吗？"

约翰在清醒的时候总是问孩子们的情况，就像他是不告而别似的——其实就是这样。

"联系了，"我说，"他们很好，凯文升职了。"这不全是真的。他们只是给了他更多的工作，和另一个头衔而已，但是工资却没涨。

"这孩子干得不错。"

"辛迪正在上成人教育课，学习编织篮子。她学得很棒。"

"太好了。"他轻拍着我抚在他脸上的手说。

"约翰，你爱我吗？"

他侧脸看着我，说："你怎么这么问？我当然爱你了。"他的脸靠过来，吻了吻我。我闻到他身上的味道，其实并不怎么好闻，但那味道属于我的丈夫。

"我知道，"我说，"我只是想听你说爱我。你现在已经不怎么跟我说了。"

"我忘了，艾拉。"

我忘了艾拉。这是我最害怕的事情。

"我知道，约翰。"我另一只手也抚上了他的脸。我亲吻着我的丈夫，我把他的脸凑近我，什么也没有说。时间一分一秒地过去，他的眼神又变了。

该起床了。

我们在州际公路上并没有开多长时间，路上都是大卡车，"嗖"的从我们身旁冲过去，你可以感受到他们的烦躁和恼怒。对他们来说，我们的速度还不够快。

又一辆车从我们身边飞驰而过，车上的司机是一个肥头大耳的胖子，戴着一顶迷彩帽，皱着眉头，冲我们竖中指。我做了一个拿枪的手势，像动作片演员查尔斯·布朗森一样朝他开枪。

他直愣愣地看着我，觉得我是个疯子。然后他踩了一脚油门，像冲出地狱的蝙蝠，"嗖"的一声就把车开走了。

我们又回到了 66 号公路。在阿卡迪亚，我们经过了一个著名的圆形谷仓，但是这个镇子本身却荒凉凄惨，所以我们也没停下车来看看。

我们继续前行，随后我们进入了艾德蒙，一个很小的大学城。我们从那里又回到了 44 号州际高速公路。这样一来，我们就可以绕过俄克拉荷马市。

在这一段高速公路上，卡车开得比其他任何地方都猛。其中一辆车竟然擦着我们的车身突然超车过去。约翰赶紧急刹车，面包车随着惯性突然向前冲，我感觉心脏都要跳到嗓子眼了。

幸好什么事也没发生，我们继续开车前行。我看到一个哥伦布骑士团①前面，立着一个牌子，上面写着：戴维和潘瑾结婚二十三周年快乐。

祝贺他们，我在心里说。

我们经过贝瑟尼之后重新开上66号公路，沿着一座老钢铁桥穿过欧沃霍瑟湖，然后约翰把车停在了路边。

"怎么了？"我问。

约翰看着我，把我看生气了，好像我才是空脑袋壳子。

"我得去方便一下。"他说。

"哦。"

他把引擎关了，然后消失在灌木丛里。两分钟后，他又回到了驾驶座上。

我抓起小瓶的喷雾洗手液，说："把手伸出来。"

约翰发动了车子。

"老头子，方便完之后得洗手。"

"行了，别啰唆，别烦我。"

我往他手背上喷了点儿洗手液喷雾，一下子把他激怒了。他把手

---

① 哥伦布骑士团，也称哥伦布骑士会，是一个基地在美国康涅狄格州纽黑文的慈善组织。以纪念哥伦布而命名，并致力于"慈善""团结""兄弟情谊""爱国主义"原则。

背往裤子上抹，擦掉手背上的喷雾，然后开动车子。我看得出来，他又开始发脾气了。

我们又开了一会儿车，我突然觉得饿了。

"咱们停下来吃午饭吧，老头子。"

"我不饿。"

"可我饿了。"这些天来，我都没什么胃口，现在我好不容易有胃口了，所以想赶紧吃点儿东西。四十多年来，我头一次体重减了。当然，我还是得去专卖胖人衣服的特体服装店买衣服，不过肯定能比平时小一两个码。太糟糕了，我只有生病才能减肥。你应该严格控制饮食，我发现现在节食减肥真的很流行。我一直在关注《询问报》上所有有关减肥的信息——《明星喜欢的全新抗癌食谱》！

经过埃尔里诺之后，有一段建于 1932 年的老 66 号公路，不过我让约翰继续沿着 44 号州际公路行驶。不久之后，我就后悔做出了这个决定。我在路旁的乡间搜寻，寻找饭馆的招牌，但我发现道路两旁一家饭馆都没有。我饿得难受，坐立不安。也许我只是太着急去迪士尼乐园了。我想当我知道有什么事要发生的时候，不管好事还是坏事，我都没有耐心去等待。但有时候，很多事情都是急不来的。

"嘿，看！康尼岛热狗店！咱们把车停下来吧。"约翰看见了路旁的路牌，说道。

虽然我还想吃俄克拉荷马州的烤肉，但我很高兴看到有更像样的美食。在底特律，到处都有来自康尼岛的热狗连锁店——这是约翰最喜欢吃的美食之一。以前当他不得不去市中心的办公室上班时，他下班后就会偷偷去拉斐特康尼岛热狗店吃两根热狗，然后再回家，他一说话嘴里就飘出一股洋葱味。可是一离开底特律，就很难在别的地方找到像样的热狗餐厅了。所以当我看到这里竟然有康尼岛热狗店时，我惊讶极了。不过，我还是觉得有件事很奇怪，不知道为什么密歇根州和俄克拉荷马州的热狗店都以纽约的一个地方命名。

我们吃了几粒法莫替丁，然后前往这家靠水边的小屋。这家小餐厅从外面看普普通通，里面也不怎么样：白色的墙壁脏兮兮的，皮革的餐椅破破烂烂，木质餐桌上满是缺口和裂痕。我们走进餐厅，所有来这儿的常客都转头看向我们。汤姆皱着眉头，好像在说："这两个老家伙怎么跑到我们这个小破狗食馆来了？"幸好，他们都是像我们这样的老头老太太，不然我还真的挺担心的。

不得不说，这家俄州康尼岛热狗店的热狗看起来好吃极了。我们刚坐下来，就看见服务员端着个盘子从我们眼前经过，盘子里有两根热狗。热辣热狗看起来跟底特律热狗店里的一样，但是他们在热狗上面还加了淡黄色的凉拌卷心菜。接待我们的服务生身材魁梧，穿着染上了污渍的围裙，一言不发地站在我们面前。我们点了两份热狗，另外还点了薯条和两瓶胡椒博士汽水（好像这里的人都喝这个牌子的汽水）。不到三分钟后，"啪啪啪"几声，那位服务生又一言不发地把餐品摆在我们的餐桌上。

我很开心地跟大家汇报一下，俄州康尼岛热狗店的东西，不但卖相好，味道也棒。我们吃饭时，一位至少有八十多岁的黑人老头儿，穿着红色条纹的运动衫，衣领扣子全都扣上，一丝不苟，他步履蹒跚地走到我们跟前，看着我们吃东西。约翰和我交换了一个眼神。我一时间不知道该怎么反应，只好朝那位老人微微一笑，然后继续吃东西。

"很好吃，是吧？"他终于开口，舌头抵着上牙膛说。

他说话听起来很含糊，不知道是不是因为中风而口齿不清，听他说话很费劲，不过我明白他说的是什么。约翰和我点了点头，我们的嘴里塞满了食物，没法说话。

"你们从哪里来的？"

我赶紧咽下嘴里的食物，擦了擦嘴，而约翰还在继续吃。

"密歇根州，底特律。"我犹豫了一下，然后才说道。我没有说"密歇根州的麦迪逊高地"，因为没人听说过这个词。

"在那儿住很久了吗？"

"住一辈子了。"

他一边听我们说，一边摸着那张黑灰色的脸。我突然注意到他的左眼是炼乳的颜色。

"我有几个远亲住在那里，我在那儿住了一年。那是很多年前的事了。"

我放下手里的热狗，说："真的吗？"

"以前我在底特律的帕卡德汽车制造厂工作。那个地方挺漂亮。"

虽然他口中的底特律是六十多年以前的了，不过我还是对他面带微笑，真心被他的话打动了。

"真的吗？谢谢您。很高兴听到您说喜欢那里。通常，当我们跟别人说我们来自底特律时，大伙儿都用异样的眼神看着我们，就好像我们是疯子似的。他们始终还是把那里叫作'杀戮之城'。"

老人摇了摇头，说："人们还是有偏见和误解。总之，别管别人说什么，你们还是你们，懂我的意思吗？"

我点点头，说："是的，我懂。我们还生活在那里，'因为那是我们的家'。"

老人咧嘴而笑，笑容很灿烂，我甚至能看见他假牙的粉红色牙床。

很高兴我们聊得这么开心，而且漫长的人生中，时间教会了我们很多东西，让我们有相同的感触。

"没错。不管你在哪儿，身在何处，"——他用手抚着胸口说，"这里就是你的家。有时你不知道为什么你住在那里，但你就是生活在那个地方，因为那里是你的家。"

"您说得太好了，我完全同意。"

"呵呵。"老人抬起头，闭了会儿眼睛，然后说，"我得走了。祝你们玩得开心。"

"谢谢您，"我说，"您保重身体。"

他挥了挥两只手，然后蹒跚地走出餐厅的大门。约翰看着我，耸了耸肩，然后开始吃我盘子里剩下的热狗。

也不知道是怎么回事，我突然觉得心情大好。回到车里，我既没有感到不舒服，也不恶心，膝盖也不疼，我很清楚自己的身体情况。

约翰甚至放起了音乐——哈利·詹姆斯的音乐，真好听，这是一首40年代流行的摇摆舞曲。此时此刻，我高兴得几乎要哭出来。诚然，从前的我，听到这些歌曲，并没有感觉有多开心，但最近这些日子里，一听到过去的老歌，总是能深深地打动我。

我想起在热狗店里的那位老人说的话。他说得对，我们都是恋家的人。我们住在我们的房子里，劳碌半生，还清贷款。我们踏踏实实地工作，辛苦工作三十年之后，退休回家，花更多时间待在家里。我们继续住在我们的房子里，直到没有体力再修建草坪；直到排水管里都长了草，压得水管向下垂；直到我们的房子在邻居家的孩子们眼里，就像是个闹鬼的地方。我们喜欢这个住了一辈子的地方。

我想另一个问题来了：那我们为什么还要出去旅行呢？

答案只有一个：旅行是为了更想念自己的家。

无论你是在工作还是在家里照顾孩子，你的生活每天总是无法避免地重复着。当你年纪越大，你就越想要过这种一成不变的生活，希望一切都保持原状。但你的孩子们却无法理解，他们总是想要改变，把你所有熟悉和适应的事情都全部改变或替换，感觉你就像一辆破得快散架的老车，或者水煮沸时"嘎嘎"直响的破水壶。

然而，一成不变也是一个陷阱。它会把你的世界缩小，随着年纪的增大，你的眼界也变得越来越窄。当你遇到意料之外的事情时，就很容易把事情往坏处想。也就是说，你无法捕捉到生活中不经意间出现的美好时刻，或者找不到发掘美好时刻的位置和途径，又或者有时候，当美好的时刻出现时，你却意识不到。

所以这就是为什么你需要去旅行。

大约十四年前，约翰和我一起去希金斯湖露营。吉姆一家本来打算跟我们一起去，但是最后时刻他们却取消了行程，所以我们只好自己去露营。那是一个宁静的周末，我很早就醒了，想再睡会儿却睡不着。也许我是在担心什么事情，是的，我一辈子都在担心这个，担心那个，操不完的心，不过这是另外一回事。

我坐在户外露营椅上，喝着咖啡，看着金色的曙光从地平线上冉冉升起，渐渐洒向郁郁葱葱的树林，青翠欲滴的枝叶仿佛披上了灿烂的金装。蟋蟀的叫声渐渐停息，远处的道路上传来汽车低沉的"轰隆"声，露营地的另一边，我听到有人在用泵取水。

你也许在等着我说我看到的奇迹般的景象———头白色的狼，或者一些因为我起太早而从来没有见过的奇特景象。可惜什么异常的景象都没有，我只是坐在"求闲者号"前面的空地上，心想这就是我的生活。

我是艾拉·罗宾纳，是约翰的妻子，辛迪和凯文的母亲，莉迪亚和乔伊的外婆，密歇根州麦迪逊高地的居民。我想我这一生中没有经历过什么大苦大难，也没有什么大起大落，日子过得不好也不坏，一切都平淡无奇。我这一辈子从始至终都是普普通通，平平淡淡。我只想安安心心地过日子，一家人幸福美满，平安健康，这就够了。我知道我来到这个世上并没有什么特别的原因和理由，但我很高兴在这世上活一遭，领略这世间一切的美好。这是一件很美妙的事。

在那一刻，我领悟了我的人生。不久，我也会领悟死亡。谁知道呢？也许死亡也是美好的，不过这可难说。

"我想我要睡一会儿。"约翰开了一会儿车突然说道。

"我给你拿瓶百事可乐吧，老头子，"我说，"尽量再开一会儿，然后再找地方休息。"

嘿嘿，现在我的语气跟他一样了。不过说真的，我们并没有走多远的路，从出发到现在可能也就开了一百三十英里左右。我希望今天最好能开到得克萨斯州。

"好吧。"

我伸手往后摸索着，打开了驾驶座后面的老科尔曼便携式冷藏箱，给约翰拿了一瓶百事可乐。冰箱里冒出一股酸味，我想起离开家之前，我把一小块奶酪放进冰箱了。现在奶酪都化了，漂在一层水上。我从座位下面拿出一块旧抹布，把汽水瓶上的水擦干。百事可乐有点儿温，不过还好，我们俩都不喜欢太冷或者太热的东西。我把汽水递给约翰，他接过后把汽水瓶夹在两腿之间，想要把它打开。汽车立刻偏向一边，然后又偏到另一边，忽左忽右，跟画龙似的。

我抓住方向盘，说："天啊，老头子。等一下，我帮你把瓶子打开。"

我松开方向盘，然后摸他两腿之间的汽水瓶。

"嘿，你摸哪儿呢，小妞。"

我忍不住大笑起来，佯装生气捶了一下约翰的胳膊，打开了瓶口，然后递给他。

"臭色狼。"我对着大口喝汽水的约翰说道。

就像是回应似的，约翰突然打了个嗝，然后咧嘴傻笑。

"行啊你，还挺骄傲啊。"我从他手里抢过汽水，然后喝了一小口。汽水是常温的，太甜，而且气泡太多，不过倒是能润润嗓子，还能平复一下此刻因为午饭而不住翻腾的胃。我把汽水又递给约翰，他又喝了一大口。

这时我突然发现约翰的侧视镜里有灯光闪烁。

"老头子？"

"怎么了？"

"好像有警察跟在我们后面。"

他看着侧视镜，皱起了眉，不知道是因为恼怒还是困惑。

"老头子，我想你应该把车停在边上。"

约翰又看了一眼侧视镜，然后继续看着前面的路，说："不是找我们的。"

"我觉得是找我们的，老头子，把车停下。"

"艾拉——"

"该死的，赶紧停车。"

"见鬼了。"他骂了一句，不情不愿地把车停在了路边。

警车并没有从我们身旁开过去。我心里"咯噔"了一下，紧张起来。我默默祈祷，但愿孩子们没有打电话报警，说我们离家出走了。我从副驾驶座看向驾驶座旁边的侧视镜，看见一名警察正向我们走过来。

"老头子，照警察说的话做。"我不希望因为他的臭脾气而和警察闹起来，我还想平平安安到达加利福尼亚呢。

"请出示您的驾照和车辆登记证。"一位看起来三十多岁的警察说。他的下巴上有个伤口，是刮胡子划伤的，也许他半个月才刮一次胡子。

"哦，在我的钱包里。请等一下。"我一说完警察就扭过头来看着我。

麻烦的是，我正好把钱包跟约翰的枪放在一起了。我一边咧着嘴冲警察笑，一边在我的大手提包里翻腾，寻找钱包的同时，还得小心别把枪露出来。警察转头又看向约翰。老太太的优势就是：没人怀疑你携带枪支。终于，我找到了钱包，拿出了驾照和车辆登记证，然后交给警察。从始至终，约翰都没说话。这太好了。

"罗宾纳先生，我让你停车的原因是我发现你的车刚才一直在画龙。"

我举起汽水瓶，说："警察同志，是我的错。我刚才给约翰一瓶汽水，他开着车没法打开，我应该先把汽水瓶打开再递给他的。"

警察目光锐利地盯着我，说："女士，如果您不介意的话，我想请罗宾纳先生回答几个问题。"

哦，不。如果约翰说了什么胡话，我们两个都得进局子了。更糟糕的结果，是被遣送回底特律。

"我只是说——"

"女士，请安静，好吗？罗宾纳先生，刚才是怎么回事？"他眯起眼睛像扫描仪似的打量着约翰的脸。

约翰看着警察，然后点点头，说："是的，长官，我刚才在试着打开那玩意儿。"

"那玩意儿？"警察看着他说。

约翰清了清喉咙，说："对，那玩意儿，那，那个汽水瓶子。"

警察上下地打量着我们俩，我们吓得都不敢说话。约翰打了个响嗝，然后叹了口气，我气得瞪了他一眼。警察拿着约翰的驾照和车辆登记证走了，空气中只留下淡淡的 Aqua Velva 男士须后水的味道。从驾驶座旁边的侧视镜里，我看见他走进了警车里。

"你怎么回事，脑袋进水了吗？怎么在警察面前打起嗝了！"

约翰扭头冲我傻笑，然后又打了个嗝。

不知道警车里会发生什么事。难道凯文和辛迪真的报警了吗？两个孩子几个月前就想好了——毫无疑问，肯定是他们两人开了个小会，商量"根据老爸和老妈目前的情况，他们俩今后该怎么办"，并最终决定要把约翰的驾照收回，不能让他再开车出去。凯文试着把我们那辆老雪佛兰羚羊汽车报废，但他低估了我们。约翰打开引擎盖，我发现凯文故意拉断了火花塞的电线，于是我们很快就把车修好又开了起来。

即使孩子过了青春期，父母仍然必须向孩子们证明，他们的爹妈并不像他们想象中的那么蠢。后来，凯文和辛迪两个就都乖乖闭嘴了。直到几个星期以前，他们又开始旧事重提，嚷嚷着"爸爸不能再开车了"。只不过这次，我们直接开车跑了。

这时，约翰发动车子，准备要走。他正要踩油门时，我伸出手，把车钥匙一拧，关掉引擎，然后迅速把车钥匙拔了出来。

我气得朝他大喊："你是不是脑袋被驴踢了？"

"该死的，把钥匙给我。"他说。

"你想什么呢？这个时候你竟然在警察眼皮底下逃跑？你想像底特律新闻里那样，跟警察来一场高速飙车，躲避追击吗？"

约翰瞪着我，眼里带着仇恨，我的心都碎了。我想，结婚这么多年，经过了无数风雨之后，他现在终于忍不住要拿皮带抽我了，那我就干脆杀了他。清醒的约翰知道我会那么做的，但也许这个约翰不知道。我把钥匙攥在手里，做好了一切准备。这时，我又看了一眼侧视镜。

"闭嘴，他回来了。"我看见镜子里的警察越走越近，然后站在我们的车旁。

"一分钟前，我以为你们要逃跑了呢。"警察笑着说。他把驾照和车辆登记证还给约翰，"你们通过检查了。请小心驾驶，不要随意变换车道，并在规定限速下行驶，好吗？"

我又冲警察笑了笑，尽力表现出老两口亲密无间的样子。

"我们肯定会的，警察先生。非常感谢，祝您工作愉快！"

我看着他走回自己的警车，然后开车离开。我吓出了一身冷汗，浑身瘫软无力。我终于松了一口气，因为没有被警方通缉，或者像警匪片里演的一样被警察追捕。

"钥匙呢？"约翰在车上四处乱翻找钥匙，连放杯子的托架和仪表盘上的边边角角都找遍了。

他在车里摆了一堆小物件，各种小工具配件、带磁力的各种装置、指南针和饮水机，真难以置信，我们竟然把这么多东西搬进了车里。

我把钥匙扔在他腿上。"嗷！"约翰嗷嗷叫了一声，弯腰捂着大腿。

"咱们出发吧，巴尼·奥德菲尔德[①]。"

---

① 巴尼·奥德菲尔德，20世纪初享誉世界的美国赛车手，1910年创下131.7英里/小时(212千米/小时)的世界速度记录。

刚开了不久，我们就决定再次停车。因为我看到了一个路牌，上面显示在克林顿小镇上有一个 66 号公路博物馆。我既想去得克萨斯，又想去看看这个博物馆，我在两者之间犹豫不决，拿不定主意。我们离小镇越来越近，我觉得在经过刚才的一番小口角之后，我们需要休息一下。

"咱们去看看那个博物馆吧。"我对约翰说。

"哦，好吧，那地方看起来不错。"

等靠近的时候，我没觉得哪儿看起来不错。

这个博物馆是个现代风格的建筑，线条简洁，中间是平直的，上面有许许多多一块块的玻璃。建筑的橱窗前有一辆闪亮的红色敞篷车。

我们把车停下来，约翰扶我从车里出来。我拿起拐杖时觉得不太舒服，但我尽量忽略身体上的不适。今天下午我忘记吃药了。也许是因为热狗吃得太急，或者遇到警察受到了点儿惊吓。

我们走进博物馆的路上，看到一个纪念杂耍演员威尔·罗杰斯的一个纪念碑。我对约翰那个傻瓜有一肚子的抱怨，而我们去加利福尼亚的路程才走了不到一半，我会把一肚子的火发泄出来的。

博物馆里有许多展品，真是太多了，满满当当，连边边角角都摆满了，一丝空余的地方都没有。古董车、摩托车、黑色风暴时期①的老爷车，保险杠上还挂着水袋，另外还有巨幅照片、生锈的车牌、老广告牌，当然，更少不了叮当响的加油站汽油泵、闪烁的红绿灯、嗡嗡响的旅馆霓虹灯招牌，以及大众产的嬉皮巴士车，上面喷涂着各种

---

①黑色风暴时期，也被称为"肮脏的三十年代"，是指1930年—1936年（个别地区持续至1940年）期间发生在北美的由于干旱和农业过度开垦导致的一系列沙尘暴侵袭事件。

花花绿绿的颜色，亮瞎人眼。

我们眼神茫然地走着，忍受着各种噪声、色彩和灯光的过度刺激。

"我觉得有点儿不舒服。"约翰说。

"我也是，咱们出去吧。"

这是第一家让我们感到头痛的博物馆。

再次上路之后，我终于觉得好多了。不过我已经看到路边有六瓶装着尿液的塑料瓶了，我敢发誓在俄克拉荷马州这种塑料瓶到处都是。这些人到底怎么想的？看着这些瓶子我联想到那些俄州人一边开车一边小便的情景。我心里在大声说，把你们的手老老实实地放在方向盘上！

在到达埃里克之前，我们看到了一个路牌，上面写着：罗杰·米勒 ①纪念公路。

"不会是唱'公路之王'的那个人吧？"我说。

约翰开始给我低声哼起那首歌："待售拖车……"他一边唱一边用手在方向盘上敲打着节拍。

——这家伙不记得我的名字，倒记得四十年前的一首歌。

当我看到"罗杰·米勒博物馆"的牌子时，我心想旁边肯定还有《公路之王》的大条幅在飘扬，罗杰的老家肯定就在附近。

老天啊。哦，好吧，至少不是威尔·罗杰斯。

我拉下后视镜照照自己。一绺又长又脏分分的头发散落下来，我不得不羞愧地承认，我的头发乱糟糟的，简直是蓬头垢面。我一直在抱怨约翰不讲卫生，你以为我肯定是个很注重个人仪表、爱干净的人

---

①罗杰·米勒，美国乡村音乐的历史人物，1964年，他一人夺得了五项格莱美大奖，并以一曲《公路之王》闻名世界乐坛。

吧。我松开绑着头发的橡皮筋，想重新把头发绑成马尾。我伸长脖子，想从这张脸上看出年轻时的影子，可惜当年风华正茂的那个我已经回不来了。我摘下眼镜，希望眼神模糊的情况下，能依稀见到当年的风采，可是最后却发现眼底的黑眼圈这几天变得越来越大，越来越重了。一个有着双下巴的人怎么就越来越憔悴了呢？

"我这张脸看起来简直跟车祸现场似的。"我小声嘀咕着。

约翰转过头看着我说："我觉得你很美。"

我看着我的丈夫，他已经很久很久没这么夸过我了，我想起当初我是多么渴望他的赞美，想起我曾经对他的赞美深信不疑。就是因为有那些赞美的话支撑着，我才没有因为年老色衰、容颜逝去而伤心流泪。

"你净胡说。"我说。这是我们以前经常说的话。

"我说真的，我真的觉得你很美。"

这该死的老头子，即使到了现在，他还是这么爱我。

前面有一个叫泰克索拉的小镇。在路上，我们看到很多年头很久的汽车停在房子边上，上面挂着待售的牌子，汽车破得都生锈了，牌子也被太阳晒得褪了色，仿佛在可怜兮兮地等着老爷车收藏家们把它们从垃圾堆里拯救出来。草地被炙热的阳光晒得枯黄，房子也破破烂烂，墙皮脱落，坑坑洼洼。放眼望去，小镇里空空荡荡的，一个人都没有。

[第七章 · 得克萨斯]
TEXAS

　　黄昏时分的太阳十分刺眼——也许是我的幻觉，不过现在的确变得更热了。现在虽然已经是秋天，但在得克萨斯还是这么热。我们俩戴上了大大的太阳镜，把车窗摇下来，这是我们离家出发后，第一次开了空调。糟糕的是，不久我们就发现空调不管用了，可能是约翰好几年没给空调充氟了。我把空调的温度调低，但吹出来的风却湿热刺鼻，根本不凉快。

　　另外我还发现了一件事，其实我早就知道了，凯文提到的排气管问题始终没有解决，根本没修好。所以，如果总是关着窗户就不妙了。因为通风口里冒出来的不只有热气，还有汽车排出来的废气。如果关上车窗的话，要不了几分钟，我们就得频频打哈欠。

　　我关上了空调，把车窗摇下来，立刻觉得好多了，约翰也打起了精神。即使如此，我还是担心今天可能把约翰逼得太辛苦了。他一直自言自语地小声嘀咕着，好像忘了我的存在。但愿我们能在下一个大城镇——沙姆罗克镇找到休息的地方。我查了一下旅行指南，发现40号州际公路西线上有一个露营地，正好跟66号公路是平行的。我终于松了口气。

我们经过了一个名叫"迎客来"的加油站，这是一个充满 30 年代装修风格的建筑，集加油站、小卖部和咖啡馆于一身。我们经过"迎客来"之后，便来到了露营地。我让约翰把车停在露营地登记站旁边。

他把引擎关上了，问道："这里是咱们家吗？"

看来他累坏了，脑子也不听使唤了。

"不，老头子，我去办理入住手续，你不用跟来。"我拿起拐杖和钱包，慢慢地走下车。我感觉浑身没劲，走路摇摇晃晃的，所以我得加倍小心。走到登记口半道上，我突然想起了什么，于是我转身往回走。

"哦，对了，老头子，把车钥匙给我好吗？"我和颜悦色地说。他没有跟我争论，二话没说，立刻把车钥匙递给了我。

我拄着拐杖跟跟跄跄走到登记口，窗口后面一个老头儿站了起来，看见我他皱了皱眉，一脸不屑，好像在说："你来错地儿了，这里是胶水厂。"

我跟你说，我最不能容忍的就是被别人盯着，尤其是跟我岁数差不多的人，他们就喜欢没事盯着人瞧，就像整个世界是他们的电视，可以随便让他们看一样。

老头儿盯着我瞧了一会儿，把我惹火了。连孩子都知道盯着人看是不礼貌的行为，这老头儿这么大岁数了还这么为老不尊，也不知道他从哪儿来的。相信我，这家伙看起来实在不怎么样：脑袋上戴着一顶油腻腻的钓鱼帽，额头上有一颗很大的痣，都能在上面挂个帽子了，脸上也皱巴巴的，就像放了十几年的臭奶酪一样。

我也同样瞪着他。

"你好。"他眨眨眼，终于开口了。我想他肯定是被我的气势压倒了。

"下午好，"过了好半天我才回应，"我们今晚想租一块营地。"

"好吧，"他用低沉浑厚的得克萨斯州口音说，"今天有不少空地，你们想租哪块地方？"

在我看来，哪儿都差不多，各处都有几棵树，大部分地方都挺平坦干燥。

"最好能离淋浴设施近一点儿。"我对他说。

我给了他二十美元。他填了一张表，然后撕下了表的一部分，连同找的钱一块儿递给我。然后他又盯着我看。

"怎么了？有什么问题吗？"我有些气冲冲地说，忍不住要跟他对峙。

"您准备好了吗？"他说，声音比刚才温和点儿了。

"准备什么？"我的手紧紧握着拐杖。

"准备接受耶稣基督是你的救主？"

"哦，我的天啊，"我太累了，不想讨论这个，所以我说道，"有机会再说吧。"

"永远都不晚，你知道的。"

"我知道。"我赶紧夺门而出，以最快的速度赶回去。

等我们找到营地，我就让约翰从车里下来。他感觉好了，甚至还能把电源接好。我目不转睛地看着他，因为不知道什么时候他做不了了，我就得接手他的活儿。如果旅行途中他的情况变得越来越糟，这些事情就都得靠我了。除非我接受耶稣基督作为我的救主，到时这些就是他的活儿了。

等一切都安顿好了之后，我们都筋疲力尽，瘫作一团了。约翰躺在床上，我喝完药瘫坐在餐桌旁——这些天我感觉坐着睡觉更舒服些。躺着睡似乎更是一种形式、一种责任或者预兆。

现在才下午四点十五分，但感觉像是晚上十点一样，我累得已经睁不开眼睛，但我却依然记得把灯打开，免得像上次一样，醒来后车里一片漆黑。

等我醒来之后，发现车里又热又安静。虽然不是漆黑一片，但车里只有我一个人，约翰已经走了。我抓起拐杖，撑着站了起来。我从车窗探出头向外看，户外野餐椅上也没人。附近停着几辆房车，但是四周都没有他的人影，我一下子就慌了。

这里离卫生间只有几步路，所以我想先去那儿找找。

"里面有人吗？"我对着男厕所的大门喊着。没有人回应，于是我拄着拐杖蹒跚地走进去。

里面脏兮兮的，只有墙壁、一堆堆的手纸和酸臭腥臊的尿味。

我走向营地的登记处，但离这里足有半个街区那么远。一路上，我脑子里不断冒出不祥的事情——约翰是不是独自走到高速公路被车撞了；他会不会走进森林里迷路再也走不出来了；他可能神志不清，被陌生人拐走了。

我一路踉踉跄跄走到营地登记处。我已经筋疲力尽，急得快要哭出来。幸运的是，那位信仰耶稣的伙计正好在里面，他又在盯着我看，只不过这次礼貌多了。

"你好。"他说。他那低沉的嗓音弄得我心里更加焦急不安，不过我还是尽量友好，因为他是我唯一的希望。

"你们有没有看到我的丈夫经过这里？他大约六英尺高，有点儿驼背，穿着绿色衬衫，戴着一顶棕褐色的棒球帽。"

虔诚的老信徒什么也没说，还是看着我。我以为他又会向我滔滔不绝地传道，不过这次他没有。

"一个跟你描述差不多的男人刚刚从这里经过。"

"真的吗？走了多久了？"

"大概十五分钟吧。"他的语速比刚才快了些，听起来更亲切，让我心里产生了一丝希望。

"就是他。听着，你能帮我个忙吗？他有时脑子有点儿不清楚，不知道自己在哪儿。我怕他会走丢或者出什么事。"

"需要我报警吗？"

"现在还用不着。"我今天不想再见到警察了，"你们有车吗？也许我们可以先四处找找。他应该走不了多远。"

老信徒看起来很震惊，他说："我不能离开我的岗位。您不能开你们的房车去找找吗？"

我真的有点儿着急了，我说道："我开不了那玩意儿。拜托了，要不是这么紧急的话，我也不会麻烦你的。"

他想了想，似乎心里在激烈地挣扎。我急得真想揍他一拳，但他是唯一能帮我的人——附近真的没什么人了。他沉默了足有半分钟。

"求你了。"我说。

最后他终于开口了，说："我看看特里能不能开车带你去，他是我们的营地管理员。他有车。"

"太好了，麻烦你快去找他。"

他又冥思苦想了半天，最后拿起电话，慢条斯理地拨打电话号码。我却想象着约翰在马路上漫无目的地走来走去，路上的车辆都在朝他狂按喇叭。我想他应该还没疯到这种地步，但谁也说不准。

老信徒正在打电话，我目不转睛地盯着他的脸，就像在一间空荡荡的房间里盯着门口的纱门一样。我听见电话那头有人说话了。

"是特里吗？我是登记处的切特。这里有位女士想寻求帮助。不知道……"

他停下来听着对方说话。不难猜到特里并不愿意合作。

"我知道。她说她需要帮助，我现在走不开。"接着又是一番争论。

最后，我忍不住走上前去，说："我能跟他谈谈吗？"

切特吓了一跳，他拿着电话不出声。最后，我从他手里夺过电话，说："你好，是特里吗？"

对方沉默了一下，我想我肯定是遇到了一个狂热而又愚笨的基督徒，不过这时，特里突然说话了，他的声音听起来很正常。

"你是谁？"他问。

"特里，我就是那个需要帮助的女人。事情十万火急，我的丈夫不见了，我担心他会出事。他有时神志不清，不知道自己在哪儿。你能过来帮帮我吗？我只是需要你开车带我四处看看，好快点儿找到他。我会花钱雇你的，油钱我也会给你。"

"我马上就来，女士。"

果然，不到一分钟，一辆栗色车身、金色轮毂的小皮卡车就开到了登记处的门口，然后车里的人按了按喇叭。我听到车载音响里一阵"咚咚隆隆"的声音。

"真是谢谢你。"我对切特说。

他正凝视着远方。实际上，我倒是希望他能说一些鼓励人心的话，好给我打气，但他显然不是会说这种话的人。他只是转过头，盯着我看。

音响被关上，我进了车里，费力地坐到皮卡的乘客座位上，不过这座位实在太低了。我扭动着身子，勉强坐了进去，突然我意识到我竟然跟一个完全陌生的人坐在了同一辆车里。我看着驾驶皮卡车的小伙子，忽然想起大多数被绑架的人作证词时，开头都是这么说的：她绝对不应该跟那个男人上车。

不得不说，这个特里，让我有点儿害怕。他大约二十多岁，突出的颧骨上还有残留的粉刺痤疮，头上戴着黑色的毛线帽子，帽子下面露出长长的水褐色头发，看起来像好几个月没洗头了。他的T恤是黑色的，宽松的裤子是黑色的——上面还挂着好几条链子，右手上的手套也是黑色的。总之，他身上从头到脚都是黑色的。他的T恤胸前是一张绿色的照片——一个看上去很邪恶的男人，长长的头发，颜色像吐出来的胆汁，脸色像抹了白粉似的，额头上还划了一个血淋淋的十叉，照片下面，写着几行听起来会让人毛骨悚然的话。

然而，我看了他身上的穿戴之后，又仔细端详着他的脸，忍不住想起凯文像他这么大的时候想尽办法让自己看起来严肃强硬，但温柔的眼神却出卖了他。

卡车上散发着香烟和汗水的味道，还有后视镜上红色五角星形状的空气清新剂挂饰上传来的人造草莓的香味。

"我是特里。"他伸出戴着手套的右手握了握我的手。

我注意到他的另一只手的手指上有一个文身，上面写着"该"。

"我叫艾拉。"我握着他的手，勉强露出一个笑容。现在不是我挑剔的时候，如果撒旦决定帮助我，而不是像登记处的那位坐视不管的话，那就让撒旦帮忙好了。只是我觉得不管是耶稣也好，撒旦也好，都应该考虑换一下他们的代言人。

"您出汗了。"特里对我说。

这话真的挺奇怪的。我摸了摸额头，他说得果然没错。

"我担心我的丈夫，都急出汗了。"

"听起来登记处的切特不肯帮忙啊。"他捋了捋随意散落在下巴上的头发。

我看着这个小伙子，说道："不，也不能说他不帮忙。"我不满地说，"你要不要帮忙啊？"

他夸张地一笑，猛地点头说："我们会找到那位老先生的。"说着，他把车开上了 40 号州际公路。

开了半英里之后，我们看到一个穿着米色夹克的人走在路上。

"是他吗？"特里指着那个人问。

"不是他，"我说，"约翰穿着绿色的衬衫。"

透过特里的手套，我看到他的右手上还有其他的文身。我突然想到，如果特里想换份工作，大多数雇主都不希望自己的雇员手上有文身。

我叹了口气，可能声音比我想象的大了一点儿。特里看着我，让我惊讶的是，他竟然温柔地安慰我说："我们会找到他的。我向您保证，他不会有事的。"

"谢谢你。"

车里安静下来。特里转过头，看着我说："我奶奶也一样。"

"什么一样？"

"我不知道，"他耸了耸肩说，"不知道他们怎么称呼那种病。她以前经常自己从家里跑出来，在附近溜达。后来我们不得不把她送进了养老院，一年之后，她就去世了。"特里轻叹了一口气，"她是我们家里唯一一个让我想念的人。"他看了看后视镜，然后看着我，说：

"对不起。"

这个年轻人显然把我当成了那种不会像码头工人一样骂骂咧咧的老太太。

我看着他，挤出了一丝笑容，说："没关系，这只是意外情况。"

我仔细地看着道路两边，有几家小商店零星地分散在其中，约翰可能就在其中某个商店里。

我们经过了一个老式的加油站，然后经过了一个冰激凌店，上面挂着一个闪亮的甜筒形招牌，招牌上写着"甜甜冰雪屋"。路边，有一只巨大的企鹅，站在一个白色的小冰屋旁朝人们挥手致意。人们聚在冰雪屋门前，有的在排队买冰激凌，有的在吃冰激凌甜筒。稍远处有几个户外桌椅，我在那里看见了约翰。他正坐在户外椅上吃巧克力香草冰激凌。

"他在那儿！"我大声喊，"快停车。"

"在哪儿呢？"

我拼命地指着右边，说："卖冰激凌那个地方。在那儿！"

特里把车开进停车场，车几乎就停在约翰的旁边。约翰看着我——我敢肯定他没认出我，因为我坐在一辆陌生的小卡车里。我打开车门，从车里走出来。

"约翰。"我尽量以最快的速度走向他，用力地抱住了他。

"天啊，老头子。"我几乎要在甜甜冰雪屋门前号啕大哭，我用尽全身力气紧紧抱着他。

"艾拉？"

我死死地抱着他不放，说："我现在很需要你，我需要你陪在我身边。我们没多少时间了，老头子。"

"我不明白你在说什么，艾拉。"

我松开抱着他的手，直直地看着他，说："亲爱的，你真是把我吓死了。"甜甜冰雪屋前的人们都纷纷看向我们，我只好压低了声音。

约翰舔着他的冰激凌甜筒，一双眼睛无辜地看着我，仿佛什么事都没有一样。

"我只是想出来走走。"他说。

"哦，你只是想出来走走？"我开始发火了。我不想在这么多人面前跟他大喊大叫，"老头子，你知不知道怎么从这儿回去？你知不知道你到底在哪儿？"

他指着我们来时的路，说："从这条路回去。"

"把那玩意儿给我。"我一把夺走了他手里的冰激凌甜筒，然后舔了一口。冰激凌很甜，冰冰凉凉的，味道好极了，我开始哭了起来。我坐在椅子上失声痛哭，怎么也停不下来。

约翰伸出手紧紧地抱住我，说："你哭什么？"

"没什么。"我说。

这时，特里从车里下来了，朝我们走来。

"他是谁？"约翰疑惑地问。

我好半天才缓过来。我把冰激凌甜筒还给约翰，从口袋里拿出一张纸巾，擦了擦鼻子，说："这是特里，幸好有这个小伙子帮我，我才能找到你。"

"哦。"约翰嘟囔了一声。他看了一眼特里，像是把他当成罪犯似的。也没准，不过我不太相信。我又吸了吸鼻子。

"特里，"我声音哽咽地说，"我们给你买个冰激凌好吗？"

特里羞怯地点点头。我从钱包里拿出二十美元，说："你能顺便给我也买一个吗？"

特里苦笑了一下——一种他这个年纪不应该有的苦笑。我坐在约翰身旁，一只胳膊搂着他的腰。

几分钟后，特里回来了，手里拿着两个巧克力香草冰激凌漩涡，还有找的一把零钱。我接过我的冰激凌旋涡，然后把找的钱留给了特里。

这时他的手套已经摘下来了，我终于看到了他右手上的文身，上面写着"死的"。

现在我明白他另一只手上写的"该"是什么意思了。

当天晚上，我们很早就上床睡觉了——没有睡前鸡尾酒，也没有看幻灯片或者电视。我做了点儿奶酪三明治还有番茄汤，然后我们两人都吃了几片安定片。我讨厌吃这种药，不过今晚我必须让约翰好好睡一觉。我强迫自己醒着，直到听见他打起呼噜来，我才关上车门，把车门锁好。我躺在他旁边，这样如果他起床我肯定会醒来。今晚我绝不会让他再自己溜出去了。

我终于可以松口气了，可我却不累了，我开始想孩子们。我今天本来想给辛迪打个电话的，但是一连串惊险的事情下来，就把这件事给忘了。辛迪在梅杰购物中心工作，我知道她工作有多辛苦，知道这些大型商场用人有多狠。经常加班，却没有加班费。我明白她很累，每天凌晨四点钟就起床。接着我又想到了我以前的工作，我和约翰刚结婚时找到的工作。我在温克曼百货公司做售货员，我喜欢热闹的地方，每天都人来人往，还有各种流行的时尚，而且我们那时候很需要钱。等有了辛迪之后，我就辞职了，心想等孩子大了，我会再回去工作，只可惜一直没能如愿。约翰有大男子主义，不希望自己的老婆出去工作，但我认为我可以既上班，又抚养孩子，两者可以兼顾。

几年之后，我还总想着再回去工作，但家里有太多事等着我去做。我记得凯文刚蹒跚学步的时候，把家里弄得一团乱，而且经常出惊险的事故。他见着什么就吃什么，清洁用品、花花草草、各种药片，不管是什么东西都往嘴里塞。我在中毒控制中心都有名了，那孩子简直让我发疯。等我好不容易把他安顿好了，辛迪从学校回来，把他又惹急了。要是那时我能出去工作就好了。

我从来都没想过围着锅盆碗灶和尿布奶嘴过一辈子，这样只会埋没了我的才华。但事实是，我从来都不知道除了当妻子和母亲，我还有什么本事。我只知道我真的喜欢在商场里工作。有时候，我一有时间就想去逛商场。我天生有一种能力——善于搭配各种衣服的颜色、面料和纹理。在商场工作时，人人都喜欢我替他们搭配的衣服。商场经理毕理缇先生，是一个瘦高个，留着两撇胡子，头发上总是有些头皮屑。他经常称赞我，说我做得好。我记得告诉他我怀孕时，他非常失望。他笑着祝贺我，然后立刻就开始对我冷淡了。很快我就感觉到，自己好像个隐形人，被人遗忘了。他知道结果是什么，毕竟他是在女装部工作。

说实话，我辞职之后，很少想念当初的同事。我很高兴回归家庭，成为一个母亲，有一个温暖的家和爱我的丈夫。约翰是个好丈夫，我们为孩子营造了一个温馨而美好的环境。我们两个人都来自同样背景的家庭——父母都很强势，都有婚外情，饱受家庭的折磨。我们都是在父母的争吵和打斗中长大的，所以我们下决心不管我们的父母怎么样，我们绝不要像他们那样生活。总而言之，这是一个非常明智的决定。

我们总是把我们的婚姻关系看成是一个整体，两个人同等重要，没有高低之分。我从来不像有的女人那样，把丈夫像皇帝一样伺候着，让他们衣来伸手，饭来张口。要是约翰想吃三明治，他可以高高兴兴地早早起床，然后自己做。我们的相处方式很强调公平与独立，因为这是婚姻，而不是没有契约的奴役。

我不知道他还记不记得，我们有两所房子。有一个在底特律，后来我们搬到了麦迪逊高地。1967年底特律骚乱[1]过去几年之后，如同人们所希望的那样，我们搬离了底特律。离开那座房子的时候，我的心都碎了。我们在那里住了将近二十年，但一切都变了，周围的邻居也变了。白人都害怕极了，一窝蜂似的搬走了。于是房地产商趁火打劫，房地产中介的人天天敲白人家的门，告诉你"他们"要进你住的小区里了，并且到处散布消息，说他们会私闯民宅，杀人抢劫，一时间人心惶惶。因为这些传言，我都不敢去邻居家串门了。

我从小到大一直住在底特律的迪尔曼大街，那块地方住的都是穷人。很多黑人住在我们那个街区，那时黑人和白人相安无事。各个种族的人可以随便在大街上走——保加利亚人、爱尔兰人、捷克人，还有很多波兰人、犹太人和一些法国人（就像电视剧《小偷家族》一样，他们都是小偷）。有一个叫威廉姆斯的黑人，他和他的女儿祖拉·梅伊一起生活。即使是白人和黑人共同组建的家庭，也没人说什么，因为我们都是穷人。我们都一无所有，所以能和谐共处。

那场骚动之后，一切就都变了。科尔曼·扬当选为市长，他明确

---

① 1967年底特律骚乱，又称为"第十二街骚乱"，这场骚乱于1967年7月23日星期日早上开始，当时警方扫荡了一间位于第十二街的黑人区无牌照酒吧，从而引发了一场大规模的黑人抗暴斗争。

表态说不喜欢白人。他让白人收拾家当，离开这里，沿着密歇根高速公路，走得越远越好。不久之后，我认识的所有人，包括我的姐姐和弟弟，我所有的邻居和朋友，都搬出了底特律。除了我们。

再次强调一下，我成长在一个到处都是黑人的街区，我告诉自己说，这没什么大不了的，但这一次却不一样了。我们终于意识到现在这座城市是黑人掌管的了，我想我们并不习惯成为少数派种族，但我不想搬离这座房子，我喜欢这里。可最终我们还是离开了。

看到这座城市后来沦落成这个样子，我还是很心痛。城市里这么多的贫民窟和废弃的建筑，密歇根中央车站、国家大剧院、J.L.哈德逊百货商场、斯塔特勒酒店、密歇根剧院都已被毁或者遗弃。

我听说现在白人开始搬回底特律市中心了，一些建筑也正在被翻新和修葺。新的公寓楼和办公楼也在进行开发和建造。一切又都变了，不知道是白变黑了，还是黑变白了。最近这些天里，这些漂泊不定的日子里，约翰和我仿佛生活在黑白之间的灰色地带里，一切看起来都不像是真的。那些对我们来说，曾经十分重要的地方都早已渐渐远去，不再回来了。

我得去趟厕所，可我不想起来，还想再躺一会儿。也不知道温克曼百货商场的那些旧同事都怎么样了，他们中的大多数人岁数都比我大，现在肯定已经不在人世了吧。就像我们的那些老朋友一样，那些跟我们一起从城里搬到郊区的朋友们——吉利特夫妇、尼尔斯夫妇、米克尔夫妇，还有特恩布鲁姆两口子，他们大多已经不在了，只剩下几个孤零零的寡妇。

人们总是担心父母、同胞、配偶有一天会离你而去，却没人想到有一天你的朋友先走一步了。每次翻阅电话簿，都会发现——这个人的老婆没了，那个人的丈夫去世了，这两口子都不在了。然后把人名、地址和电话号码都一一删去，删了一页，又删去一页，电话簿就这样一页一页地越删越少。你会有一种深深的失落感，不仅仅是因为死去的这些人，还因为年华的逝去和快乐的终结，那些温暖人心的谈话，那些开怀的畅饮，那些愉快的周末，那些共同经历的痛苦和欢乐、胜利和喜悦、嫉妒和羡慕，以及无法告诉别人的秘密和只属于两个人的回忆，都随着这些人的离世而荡然无存，百念俱灰。今后也没人能跟你玩儿扑克了。

要知道，即使你像我们一样仍然还活在这世上，但你从前认识的某个人很可能认为你已经死了。

凌晨四点二十三分，我从浅显的睡眠状态中醒来，发现约翰正坐在我身边，牙关紧咬，额头上冒着青筋。我想我前面可能提到过，有时他无法分清梦境和现实。有时他醒来，不知道自己在哪儿，也忘了自己是谁。现在他就像地狱魔王一样疯狂和愤怒。

"老头子，怎么了？"我从床上坐起来说。

他张大嘴瞪着我，喘着粗气，听起来嗓子里好像还有痰。

"约翰，出什么事了？"我发现他手里拿着什么东西，闪闪发亮的。

我想是的，他终于发疯了，我说："你手里拿着什么？你在想什么？你只是做了个梦。"

"不，我没有，"他大吼着，"我很清醒。我们这是在哪儿？这里不是咱们的家，你要把我带到哪去？"

"老头子，这里是营地。我们在度假，你还记得吗？我是你的妻子，我是艾拉。"

"你不是艾拉。"他咬着后槽牙，冲我怒吼着。

"我当然是艾拉。我知道我自己是谁。我是你的妻子艾拉。"

他的眼神温和了一些，好像开始明白我说的话了。

"你手里拿着什么呢，老头子？"

他伸出手来，我看见了他手里的东西。

是一把刀，一把切黄油的刀。

"把刀给我，你这头蠢驴。"我真想扇他个耳光。

我一叫他蠢驴，他倒相信我的确是艾拉了。他把手里的刀递给我，我感觉刀刃上好像有什么东西，有种黏黏的感觉。

"你刚才做三明治吃了，是吗，老头子？"我目光紧紧盯着他说。

"没有。"

"那你脸上怎么会有花生酱呢？"我从口袋里拿出一张纸巾，用唾沫把纸巾弄湿，擦了擦他的嘴角。

"我不知道。"

"天哪，赶紧上床来，老头子。"

这种情况不是第一次发生了。上一次是在家里，他一把揪起我睡衣的领子，把我用力地摇醒。之前还有一次，那次真的很可怕。他拿着一个拔钉锤，不断敲打床头柜，想要知道自己在哪儿。

那次之后，我就开始睡不好觉了。这并不是因为害怕我的丈夫，我并不怕死，我怕的是等他发疯的这一阵过去之后，他就只剩下孤零零一个人了。我怕的是我们之中一个人走了，另一个人就孤孤单单了。

清晨，天空蓝得让人心烦。约翰静悄悄地起床，看起来神清气爽，精神百倍，但我的心情却很差。我们吃了烤面包，喝了点儿茶和燕麦粥，又喝了点儿药，然后收拾东西，继续出发。

终于又回到公路上了，真是一种解脱。我决定忘掉昨天的一堆烂事，期待后面将要发生的事情。我们在得克萨斯州狭长地带开了很久,大约得有一百六十多英里。

道路两边都是平地,还有奇形怪状的大石头,龟裂的土地零星分布着一些粗壮的灌木。为了安全起见,我让约翰停下车来给"求闲者号"加点儿油。我用信用卡付了汽油钱之后,让约翰开始加油,我趁这个工夫去了一趟洗手间,然后给我们俩买了点儿零食和两瓶水。我不喜欢花钱买水喝,但喝点儿水会让我舒服一些。

等我回来时,约翰还在加油。我想他肯定是把油管插进去但是忘了按喷嘴上的按钮。我走向汽车,约翰一直在朝我笑。他戴着一顶印有美国国旗的棒球帽,不知道是从哪儿弄来的。

"都准备好了吗,小艾?"我爬上车之后,他打开车窗问道。

"都准备好了。"我说。

我很惊讶竟然又一次听到了他这么叫我。约翰好多年没叫过我"小艾"了,因为他的病,很多东西都被他一点一点地遗忘了,一些细小的事情一点点从他的脑海中消失,但这些微不足道的小事却能让人倍感亲切和温暖。因为这次旅行,这些微小的细节竟然又不经意地回来了,我真的很高兴。

输油管喷嘴自动关闭了。约翰把油管放回到油泵上,然后打开车门。油泵出票口里出了信用卡收据小票,一阵风吹来,小票不停地翻动,然后随风飘走。我们没有理会。

约翰坐在驾驶座上,温柔地看着我,捏了捏我的膝盖。

"嘿,亲爱的。"他开心地说。虽然他捏的只是一团肥肉还有膝盖里的钛金属,但我实话跟你说,我的心脏正"扑通扑通"地跳。

我微笑着看向约翰,现在我的心情好多了,很高兴又看到了清醒时的他。

"今天某人真是活力四射啊。"我说。

他拍了拍我的膝盖，然后发动了车子。昨天发生了这么多不愉快的事情之后，我们需要这么温情的时刻。

我们决定不去参观麦克莱恩镇的"魔鬼之绳"带刺的铁丝网博物馆，因为那里听起来像是世界上最愚蠢的博物馆。不久之后，我们经过了几个带有橙色油泵的老式菲利普 66 加油站，还有一个牛奶瓶形状的烟囱。人们在这条公路上修复了很多东西，这些东西大部分都没什么实际作用，不过看起来很不错。

汽车沿着公路一路奔驰。天气很热，万里无云，但有些干燥，不过开着车窗并没有感觉不舒服，这就是秋天旅行的好处。66 号公路是与高速公路邻接的一条路，这条路不像高速公路那么拥挤，当我们经过莱拉和阿兰里德这样不知名的小镇时，周围没有什么人。你可以把这些地方叫作"沉睡之城"，不过更确切地说是"昏迷"。

高速公路上有一个路牌，上面写着：响尾蛇出来了。

然而爬行动物农场里，已经是一片废墟，什么也没有了。我差点儿想让约翰把车停下来，仔细看看，转念一想还是算了，于是让约翰转到了 40 号州际公路，避开 66 号公路接下来在耶利哥峡谷的一段土路。总之，我觉得转到州际公路上挺好的，我可不想在崎岖的土路上浪费时间，毁了我们的好心情。我什么也不想做，只想让约翰像现在这样，一边开着车，一边跟我聊天，不希望有任何改变。

"艾拉，你还记得我们那次去科罗拉多旅行吗？我们醒来的时候，那些羊都围着咱们。天哪，真是太令人难忘了。"

我转头看着约翰，心中充满惊喜。他已经很久都没有回想起过去的事情了——我并不是在抱怨。

"是在韦尔镇，"我说，"那是 1969 年，我们一起去西部旅行。"

"没错！"他不住地点头。

"真是奇怪，"我说，"我们醒得很早，我正好看向外面。太阳刚刚升起，那些羊不知道从哪儿冒出来的。"

约翰用食指推了推太阳镜，又点了点头："有个男人正在营地放牧。我们的房车正好就停在山坡旁边，它们全都停下来，在咱们周围的草地上吃草。不知道那个牧羊人是怎么管理这么多羊的。"

"他有狗吗？"我真不敢相信，我们讨论的竟然是几十年前的事情。

"我觉得没有。"他说话的时候眼睛一直盯着前面的路，仿佛前面有什么美景让人移不开视线似的。

他接着说："我还记得当时的情形。当羊群围着我们的时候，我感觉时间就像放慢了一样。看着羊群吃草，仿佛一切都安静下来，它们竟然一点儿声音都没有。我记得我们以为被困在了露营地里，后来才发现没事，因为包围我们的是一群羊。"

"这就是为什么我喜欢度假。"我凝视着窗外路旁褐色的灌木丛说道。

"因为能看见羊？"

"因为一切都放慢了脚步，虽然度假只是很短的一段时间，但能让人明显感觉到生活的节奏放慢了，你会不自觉忘记今天是几月几号。时间慢下来，一切都像是在做梦一样。"

约翰听了我的话并没有什么反应，或者他根本没听进去。不过，也可能是我说到了他的心里。

"你还记得凯文当时有多害怕吗？"他说，"这可怜的孩子从来没见过这么多羊，就连州际博览会上也没见过这么多。我一直安慰他说没事，那些羊很听话，不用怕它们。"

"我的天啊，老头子。"这些细节我都忘了，他竟然还记得，我简直不敢相信。我用手摸了摸他的额头，捋了捋他额头上的白发。

"怎么了？"

"没事，没事。"

完美的时刻并没有出现，也不会再有。因为我意识到虽然此时此刻我的约翰又回来了，但我却突然觉得身体很不舒服，五脏六腑剧痛难忍，从来没有这么难受过。我连忙松开握着约翰胳膊的手，此时那只手疼得一直在颤抖，幸好刚才突然开始疼的时候我没有紧紧攥住他，没有把指甲陷进他胳膊上的肉里。

我在书包里摸索着，寻找蓝色的小药片。我看了看，我的包里装满了各种药瓶，但就是没有蓝色小药片。我在包里找到了口红、一大堆面巾纸、半盒绿箭口香糖还有约翰的枪——虽然很沉，但我不敢把它放在别的地方。我找了半天，就是找不到蓝色小药片。最后，我终于找到了，我的手不住地颤抖，就像对药物上瘾的人似的。我用矿泉水服下了两粒药片，我知道，得过一阵才能好些，所以我需要干点儿什么分散注意力。

"跟我说说话吧，老头子。"我皱着眉说，尽量让声音保持平稳。

"说什么呢？"

"说什么都行。随便，跟我说说你还记得的事。"

"什么事？"

"咱们俩的事。跟我说说咱们的婚姻。"

约翰看着我，一开始有些困惑，好像忘了我提出的问题。过了一会儿，他突然说："我们结婚的时候，你看起来怎么样？我记得你的脸特别红，虽然没有擦腮红，但是小脸别提多红了，我还一直担心你是不是发烧了。我记得我站在圣塞西莉亚教堂的台阶上吻你，我摸着你的脸，感觉热乎乎的，心想我要把我的脸贴在你的小脸上，感受这种温暖。"

我皱着眉，说："我记得你真这么做了，你的脸凉凉的。我那天特别激动，一心只想着我们结婚了。"

约翰哈哈大笑，我勉强挤出一个笑容，但愿他能明白我是真心在微笑。

"你还记得什么，老头子，快说说。"

"我记得凯文出生那天，你和宝宝都安然无恙。那晚你们都住在医院，辛迪跟你姐姐睡，家里只有我一个人，我忍不住大哭起来。"

"你哭什么呢，约翰？"

"我不记得了，可能是因为太高兴了吧。我记得因为哭了还挺难为情的。"

"没什么可难为情的，亲爱的。"

"我可不这么想。"

我握着驾驶座的扶手，撑着坐起来，说道："你曾经还因为凯文总是哭而生气呢。"

"我不希望他到了学校被人笑话是爱哭鬼。"

"可他还是成了爱哭鬼。"我没有笑，但我其实挺想笑的。

约翰没有说话。一辆车从我们左边飞驰而过，喷出一阵尾气。尾气的味道让我觉得很恶心，我差点儿要吐出来，不过我摇下车窗，顿时感觉好多了。

"关于旅行你还记得什么吗，老头子？"

他想了想。突然我的五脏六腑又翻腾起来。

"老头子。"

"火，我们点了篝火。第二天早上，我起来穿上前一天晚上穿的那件运动衫时，闻到衣服上有篝火的味道。我喜欢那股味道。可惜开了一天车，那股味道就散了，我还想闻到篝火的味道。"

"也许我们今晚可以点起篝火。"

"太好了。"

我们经过了格鲁姆镇，我看到了"得克萨斯斜塔"，我的那本旅行指南上是这么给它命名的。其实那是一座伫立在河边，向一边倾斜的水塔。

"你还好吗？"约翰问我。

"很好。"我骗他说。这时，另一辆车像箭一样"嗖"的一下从我们身边超过去。

"这浑小子干吗这么着急，赶着投胎啊？"约翰气呼呼地说。

这次旅行途中，这样的情况发生过无数次了。人们总是嫌上岁数的人开车太慢，所以迅速超车，但这是约翰头一次注意到。我想我们年轻的时候也是这样，匆匆忙忙地开车旅行，风风火火地赶往目的地，然后风风火火地赶回家。我想起了我们家地下室里的那张地图，上面画着各种颜色的旅行线路，像蜘蛛网一样覆盖全国。我们以往的所有旅行，都是一路上在风驰电掣地飞奔。我想起了乔德一家人在耶利哥峡谷穿行，他们的车掉进了峡谷的深渊里……

这时，一股像水银一样滚烫的热流迅速窜遍我全身的骨头。我的头无力地耷拉着，靠在车椅上，我又能呼吸了。车窗外，田野里有一台谷物升降机，大大的筒仓向上伸展着，就像长长的手指拼命地想抓向天空。

我终于好受多了。

"你好，伙计们。"接待我们的女服务员珍妮特热情地向我们打招呼。她是个年轻漂亮、活泼可爱的小姑娘，穿得像个牛仔女孩，因为还很年轻，所以精力充沛，没有被紧张忙碌的服务员工作累垮。

"欢迎二位光临德州大牛排餐厅！"

"你好，小姑娘。"约翰抬了一下棒球帽向她致意。他现在的状态仍然不错，所以有了跟小女孩搭讪的兴致。

珍妮特听了大笑不止，而且声音很大。

"嗯，您二位真是我见过的最有趣的人。"

我点头微笑。珍妮特不知道这位可爱的小老太太现在像服用了违禁药品一样兴奋。也许小蓝药片吃太多了，我的头"嗡嗡"直响，身上感觉像有电流穿过似的。虽然不适感消失了，但我依然是个病人。不过幸运的是，我还是坚持走进餐厅，坐在这里了。

德州大牛排餐厅豪华气派，从外面看很吸引眼球——餐厅旁边有一个高大的牛仔和一只巨大的奶牛。约翰看到这个地方兴奋极了，我不忍心让他失望。可能你没有注意到，我对大型的旅游景点总是很着迷。即使到了这个岁数，每当经过巨大的摩天轮时，我依然感到无比兴奋——沿着94号州际公路回底特律的路上，会看到一个巨大的永耐驰牌轮胎，看起来像摩天轮一样。密歇根北部有一个巨大的保罗·班扬塑像，我以前特别喜欢。我有一张照片，是辛迪和我站在保罗·班扬旁边的那只蓝牛跟前照的，辛迪那时才五六岁。我们抬头朝约翰招手，因为约翰正站在保罗·班扬的大脑袋上给我们照相。

回到现实，我们坐在德州大牛排餐厅里，里面的装潢看起来不像是牛排馆，倒像是古老的西部妓院。更重要的是，我对大块的牛排其实并不感兴趣，完全没有胃口。

"好了，二位，你们想吃点儿什么？"珍妮特问道。

"我想吃汉堡。"约翰说。果然还是老一套。

"八盎司的牛肉饼怎么样？"

我朝珍妮特点点头，说："就给他牛肉饼吧。全熟的，谢谢。"

"牛肉饼还包含一份沙拉和两种配菜，先生。"

约翰像孩子一样茫然地看着她，我只好打起精神，不过我脑子也有点儿懵了。

"呃，配千岛酱吧？"我看着巨大的菜单，上面画满了卡通图案，我的脑子已经不听使唤了，"再来份芝士通心粉和炸秋葵。"

"好的，你来点儿什么，女士？"珍妮特侧着脑袋问我。

"我来一杯甜茶就行了，谢谢。"

听到我的回答，珍妮特有点儿不悦地撇了撇嘴。

"您确定不要别的了吗？我们这儿有特色德州牛排——72盎司大牛排。足有四磅半呢！如果一个小时内吃完的话就可以免费！"

我面无表情地盯着她，说："呃，不了，我今天不想吃，谢谢。"

"曾经有一位六十九岁的老太太还吃了呢。"珍妮特骄傲地说。

"是吗？"我说，"不过我这个老太太只想要一杯甜茶。"

"好吧！我马上给您拿一份面包和黄油！"珍妮特走了，我终于如释重负。太过热情也会让人倍感压力。

约翰看着我，关切地问："你还好吗，亲爱的？"

"我很好，只是有点儿恶心想吐。"

"你病了吗？"

现在是时候告诉你们了，约翰并不知道我病了。我是说，他知道孩子们带我去看了医生——家里各处都贴了纸条，比如：妈妈去医院了，两个小时后回家！所以当他看见我不在家时，也不会惊慌。不过他不知道我为什么去医院。总之，他总是记不住事情。

辛迪跟他说她离婚了，他也总是忘。每次他见到辛迪，还是会问："汉克怎么没来？"

辛迪每次都会告诉他："我不知道，爸爸。我们离婚了，他只是偶尔过来接孩子。"

"离婚了！"约翰总是会惊讶地说，"什么？你离婚了？"

"是的，爸爸，我离婚了。"

"胡说！离婚？怎么没人告诉我？"

"我跟您说过很多次了，爸爸，可您总是记不住。"

"天啊，我好像真的忘了。"

于是，这种情况周而复始，反复出现。每次辛迪告诉他离婚的事，他总是好像第一次听到似的。如此反复了五六次之后，我们知道约翰肯定记不住了，那就索性当作什么事都没发生过算了。我们不想让他难过这么多次，也不想反复刺激他。

约翰的牛肉饼端上来之后，他就不再关心和担心我的身体怎么样了。他狼吞虎咽地吃起来，就像死囚临行前的最后一餐，吃完就上电椅似的。

约翰似乎状态仍然不错，所以我觉得开车穿过阿马里洛应该没问题，特别是根据我的旅行指南上所说，这一段路是老的 66 号公路，非常有怀旧情调。我们开上 40 号支线环路，这也是老的 66 号公路，然后沿着这条路进入阿马里洛大道。路上车辆很多，虽然一看见车多拥挤我就紧张，但因为吃了蓝色小药片，所以我仍然精神放松。我看到了一家老的汽车旅馆——阿帕奇汽车旅馆，但是整座城市却尘土飞扬，破败不堪。我们沿着第六大街行进，这里有零星的几家商店可参观。约翰放慢了车速。

"这里有几家礼品店。想去看看吗？"

我笑意盈盈地看着我的丈夫，他今天特别可爱。

"不，不用了，亲爱的，谢谢。"

不过他说得对，这里的确有几家挺有意思的商店，要是十年或者十五年前，我也许想停下来四处逛逛。我突然闪过一个念头，我是不是吃药把脑子吃傻了？接着又一想，这个想法真是太蠢了。

有一段时间，我旅行时最喜欢的一件事就是买礼物带回家，我最经不住诱惑的就是买瓷器或者陶器。无论我们去哪儿旅行，我总是得带点儿什么东西回家。去怀俄明和蒙大拿州时，买了一些印第安的陶器；去田纳西州的鸽子谷时，买了几个漂亮的釉面花瓶；去西南地区旅行时，买了很多墨西哥的碗。这些东西都很漂亮，而且大部分都放在我们家地下室的各种盒子里。但是，毕竟一个家就这么大，没有太多空余的地方，所以我只好不买那些瓶瓶罐罐了。后来，我们旅行时只给孙子孙女们买一两个小装饰品，到现在我们什么都不买了。我想起了地下室里的那些盒子，孩子们将来要整理那些东西也真是不容易。

出了阿马里洛，我们再一次开上 40 号州际公路，我感觉脑袋清醒多了。不久，我们来到了 62 号出口，我让约翰把车开下了高速公路。我在身后的储藏柜里翻腾半天，最后找到了一个旧的双筒望远镜。

"你在找什么？"约翰问，然后他看到了我手里拿的东西。

"我想看看凯迪拉克农场。"我说。我轻轻解开缠绕在望远镜上的皮革绑带，绑带年头太久都变脆了，"噼里啪啦"掉在我的大腿上。我气得一把抓起断裂的带子，扔进了垃圾袋里。

"凯迪拉克农场？什么玩意儿？"

我拿起旅行指南读了起来："书上说，那是由当地一个大亨捐资赞助的一个艺术园区，那里有一堆老式古董汽车半埋在沙地里。"

约翰皱着眉，说："那大亨吃饱了撑着没事建个这玩意儿干什么？"

我用双筒望远镜扫了一眼路边，说："我跟你说了，这是个艺术园区。"

"可惜了，真是浪费了那些好车。"他摘下帽子，调整了一下帽子上的头带，然后重新戴上。

"那些是四五十年代报废的旧车。"

"哦。"他嘴里嘟囔着。我敢说约翰心里并不赞同这种做法。

我看到远处一大片田野的中间的确有东西，就像旅行指南里所说的一样。不过太远了，我们俩都走不了那么远的路。

"老头子，你能开慢点儿吗？我想看看。"

"我真搞不懂为什么——"

"行了，老头子！能把车停下吗？我就想看一眼。"

"好吧，别让眼珠子掉下来。"

我发誓，有时候我真觉得他糊涂的时候更可爱。我们停在了一个画满涂鸦的大垃圾桶旁边。

"怎么样，能看清楚吗？"

透过双筒望远镜，我看见一排汽车一头扎进土里。周围没有人，只有两三头奶牛在附近吃草。

"还行。"

"那些车子看起来还好吗？"约翰问。

我把望远镜递给他，让他自己看。

"不，不怎么样。那些车子都被涂得乱七八糟，而且破损严重，连轮胎都没有。"

"真可惜啊。为什么不干脆把车都埋地里？"

"那是个艺术园区，老头子。"我强调道。

约翰把望远镜还给我。过了一会儿，我说："我也不知道他们怎么想的。"

然而看着这些被半埋在土里的汽车，让我十分感慨。那些汽车尾部上翘，直冲着天空，我心里突然涌起一阵伤感，我们的朋友和亲戚曾经很想买一辆这样的凯迪拉克，他们觉得这种车很气派。我们原来住的街区里有一位邻居，总是把他的凯迪拉克车停在我们的车位上。但其实他们家的车位比我们家的好，因为他那辆闪亮的"巨无霸"汽车就停在他们家门口。

"老头子，你还记得艾德·沃纳和他的那辆凯迪拉克吗？"

"哦，记得。"

"那个老酒鬼，每天晚上下班回家从他那辆凯迪拉克汽车里走出来时，手里都会拿着一瓶顺风威士忌。"

"那个汽车销售员，简直把自己当成贵族公子哥了，自命不凡，不可一世。"

约翰竟然还记得他。不过那个家伙早就死了，他的那些车子也跟凯迪拉克农场里的车一样，成了一堆废铜烂铁。

我知道约翰当初有一阵也想买辆凯迪拉克，且不说我们买不起，就算买得起我也不会让他买，因为那种车太招摇了。

透过双筒望远镜看向远处的农场，我的视线开始变得模糊，望远镜的镜片上已经凝结了一层汗水。我感到有些疲倦和焦躁，也许是吃药的原因，也许不是。这种所谓的艺术，感觉就像是在我们这个年纪的人脸上抽了一鞭子似的。我们所有的奋斗，二战后我们认为我们所需要的一切，我们对富足生活的期盼，这些到头来都是一个幻影。在穷困中长大的我们，最大的梦想就是成为中产阶级。

这个凯迪拉克农场让我很厌恶和痛恨，哦，请原谅，也许我不该这么说，但是反正让我心里很不舒服。

到了得克萨斯州的阿德里安，我们停下来，走进一个叫"中点"的咖啡馆，因为在"地理统计学上"，这里恰好是 66 号公路的中间点。

我终于有点儿胃口了，只是我不知道我能吃下去什么。这里有手工自制的"丑皮"派，我对这个倒是挺感兴趣的。

令人高兴的是，接待我们的女服务员不是个话痨。她跟我们的岁数差不多，这么大年纪的服务员还真是少见。然而，她并没有跟我们假意寒暄，说"亲爱的，咱们还年轻，怎么能说老了呢？"这类骗人的谎话。在她的工作服上，戴着几十个孙子（或许是重孙子）的头像印章和徽章。她的脚有点儿跛，所以走路时摇摇晃晃，脚上穿着一双大大的运动鞋，踩在地毯上发出很大的声响。

我给自己点了一个香蕉奶油派，给约翰点了一个苹果派，又点了两杯牛奶。食物端上来后，我喝了一大口牛奶，冰凉的牛奶一下肚，我差点儿吐出来，后来渐渐适应了温度，我才感觉好些。我们安安静静地吃东西，没什么话好说，约翰累了，所以很安静，我想今天的旅行也差不多该结束了。

这家餐馆的派很好吃。甜度适当，派皮松脆，从叉子上掉下来的酥皮碎屑看起来就像天上落下的雪花一样。我们吃完各自的派之后，又点了一个椰子奶油派，一眨眼工夫就被我们俩一扫而光。吃了点儿甜的东西之后，我感觉胃里舒服多了。

服务员一句话没说，把账单放到我们的餐桌上。我转头看着约翰，拿起杯子喝完了最后剩下的一点儿牛奶，然后说："咱们旅行走完一半了，老头子。"

约翰举起他的杯子跟我碰了碰。

怎么才能找到一个鬼城？到一个连人影都没有的地方，那你可找对人了。

实际上，你应该从 0 号出口下公路，我不是开玩笑。然后穿过高速公路的南边，那里的路很难走，坑坑洼洼，而且布满碎石。我让约翰右转，朝着前面的老房子开。然后就进入了格伦里奥镇，这是老 66 号公路边上一个名副其实的鬼城。

"开慢点儿。"我说。我们经过了一个废弃的旅馆，上面有一个大牌子，写着"德州最一馆"。

"一"字半边都没了，不过我看过旅行指南后，知道原来牌子上写的是"德州最后一家旅馆"，而另一面写着"德州第一家旅馆"。是第一家还是最后一家，取决于你是从哪边来的。因为格伦里奥正好处在得克萨斯州和新墨西哥州的交界。在得克萨斯州这边，属于戴夫史密斯县——这个镇子里最干燥的地方。酒吧建在新墨西哥州这边，加油站建在得克萨斯这边，因为得克萨斯州的税更低一些。

现在这个加油站只剩下空壳子。汽油泵前面停着一辆白色的 20 世纪 70 年代庞蒂克汽车，车身布满灰尘，车窗被打破了，现在这车成了鸟窝。

"《愤怒的葡萄》①这部电影就是在这儿拍的，你还记得吗，约翰？男主角是亨利·方达。很难想象他在这个废弃的地方四处游逛是什么样的画面。"

"我不喜欢这儿。"约翰说。

他说得没错，这个地方的确让人感到心绪不宁。这里荒无人烟，空空如也，但却充满了各种回忆，至少，这里的废墟还保留着过去的痕迹。不过这些废墟也不会一直都在，慢慢地，历史会把一切都席卷而去，一砖一瓦，一草一石，都会被渐渐抹去，直到整座鬼城从这个世界上消失，一切都荡然无存。

我把一块纸巾拍在额头上，我的嘴都干了，身体里的水分好像被某种黏液吸干了似的。

"咱们得调头回去，前面没有路了。你把车靠边，再转个弯调头回去就行。"我说。

约翰踩足油门，把车调头。这时，我突然听到了一声枪响，大白天的太吓人了。汽车发出轰隆隆的响声，猛地往右拐，我们两人都斜向一边。我一侧的身体被扶手磨得生疼，差点儿没晕过去。响声越来越大，我朝约翰大喊："出什么事了？"

约翰忙着转方向盘，想要稳住车子。我看到他额头青筋都冒起来了，但愿他别恼羞成怒，突然变成个绿巨人。约翰一边踩着离合器，一边

---

① 《愤怒的葡萄》，美国现代小说家约翰·斯坦贝克创作的长篇小说，作品描写了美国20世纪30年代经济恐慌期间大批农民破产、逃荒的故事，反映了惊心动魄的社会斗争的图景。同名电影的主演是美国著名演员亨利·方达。

奋力地调转方向，拐向路边。

"哦，该死。"他说。他的双手紧握着方向盘，攥得手背发白，青筋直冒，"好了，好了，转过来了。"

我感觉路面上的砾石在车子底下"噼啪"迸裂，石块之间互相碰撞，就像使劲摇晃葡萄坚果麦片盒的声音被放大了一百倍。我敢肯定约翰要失控了，我深吸一口气，但只吸气，却吓得没敢呼气。

"艾拉，别发出那种噪音了，"约翰说，"车子爆胎了。"

我听见驾驶座后面的瓶瓶罐罐来回移动，还有什么东西滚落在地的声音。好一会儿，"嘎吱嘎吱"的声音停止了，汽车停在了路边。

我们距离得克萨斯州最后的旅馆不远了，约翰关上引擎，我们俩瘫坐在座位上，一动不动，听着彼此的呼吸声。

两分钟过去了，约翰始终盯着车外的路面。

他脸上表情淡然，仿佛对世上所有的事都泰然处之，毫不担心。我也不再害怕了，不过我感觉越来越烦躁。

"老头子，"我终于忍不住开口了，"你还好吗？"

他点点头。

"哦，那你在等什么？"我说，"你说车子爆胎了。你不出去看看吗？"

约翰转过头看着我，仿佛在说："谁去？我吗？"

最后，他终于打开车门，走了出去。我决定跟他一起出去看看，于是我扭头在座位后面找拐杖，但拐杖不知道滚落到哪儿去了。

"约翰！"我大声喊。

他没回应，我又喊了一遍，他还是没理我。天啊，这家伙在干什么呢？我只好自己去找拐杖。我讨厌孤立无助。我在座椅后面找了个遍，找到了一个带有长长伸缩杆的叉杆，我打算用它来勾拐杖。约翰有时用它来挑开我这边的车门。

我发现我的拐杖滚到车最后面去了，倒在厨房区的中间。我听见约翰那边有动静，好像从存储箱里拿出了什么东西，我连忙加快速度，赶紧把拐杖勾过来。我把伸缩杆伸长，勾到了拐杖的一端，然后往我这边拉，中途撞开了一个摔在地上的康宁瓷盘子。

我走出汽车，发现约翰把存储箱里所有的东西都拿了出来，准备修理爆了的轮胎。可问题是，我想他应该已经不记得该怎么修理了。我真希望能把自己的大嘴巴闭上，不理他。

"咱们给汽车服务中心打电话吧。"我说。

"我自己能修。"

我压着火，耐心地跟他说："我知道你能修，我只是担心你修理时会把手弄伤，亲爱的。"我也不想在这里待好几个小时，浪费时间。

约翰试着用千斤顶把轮胎抬起来，我真是看不下去了，转身回车里，用手机给汽车服务中心打电话。服务中心的人说他们会派一辆拖车过来，大概四十分钟能到。我轻轻地从乘客座上下来，感觉身体又开始有点儿不舒服了。这时约翰正费力地弄着千斤顶，想把它放在汽车下面。他开始摇动千斤顶的摇杆，但什么事也没发生。千斤顶"嘎嘎"响，本来应该可以把车抬起来的，但不知道怎么回事就是抬不起来。

"老头子，汽车服务中心会派人来修的。别弄了，咱们找个阴凉地，别在这儿晒着了。你不应该在太阳底下晒着，不然脑袋上的皮肤癌会复发的。"

"哎呀，你别胡说了。"

"快点儿，别弄了。"

令人意外的是，约翰竟然放下了手里的扳手，我们重新回到车里坐着。这时，一辆车从我们身旁呼啸而过，这是我们下了高速公路后遇到的第一辆车。我看见那辆车刹车灯在闪烁，那是一辆老的普利茅斯车，侧面和后备厢上有一大块灰色的油漆补丁。那辆车开了一段路，然后停在路边。一分钟后，司机从车里走了下来，然后旁边副驾驶座上的人也下了车，手里拿着一个撬胎棍。

说实话，他们看起来并不像好心人，反而尖嘴猴腮的。这两个人看起来都三十多岁，不到四十的样子。司机留着小胡子和长头发，穿着紧身牛仔裤和栗色运动衫；拿着撬胎棍的男人只穿了牛仔裤和一件 V 领的 T 恤，脚上穿着一双人字拖鞋，他的脸上满是胡茬，头发乱糟糟，像是刚睡醒一样。

"你好，伙计们！"司机走向我们，大声说，"需要帮忙吗？"

约翰用疑惑的眼神看着他们。

"不用了，谢谢，"我微笑着说，"我们已经叫汽车服务中心来修理了。"

"哦，那好吧。他们什么时候到？"司机旁边的男人说。

"大概半个小时吧。"突然，我意识到我好像说错话了。

"太好了。"司机说着从后腰上抽出一把刀子来。

"哦，天哪。"我转头看向约翰，他还没明白过来发生了什么。

"我们不需要你们帮忙。"约翰说完摘下帽子，用手背擦了擦脑袋上的汗，然后再把帽子戴回去。

"我们不是来帮忙的。"拿着撬胎棍的男人说。也许是有口音，他说话听起来口齿不清很含糊。

约翰终于明白过来了。

"该死的。"他往前走了一步。

"约翰，小心。"

司机用刀指着约翰说："先生，待在原地别动，把你们所有的现金拿出来，我们立刻就走。我们不想伤害你们，别把事情弄复杂了。女士，我看见您的戒指了，把它摘下来好吗？"

司机旁边的男人挥舞着撬胎棍，走向约翰，说："把钱包拿出来。"

"你去死吧。"约翰说。

男人用撬胎棍顶了一下约翰的肋骨，说："那我就自己拿了。"他说着伸出手掏约翰屁股后的口袋。

"老头子，按他们说的做。"我把结婚戒指递给司机后，转头对约翰说，"你站着别动。"

"给我您的钱包，女士。您的钱包呢？"

"在车里。"我说。

"见鬼。"拿撬胎棍的人翻着约翰裤子的后口袋，"裤子口袋里的钱包拿不出来，太大了。把刀给我。"

"他的钱包很大，"我说，"我去拿我的钱包。"

他看着我，眯起眼，说："慢慢来，女士。"

"我这个岁数做什么事只能慢慢来，年轻人。"我拄着拐杖，走在砾石路上，慢慢走向开着车门的汽车。

我听到他们一边骂着约翰的裤子，一边用刀割开了他的口袋。我不知道是因为疲惫还是因为麻醉剂在血液中流淌，或者因为结婚戒指被这俩混蛋抢走，总之，我知道我自己该做什么。我真的没有一丝犹豫。

等我从车里回来，我看见那两个家伙把约翰裤子的后口袋两侧用刀子割开，割开的地方呈一个方块形耷拉下来。两个家伙看着他们的

"杰作"大笑不止，直到他们一抬头看见我正举着约翰的枪瞄准他们。

"哦，该死的。"司机旁边的家伙撂下了手里的撬胎棍。司机举起了手里的刀。

"别动，"我对他说，"再动就开枪打死你。"

司机很惊讶，没想到一个老太太竟然会使枪，而且瞄准了他的心脏。他把刀慢慢放下来，贴着大腿，紧紧地握住。

"你丈夫在我这儿，女士，你要是敢乱来，我就拿刀捅死他，赶快把枪放下。"

"好啊，你要是敢伤他，我就一枪打死你。你以为我不敢吗，年轻人？你错了。你要知道，我没什么放不下的，也没什么可失去的。我想你也这么想的，不然你也不会做这种事。不过，我说的都是真的，你要是敢伤害约翰，我会立刻要了你的命，然后杀了你的朋友，哪怕同归于尽。我早就对什么都不在乎了。"

司机看了看他的同伙，想看看两个人还有没有机会得手。

"没用的，"我说。我全神贯注地瞄准他，要是他敢对约翰动手，我就立刻开枪，"把刀放下。"

"别忘了开枪之前把扳机保险关了。"约翰说。

"谢谢，亲爱的，"我说，"保险已经关了。"

"咱们走吧，史蒂夫。"司机的同伙声音颤抖地说，"把东西还给他们。"

我点点头，说："他说得对，史蒂夫。把戒指放在钱包里，把它们放在地上，然后赶紧给我滚。我不会报警的，我只要你们立刻滚开。"

最终，史蒂夫扔下刀子，按我说的做了。他放下包后站起来，等着我下一步的指示。

"滚吧。"我朝他一挥手，"回去找点儿正事干，别骚扰老人。你们应该对自己的行为感到愧疚，小心下辈子别投胎成过街老鼠，人人喊打。"

两个人吓得一溜烟跑回自己的车里。拿撬胎棍的那个人跑得太快，一只人字拖鞋掉了都顾不上捡。

我立刻把刀子扔进灌木丛里，然后把我的结婚戒指拿回来。正好这时汽车服务中心的人也来了。还挺快的，不是吗？

开拖车的是一个年轻的墨西哥人，剃着光头，表情严肃。他穿着工装衬衫，袖子被扯掉了。衣服上没有铭牌，他在肩膀上文了一个大大的瓜达卢佩圣母像。我在很多日历牌上见过圣母像，跟他胳膊上文的一模一样。

年轻人没怎么跟我们说话，只是点点头，要看看我们的会员卡，他拿出一个写字板，上面有工作单，他在表单上填写信息，然后让约翰签字。

"我来签吧。"我说。

约翰皱着眉，不悦地看着我，然后在表格上签了字。他点点头对汽车修理师说："今天天气不错啊，是吧，年轻人？"显然经过一场惊心动魄的危机，安然脱险之后，约翰的心情格外的好。

"是的，先生。"修理师连头都没抬，平淡地说。

"我喜欢你的发型。"约翰摘下棒球帽露出秃顶的脑袋，然后说，"我以前跟你的发型一样。"

修理师歪了歪脑袋，努力地想板着脸，不让自己笑出来。最后他摇了摇头，还是忍不住笑了。

约翰的性格总是能感染别人。也许是他的唠叨让别人觉得跟自己的父亲一样。谁知道呢，但是不管怎样，令人惊讶的是，他总是能赢得别人的好感。

年轻的修理师笑着转过头看我。我敢肯定我的脸色看起来很差。

"您还好吗，女士？要不要我换轮胎时您到我车里坐会儿？我可以把空调给您打开。"

有时候，当有人对你行为不端时，还好应付，因为你知道该怎么做。但当别人对你做出一些善意的举动时，你倒不知道该怎么办了。

"我……好吧，谢谢你。"突然间我被感动得语无伦次。

他把写字板夹在胳膊底下，然后打开他那辆拖车的车门，说："来，进来坐会儿吧。阳光太晒了。"

当我坐在阴凉的拖车里，吹着凉爽的空调，突然就忍不住开始大哭起来。眼泪哗哗地流，想停都停不下来。也许是被那两个抢劫犯给吓的，但其实我并没有多害怕。因为我感觉事情会解决，我们会没事的。我跟你说，我绝对不会让那两个家伙把我的戒指抢走的。而且说实话，我差点儿就朝他们俩开枪了——虽然我已经二十多年没开过枪了，而且有几次开枪，也是因为跟约翰吵架生气发泄一下。不过其实我的枪法挺好的。

我想我之所以哭，可能是很多事情赶在一块儿了——遇到抢劫、汽车爆胎、身体总是疼痛难忍，可能还因为这次旅行就快结束了，之后不知道我们会怎么样。也许我知道会怎么样，但我不敢去想。我想这些因素都有。

约翰来到我身边，关切地问："你还好吗，亲爱的？"

我的情绪也影响到了他。唯一让我高兴的是，他忘了枪的事。

"我没事，约翰。"我从袖子里抽出一张纸巾，擦了擦眼泪，又擤了擤鼻子。我不知道该把纸巾扔在哪儿，最后只好又把它卷进袖子里。

几分钟后，那个年轻人把轮胎换好了，我们准备出发继续上路。他扶着我们走出拖车，然后递给我们一张名片，名片上还留了一个沾了油污的指纹。

"您二位最好还是把轮胎彻底修理一下再走远路。我们的店就在图克姆卡里镇的公路旁边，如果您去我们的店里维修，我们会给您八折的会员价。"

我们谢了年轻人并向他告别。坐进了"求闲者号"，我们立刻开车上了40号州际公路。我注意到约翰开车时，拇指和方向盘之间还夹着那个修理师的名片，似乎在时刻提醒着自己不要忘记。

在通往图克姆卡里的高速公路出口，约翰转过头对我说："我想咱们还是应该尽快把轮胎修理一下。"

"如果你觉得必须得修的话，那就去吧。"我说。我很高兴他终于变得像个男人一样有担当了。

我们进入图克姆卡里镇，我热得满头大汗，感觉就像更年期那阵似的。我说真的，更年期那阵真是不好过。幸运的是，我们要找的加油站正好就在镇里的66号公路上，经过一个叫"蓝燕子"的汽车旅馆之后，没多久就到了。

我们把车开进停车场，一个年轻的墨西哥小伙子走到车旁。虽然我的身体越来越不舒服，但我还是朝他微笑致意，不过他没跟我们打招呼，而是呆呆地站在原地。

我等着约翰开口说话。毕竟，他手里一直拿着这家店的名片，可他也紧闭着嘴一句话不说。

"我们想占用你们一点儿时间，"我靠在约翰身边说，"修个轮胎要多少钱？"

年轻人愣了一下，然后说："你们的车在格伦里奥爆胎了是吧？"

我点点头，说："是的，是你……"

"是我弟弟，"他打断我的话，说道，"是他替你们换轮胎的。"

"哦，"我有点儿尴尬地说，"不好意思，认错人了。"我看了看他的胳膊，上面没有文身。不过他们两个人的发型是一样的。

"修轮胎十四美元，需要半个小时。"他没等我同意，就走到汽车后面，把爆了的轮胎换下来，然后走向车库。

约翰把车停在树荫下，我递给他一盒饼干，然后把车钥匙拔下来，以防万一。我要睡一会儿，但又不想一睡醒都到了西非沙漠。我吃了点儿蓝色药片。我入睡之前记得的最后一件事就是，约翰吃着饼干看着路易斯·拉莫的小说，那本小说他至少读了十几遍了。不过对他来说，每次看这本小说感觉都很新鲜，每次都是第一次。这样倒是省了不少买书的钱。

［ 第八章 · 新墨西哥 ］
NEW MEXICO

　　我们继续上路，目标是图克姆卡里外面的 KOA①营地。虽然因为改成夏至时间，早了一个小时，但我感觉通往目的地的路程异常遥远，仿佛永远也到不了似的。我身体感觉好多了，不再疼得浑身颤抖，可自从我们到了这里之后，约翰脑子就没清醒过。他不停地打哈欠，还自言自语，嘟嘟囔囔，傻瓜的脑子又占领高地了。

　　我们到达营地安顿好之后，约翰坐在房车外面的户外餐桌旁。我在他眼前放了一罐百事可乐和一碗薯片，没过多会儿，他就睡着了。

　　很好，我终于有一个人独处的时间了。我调制了一杯加冰块的鸡尾酒，用弗纳斯姜汁汽水和加拿大俱乐部威士忌混合而成，倒在一个绿色的铝制露营水杯里，然后走出车子，来到野餐桌旁。我拄着拐杖，小心翼翼地坐下，背对着桌子，因为这样坐起来时容易些。我喝了一口酒，满足地笑了。我听到远处传来一阵声音：先是一个孩子的尖叫声，把我吓了一跳；接着是另一个孩子的声音，我这才明白原来他们是在

①KOA，即美国营地公司，美国国家房车公园与露营地协会中最大的营地服务商。

打闹嬉戏，飞机发出"嗡嗡"的轰鸣声，从营地上空掠过；还有远处40号州际公路上，汽车穿行的轰隆声。

弗纳斯姜汁汽水即使混合了威士忌，也还是挡不住那股辛辣的味道，剧烈的碳酸气泡呛得我咳嗽了一下。年轻的时候，在离河岸不远的伍德沃德大街尽头有一家弗纳斯姜汁汽水厂，我特别喜欢喝那里的波士顿酷乐鸡尾酒。晶莹剔透的姜汁汽水上面浮着一小勺桑德斯香草冰激凌——尝上一口就会让你浑身冰爽。幸运的是我们从底特律带来了十二箱六罐装的弗纳斯姜汁汽水，因为美国不是所有地方都有这种姜汁汽水的，毕竟这是我们当地的特产。

也许是我瞎想，不过我确实领教到加拿大俱乐部威士忌的威力了。一股灼热就像一道光一样在我的胸口蔓延，引得胸口一阵刺痛，我记得今天已经吃了两次止疼药了。我想我快变成一个——奥普拉常说的那个词叫什么来着？对了，"瘾君子"。

我又喝了一口鸡尾酒。

这片营地虽然不是荒无人烟，但人也不多。

一对年轻的夫妇推着一辆婴儿车走过来，我朝他们挥手打招呼，他们却没理我。这两个人看样子也就十八九岁，他们怎么带着一个婴儿露营呢？谁知道呢。

"你好！"我对着他们大声叫道，"你们的宝宝多大了？"

一开始我以为他们会不理我继续走，不过这时女孩回头看了我一眼，然后又看向男孩。男孩耸了耸肩，就像乌龟缩起脖子似的。

最后，女孩转身朝我大声说："她七个月大了，女士。"

"她真可爱，"我说。虽然我没看见那孩子，但我还是称赞了一番。看着这两个害羞的年轻人，倒让我胆子大了起来。而且，我也真的想看看那个孩子。紧张而又难过的一天下来，我需要看看这个可爱的孩子，安抚一下我的心情。

我大声对他们说："过来吧，让我仔细瞧瞧这孩子。放心吧，我不咬人。"

两个年轻人低着头朝我快步走来。我从来没见过这么瘦小的父母，他们自己还像个孩子呢。

"这就看得清楚多了。"他们来到我面前时，我说。

近距离一看，我才意识到这两个人最多也就十六七岁。女孩脸色憔悴而苍白，淡褐色的头发和淡褐色的眼睛，瘦得像纸片一样。她那件米色的上衣很短，露出了纤细的腰身。不过生了孩子之后，身子有些笨拙，显然还不习惯生完孩子后，身体变得比以前臃肿。男孩的脸紧实而紧绷，长方形脸，额头很宽，棕色头发，发量稀薄，估计以后秃顶的可能性很大。他的 T 恤上写着"老海军健身中心"。但除了这身衣服，从他身上一点儿也看不出他经常健身的样子。

两个大人衣服破旧，面容疲惫，连他们的孩子也不怎么活泼，安静地躺在婴儿车里，紫罗兰色的被子盖到一半，小家伙伸着小手指头，微微摆动，像海草似的。

"哦，她真可爱，"我其实是在说谎，"她叫什么名字？"

"布兰妮。"女孩说。她说话尾声上扬显得像是个问句一样，她声音上扬的语气特别像我的外孙女莉迪亚。

"这名字真好。你们叫什么名字？"

"我叫蒂芙妮，他叫杰西。"

男孩眯着眼睛看着我，那双深色的眼睛跟他的孩子一模一样。

"哦，我叫艾拉，很高兴认识你们。你们的孩子很漂亮。"

"真的吗？"蒂芙妮笑了，她笑起来的时候，看上去又小了两岁，像个十三四岁的小姑娘。

"当然。"我说，真不知道平时别人是怎么跟她说的，"你们要去哪儿？"

"俄亥俄州。他的叔叔和婶婶住在那里。"

"哦。你们是要去看他们吗？"我这个问题问得有些鲁莽，不过我很想知道。

"我们要住在那里。"她的眼睛看着地面说。

男孩捏了捏她的胳膊肘，她往男孩身边靠过去。

"哦，那挺好的，你们一定会喜欢那里的。我们是从密歇根州来的，就在这儿。"我伸出右手，掌心向前，指着我拇指最下面的指关节下面，告诉他们底特律在哪儿。突然，他们两个都忍不住"咯咯"地笑起来。

过了好久，我才明白过来。

"哦，在密歇根，当我们想告诉别人我们住的地方在哪儿时，就会这么做。"我说。

"真的吗？"蒂芙妮还是止不住笑意。

我点点头，说："因为密歇根州的形状就像一个手掌。"

"是吗？"她笑着说。

"呵呵，是的。你们两个有露营车吗？"

"没有，我们有帐篷。"女孩说。显然她对这样简陋的条件很不满意。

"带着孩子住帐篷一定很辛苦。"我说。

蒂芙妮不住地点头。终于，男孩说话了："我们该走了。"

"你们刚来就要走？"我说，"想吃点儿什么吗？"杰西的眼睛突然亮了，我意识到这个问题引起了他的兴趣。

"来块三明治，怎么样？我这儿也有给宝宝吃的东西。"

他们彼此看了一眼，都在等着对方回答。

"那就这么定了，"我说，"你们坐下来歇会儿，我去给你们弄点儿吃的，马上就好。"

我没怎么劝，他们就坐下来了。然后我走进房车，叫醒了约翰。

"老头子，咱们有客人来了。"我赶紧把那碗薯片从桌子上拿走。

"谁来了？"他生气地抱怨道。

我不知道该怎么说，这时突然灵光乍现，我说："是我们的孩子们，他们带着孩子来了！"

约翰立刻起身，兴高采烈地走出房车。

"哎呀，你们来了！"他对蒂芙妮和杰西说。

蒂芙妮和杰西一头雾水，不过他们还是被约翰的热情所打动，冲他微笑致意。

当约翰看见宝宝时，立刻被吸引了过去。

"这个小不点儿是谁啊？瞧瞧，多可爱啊，哎呀，真可爱。"他跟宝宝玩起了躲猫猫。假装鼻子没了，然后又回来了。蒂芙妮和杰西看着这一幕，脸上也焕发出了光彩。

有时候我们需要一些社交，这样才能让我们保持最好的状态。

我用电煎锅做了点儿烤火腿奶酪三明治，然后把两罐罐装的鸡汤热了热。我从冰箱里找出了一盒土豆沙拉，又给宝宝找了一瓶苹果酱，切了点儿香蕉。一个小时后，大家都吃饱了，小布兰妮一看到约翰就会冲他笑。

蒂芙妮和杰西从没听过约翰的事情，今晚他们很高兴听他讲自己的故事。我们很高兴也很乐意照顾他们。今晚，我们都变成了心目中的另一个人。我们都不谈自己的烦恼或者问题。"孩子们"几乎都不怎么说话，虽然蒂芙妮偶尔谈起自己的老家坦佩，还有布兰妮半夜总是会醒，说到这里她就会开始大哭起来。但总的来说，我们大家都很开心。

"你带着她开过车没有？"我问道。

蒂芙妮紧绷着苍白的脸看着我，好像我说的是疯话一样。

"没有。"她说。

"这样孩子就不哭了。"

"真的吗？"

我尽力忍着不让自己皱起眉头："你没听说过吗？汽车在行进中，可以安抚孩子的情绪，让她安静下来。你试试就知道了。对我的孩子们来说，这个方法很管用。我的女儿辛西娅也用这个办法，她儿子大哭不止的时候，她就用这招。开车也行，或者打开真空吸尘器也行。"

蒂芙妮细细的眉毛皱成一团，又一次惊讶地看着我，说："什……什么？"

尽管她不相信我，但我还是愿意给这个可怜的女孩一些长辈的建议。不过我想她也理解不了太多。

突然我不禁问自己：既然行驶中的汽车能够安抚婴儿，是不是也能安抚老太太呢？道理似乎有些说不通，但对我来说的确是这样。我们踏上新的旅程，一路上都是全新的景色，但随后的这些日子里，一切都看上去没那么新鲜了。

他们临走之前，我又给宝宝加了一条毛毯盖上。在房车里，我给他们准备了一个大袋子，里面装满了罐头食品、饼干和一些放在冰箱里的食物。然后我又从柜橱里拿了一个旧的特百惠保鲜盒，把盒盖打开，把私藏的一袋子十块二十块的零钱放进去，我把保鲜盒里的空气挤出来，然后密封好，放进大袋子的最下面。

第二天早上，我们都累得差点儿起不来床了。喝了两大杯速溶咖啡之后，我们才有精神打点行装，继续开上 40 号州际公路——主要是懒得在州际公路和老公路上来回折腾了。

车开了很久，约翰和我一直都没有说话。这种情况很少见，因为你也知道，我总是喜欢絮絮叨叨，要么指挥方向，要么就问约翰还记不记得某些事情，我总是喋喋不休，好像不说话就受不了似的，其实真不是这样。不过现在，车里很安静，除了"求闲者号"的 V8 引擎低沉的轰隆声，就只有我们两个人座位之间的地图被风吹得"哗啦啦"的声音。

我不想说话，因为我一直在看着天空，看着风卷云舒。天空如此湛蓝明净，如此清澈耀眼，我从来没见过这么美的天空。虽然有些刺眼，但我还是被这美丽的景色吸引，无法移开视线。我举目四望，环视各处，就像我在电视上看到人做梦时那样，眼睛转来转去。心口怦怦直跳，并且隐隐作痛，我忍受着越来越剧烈的锥心之痛，这种痛苦仿佛要将我的胸口撕裂，又像咆哮着的真空吸尘器，将一切不牢固的东西统统吸进去。

我想可能是因为我今天早上咖啡喝太多了。一想到这一点，我的眼睛终于不再左顾右看，而是专心地瞧着一个方向。我看着分外晴朗而又迷人的天空，不禁陶醉其中，我抻脖子瞪眼睛，张着大嘴，一副呆愣愣的样子。

天空是如此广阔，无边无垠，让我感觉自己是那么渺小，那么微不足道。我突然意识到，所有的困难和痛苦最终都会过去，而且不知不觉。想到这里，我心里终于平静下来。

我转头看向约翰，发现喝了咖啡后，他整个人立马就生龙活虎、精神抖擞，而且也更神神道道了。他把印着国旗的帽子拉低到眼角，两只耳朵就像动画片里的小飞象一样，向外支棱着。他铆足了劲儿，决心要一口气开上几公里。他多年来形成的习惯，就像印刻在骨子里，真的很难改掉，幸好我们是在州际高速公路上。不过开一段路之后，40 号州际公路就会与原来的 66 号公路相连，这段 66 号公路很长，沿着这条路我们将穿过克莱恩斯克纳斯。

我用手指摸了摸上嘴唇，感觉嘴唇还不算太干。我的身体又不舒服了，但这次的疼痛跟以往不太一样。我感觉此时就像身体里在打铁似的，炙热的刀片在五脏六腑里被千锤百炼地敲打着。痛苦难忍之中，我想起了我的孩子们，我想跟他们说话。于是我放下手里的旅行指南，打开车上的手套箱，翻找手机。

"老头子，你拿我的手机了吗？"

约翰扭过头茫然地看着我，说："我没碰过你的手机。"

这种情景在家里经常上演。约翰总是藏东西，他绝对不会把东西从哪儿拿的再放回哪儿去。

"不对，你动我手机了。我上次给汽车服务中心打电话之后，就把手机放在这个手套箱里了。你把手机藏在哪儿了？"

约翰气呼呼地瞪着我，说："我没碰你那个破手机。"

他急了，不过我没搭理他。这个死老头子，我早就听腻了他的谎话。我把手套箱里所有的东西都拿了出来，但就是没有手机。

我气得快哭了。

"你这个该死的！"我大喊道，"我知道是你干的。你把它放哪儿了？"

"闭嘴，滚一边去！"约翰大吼道。

"你给我滚一边去，你个老不死的。你把手机放哪儿了？"

突然我看到仪表盘旁边的架子，杯架旁边，有一个矩形的卡槽，那是一个杂物盒。我看不见里面有什么，不过我可以伸手拿到。我感觉杂物盒里好像有什么东西露出来了，看起来像是手机的天线。

没错，是手机。

"你把手机藏在那里干什么？"

"我跟你说了，不是我放的。"

这时我突然想起来上次我用完手机之后，是我把它放在那里的。实际上，我是故意放在那里的，这样约翰就不会把它藏起来了。

"真是蠢货。"我小声说。

"你去死吧。"约翰说。

"行了，你闭嘴吧，我说我自己呢。"

我把车窗关上，把手机打开。我按下号码，每个数字对应的按键都发出不同的音调，这些音调会分散你的注意力，让你察觉不到其实手机的微波正射进你的大脑。我本想先吃一片蓝色小药片，转念一想还是算了，先给辛迪打电话吧，不知道她上班时会不会开着手机。没想到铃声一响，她就接电话了。

"妈妈？"

"当然是我，你以为是谁？"

"妈妈，你们在哪儿？"我没有理会她声音中的愠怒，但愿我的电话没给她惹麻烦。

"能说话吗？"

"没事，我在休息呢。你们在哪儿，妈妈？"

"我们在新墨西哥州，这里很漂亮。亲爱的，你应该看看蓝天——"

辛迪打断了我的话，她说："我们担心你们，我们都快急死了。谢天谢地，你们没事。赶快回家吧，妈妈。"

今天我最不想做的事情就是跟我的宝贝女儿吵架，我真的很高兴听到她的声音。

"辛迪，不用为我们担心，我们好极了。真的，旅行真的很有意思，我们很开心。"

她深深地呼了一口气，像是相信了我的话。看来我真是个说谎的高手，我只是想安慰她，也是在安慰我自己。

"你们得回家了。"她的声音沙哑，不仅是因为担心我们，也是长时间抽烟的缘故。真希望她能把烟给戒了。

"辛迪，我的宝贝儿。"

"您病得很重。我只是担心——"

我不想让她把话说下去，我不想听见她再说这些话。

"亲爱的，该来的总是会来。没关系。我们都得看开点儿，对吗？"

"哎呀，妈妈。"她忍不住骂了一句，不过却没什么力度，她为我的固执和坚持而感到无可奈何，"凯文一直说想要报警。"

"你告诉凯文这不是个好主意。这么做会让事情越来越糟，只会把我跟你爸爸变成邦妮和克莱德①。"

不过在我看来，我们已经在拿着枪对准某些人，威胁说要杀死他

---

①邦妮·派克和克莱德·巴罗，美国19世纪30年代大萧条时期著名的雌雄大盗。

们了。太晚了，我们已经成了邦妮和克莱德。

辛迪清了清喉咙，说："爸爸怎么样？"

"你爸爸很好。他精神好着呢。虽然嘴里还是碎碎念，不过表现很好。他车开得还是像以前那么好。你想跟他说几句吗？"

辛迪轻声说："好的。"

我有点儿担心约翰一边开车一边讲电话会有危险，但是我真的需要休息一下，让自己的身体缓一缓。

我把手机递给约翰，说："把窗户摇上去再听电话。"

"谁啊？"他一边摇上车窗一边问。

"傻瓜，是你女儿，"我说，"是辛迪。"我说了她的名字，好让约翰记住。

"你好，我的小橡皮糖。"约翰说。

怎么突然冒出橡皮糖了？自从辛迪上三年级以后，约翰就再没叫过她小橡皮糖了。橡皮糖是她小时候最喜欢吃的糖果。

约翰咧嘴笑着，看得出来他很开心跟她女儿聊天。也许在他的印象里，电话那头的女儿仍然是当年的那个小女孩，不过只要他开心，辛迪也开心，他脑海中的女儿是大人还是孩子有什么关系呢？

"我们会小心的，孩子，"约翰说，"我爱你，我们很快会见面的。"他把手机递给了我。

"辛迪？"我说。

"什么事，妈妈？"她的声音欢快多了。她心情一好，我的身体也感觉好多了。

"我爱你。"钻心的疼痛又开始了，不过我现在已经不在乎了。

"我也爱你。"辛迪的声音有些哽咽，"你们一定要注意身体，赶快回家。"

我点点头，然后保持镇定地说："告诉莉迪亚和乔伊我们爱他们，跟你弟弟说我们打过电话了。"

"我会的。"她的呼吸有些凝重，似乎快要哭了，我能听到她声音中带着一丝呜咽，"再见，妈妈。"

我挂了电话，泪水忍不住夺眶而出。不知道是因为房车尾气排放管里的废气渗漏进车里了，还是因为我这个已经五十七岁的女儿，从小到大都是一个顽固而倔强的孩子，从八岁以后就一直跟我顶嘴，但刚才却叫了我一声"妈妈"。

我们在落基山脉的山麓地带穿行，周围是连绵起伏的群山。突然间，我特别想说话，我需要确认自己还活着，还能唠唠叨叨。

我指着北边远处的群山，说："看见那些山了吗，老头子？"

"什么？"

"远处的那几座山。"约翰没有说话，一个劲儿地打哈欠。显然我还活着，但感觉很无聊。

"那是克里斯托山脉①。"我说。

约翰扭头看着我。他说："克里斯托？你是说黄油？"

"克里斯托。意思是'基督的圣血'。"我说。

"哦，"约翰轻蔑地一笑，"什么基督，管他呢。"

这话让我实在没法接，于是我们之间的谈话就此结束。可能你们已经猜到了，约翰不是个基督徒，也没有任何宗教信仰。我想你可以称他"无神论者"。他的父母从来没有向他灌输过关于宗教或者上帝

---

①克里斯托山脉，也被称为"基督圣血山脉"。克里斯托也是一种黄油的牌子。

的概念，也许这就是他没有信仰的根源。而且他十几岁不到二十的时候，战争爆发，他离开家乡，走上战场，这让他成了一个坚定的无神论者。他曾经说过，如果你亲眼看见你身边的战友脑袋突然被炸没了，你就不会相信这世上有什么神了。

战后约翰回到家乡，他像完全变了一个人，不再是大家眼中的邻家男孩，倒像个跟屁虫似的缠着我，总是想约我出去。我拒绝过他大概十几次了。他总是说要跟我结婚，我还当面笑他，当然不是因为看不起而嘲笑他，但仍然是笑他。我和不少男孩子约过会，他比那些男孩岁数都小，而且我也没有对他心动过。

最后，我跟另一个男孩订了婚，但是在战争期间，在这个男孩身上发生了一件事。你也许以为我要说的是他被人杀了，但其实不是。真相是，这个该死的家伙把我抛弃了。是的，在战乱的年代，他弃我而去，把我扔下，自己跑了。在我认识的人中，我是唯一一个被人抛弃的。我认识的女孩们，不是结了婚，就是订了婚，有的甚至还怀孕生子了；我认识的女孩们，有些人的丈夫、未婚夫或者男朋友在战争中丧生或者生死未卜，但我是唯一一个被当兵的给甩了的。我的那位未婚夫查理在得克萨斯州驻扎时移情别恋，勾搭上了一个行为不检点的亚美尼亚女人。那个女人怀孕了，所以他迫不及待地要跟她结婚。

但是那时候约翰回来了。我想那时他最吸引我的，除了他身体更高大健壮，性格比以前更安静了之外，还因为他不再对我感兴趣了。离家参战的第一年，他还经常给我写信，跟我说他很想家，很想再见到我。几十年后，他给我看了他参战时跟战友们的合照，当我看见照片上那一张张年轻的脸，我一下子震惊了。照片上的小伙子，一个个看起来都像是高中生，光着上身，举着沉重的机枪，展示他们在亲手杀死的日本兵身上搜出的日本国旗。那些男孩子，一个个英勇魁梧，桀骜不驯。我记得约翰指着照片上的人，一一告诉我谁最后死在战场，谁平安回来了。

虽然那时约翰给我写了很多信，但我只回复了一两封。而且信里也没写什么，毕竟我不是个喜欢写信的人，我对自己的写作能力一向很有自知之明。况且那时候，我已经跟查理订婚，还没有分手呢。有些事情就是那么凑巧，查理把我抛弃，与此同时，约翰也不再给我写信了。

战争结束后，我听说约翰回来了，所以特别希望能见到他。如果我再次见到他的话，我一定会很高兴，甚至很激动，但可惜他一直没有来找我。那个时候，是我们全家人最伤心难过的日子，我哥哥蒂姆在阿登战役中丧生。我们只收到了他战死的消息，其他的什么都不知道。当时，政府对在作战中牺牲的士兵，只用一封电报通知家属就完事了。

二战胜利纪念日大概一个月之后，约翰突然出现在我家门口。他肯定是看到了我家门上挂着的服役旗①，也看到了旗子上的金星，知道蒂姆已经战死，他想来看望一下我的母亲。我们谈了一会儿，虽然他极力掩饰，但我还是看出来他仍然很喜欢我。

后来，他告诉我他曾经下决心不再来找我，但他一看见那颗金星，他就知道他一定得来见我。我们坐在我家老房子的客厅，聊着蒂姆的

---

①服役旗，也称军属旗，由国防部发给军属家庭或组织，经国防部批准后军人直系家庭可在住所的窗户或门上悬挂此旗。旗帜白色为底，红色为框，中间有蓝星或金星，每颗蓝星代表家中服过役的一个人，金星代表服役期间牺牲的一个人。

事情，但其实他根本就不怎么认识蒂姆。

我问约翰这几年过得怎么样，他告诉我他在太平洋战场的雷伊泰岛战役中受了伤，子弹从后面射来，打中了他的踝关节，虽然伤得不重，但部队还是把他送回了家，因为伤处需要很长时间才能治愈。他说在医院的时候，他所在连队的飞机在太平洋上空被炸毁坠落，机上所有的战友都牺牲了。

我对他说，他真的很幸运，他则开玩笑说他脚踝上的弹孔真是"价值连城"。

一时间，我们都没有说话，房间里安静下来，他突然问我："你怎么不给我写信？"

"我那时跟查理订了婚，"我就怕他问我这件事，"给你写信不太合适。"

"查理还好吗？"

我记得我当时一直低头看着褪色的印花地毯，好半天才抬起头来，看着他说："他结婚了，跟他的新婚妻子住在得克萨斯。"

约翰看着我，咧嘴一笑，说："是的，我知道。"

这个该死的家伙打一开始就知道查理把我抛弃了。不过，从此之后，我们就开始约会，然后结婚生子，一直过到现在。

我靠向约翰，一只手抚在他的膝盖上。他转过头看着我，冲我微微一笑，但他的眼睛却告诉我他现在不记得我了。

克莱恩斯克纳斯是另一个旅游陷阱，专门欺诈游客。我们的车路过一个很大的商栈，我决定停车去看一看。我们可以买点儿吃的，这个地方看起来还不错。

走进商栈，我发现里面有一个餐厅和商店。这是到目前为止，我们见到的第四十家 66 号公路餐厅，里面不出所料仍然是复古风，到处是老古董——加油站标志、汽油泵、詹姆斯·迪恩、猫王和玛丽莲·梦露的画报，周围还打着粉色的霓虹灯，当然，还有 66 号公路的标志牌。不得不说，这些日子以来，这些老玩意儿我们已经看了太多，都看腻了，就像是一次又一次到了同样的地方。

我买了几罐冰镇的百事可乐，还给约翰买了一袋薯片。约翰现在正在给车加油呢。收银台的小伙子把找的零钱递给我，我从他身后的窗户向外望去，看见约翰刚好加完了油，正要回到车里。我这次可没把车钥匙拔下来，所以我赶紧把钱塞进钱包，抓起购物袋，就拄着拐杖风风火火地出去，想赶在约翰开车之前回到车里。

"约翰！"我朝他大喊。他没听见，不过等我终于回到车里时，他正不慌不忙地等着我。而我呢，却气喘吁吁，累得够呛。

"你还好吗？"他问我。

虽然戴着眼镜，但我还是瞪了他一眼。

"很好。"我气呼呼地说。

我们继续开着车在 66 号公路上奔驰，路上比刚才更安静了。一路上的景色也很奇怪，既有茂密的树林，又有贫瘠的荒漠，绿色的树木和干涸的黄土交相混杂，让人分不清这里到底是树林还是荒漠。我喝着百事可乐，开始感觉身体好点儿了。我把零钱放进钱包里时，发现其中一张钞票很特别，在钞票上印着的乔治·华盛顿头像上边的边框上，有手写的几行字：上帝啊，请赐给我一个女人。

我翻过另一面，上面写着：请赐给我一丝慰藉。

"你看这个。"我对约翰说。

约翰拿起钞票，看了看两面写着的字，然后皱起眉头，说："这家伙找错人了。"

"自作聪明。"我说。也许约翰今天的精神状态比我想象的好。

我们沿着老公路开往阿尔布开克，这条路现在已经不叫66号公路，而变成了333号观景路。这条观景路非常狭窄而崎岖，渐渐向下延伸，进入蒂耶拉斯峡谷，从峡谷出来，道路逐渐蜿蜒向上，然后再次向下延伸。峡谷的峭壁随道路和地形的变化而起伏，像锯齿一样参差不齐，上面还覆盖着一层干枯的灌木丛，就像被火烧焦了似的。一切都是那么凋零枯萎，半死不活，毫无生气。我突然想起我们距离阿拉莫戈多只有几百英里，第一颗原子弹就是在那里的试验场里爆炸的。看来爆炸的威力果然不小。

我太了解放射的威力了，所到之处，一切尽被摧毁。虽然放射的威力巨大，但破坏力也同样不小。我见过身边的许多亲戚和朋友日渐衰弱，形如枯槁，这并不是源于疾病的折磨，而是以放射手段治疗疾病的缘故。这就是为什么我告诉汤姆医生以及所有其他的医生，我绝对不会接受放射治疗，他们休想在我身上用这玩意儿。孩子们都倾向于高强度的治疗方案，但我告诉他们：不放疗，不化疗，什么都不做。医生实际上也松了一口气，因为他们不愿意对年纪太大的人进行放疗和化疗。当然，他们也不希望你一声不响地离家出走，出去旅行。他们只想让你躺在医院里，眼看着自己身体每况愈下，而他们在你身上做各种试验，尽一切所能让你尽可能地活着，但你的身体却终日痛苦不堪。当他们觉得自己已经尽其所能，但仍治不好你的病时，他们就会让你回家等死。我想他们认为如果你快要死了的话，最好还是应该死在家里。大多数人也许都是这么想的吧。

我觉得我们需要做点儿什么，转移一下注意力。

"老头子，咱们开车去阿尔布开克转转吧，看看那里有什么。你觉得呢？"

"我没意见。"

我们沿着支线环路进入老城区，在普韦布洛村落待了会儿，又逛了逛基莫剧院和艾尔·雷电影院。我们还看了一些疯狂的壁画，看上去像是精神不太正常的人画的。哦，你相信吗，这里又有一个 66 号公路餐厅。天啊，没准里面也挂着玛丽莲·梦露和詹姆斯·迪恩的画报呢。

我们开车上了九里山，从后视镜里看去，阿尔布开克越变越小。我们穿过旧城大桥跨过格兰德河，桥下的河水幽深而污秽。沿途我看到一座破旧的白色房子，它的屋顶是蓝色的，房子上的木板都松动开裂了。在房子的一侧，有几行用大写字母写的字：

L-A 卡车司机教堂

耶稣复活了，哈利路亚

允许吸烟哦

星期二 6：30

有意思。

我们在一个叫格兰兹的镇子找到了一个非常不错的营地。我很高兴晚上能有个地方安顿下来，也很高兴我们所在的这块地方没有什么人。我的体力还行，还能再撑一会儿。

约翰他突然来精神了，很快就搭好了帐篷，甚至还帮我架起了野餐桌，好让我在上面做饭。他把一切都安顿好了之后，我终于可以放松下来了。黄昏时分，空气凉爽，气候宜人，让人觉得很舒服。

过了一会儿，约翰走过来，坐在一张草坪椅上，那几把草坪椅有些年头了，上面绿白相间的编织布都磨损了。三十年前，我们买这辆"求闲者号"时也买下了这几把草坪椅。

约翰又在看路易斯·拉莫的那本小说，不过我一直没见他翻页。要是看见他把书拿倒了，我也丝毫不会感到惊讶。

我把电锅架在野餐桌上，开始煎博洛尼亚香肠。说实话，我真没心思吃，而且也不能吃，不过刚才我翻腾冰箱时，发现香肠再不吃就要坏了。我讨厌把食物放到变质，所以不得不把香肠拿出来煎了，作为今天的晚饭。

我把香肠切成片，每片都切个开口，这样煎的时候边缘就不会因为受热而翘起来了。不过我把香肠放在煎锅里煎的时候，没有太注意，等一边煎得都焦了，才想起来翻过来煎另一面。接着我把香肠放在纸巾上吸走油脂，然后再把香肠放到搁了有些日子的面包片上，抹上点儿芥末酱，另外再配上一些没吃完的薯片和腌黄瓜。只能说这顿饭全是剩饭，把没吃完的东西都处理掉了。干得好，艾拉。

我们坐下来准备吃饭，约翰特别兴奋。他狼吞虎咽，眨眼间就吃完了他的三明治，接着把我的三明治也吃了一半。我给自己调了一杯曼哈顿鸡尾酒，靠在约翰身边，握着他的手，默默地看着夕阳落下。

天黑了，营地里异常安静，我不知道该做些什么。我坐在餐桌前，约翰在我旁边打起了盹。

"老头子，醒醒，"我说，"你今晚不能睡觉。"

他抬起头，茫然地看着我，说："什么？"

"快起来，咱们要看幻灯片。"

"太晚了。"他又开始打起瞌睡。

我戳了一下他的肩膀，说："快醒醒，才八点刚过。要是现在就睡觉，凌晨三点就醒了。你把幻灯机从车里拿到外面去。"

"我不知道那东西在哪儿。"

"我告诉你。你把它放在野餐桌上，然后我们吃点儿冰激凌。"

"好的。"他立马笨手笨脚地站起来了。

一给吃的，立刻就管用。

今天晚上，我在幻灯机里放的都是孩子们的照片，我特别想他们，确切地说，自从几十年前，他们长大离开家之后，我就开始想他们了。虽然我们从来没刻意要这么做，但我们专门有一张盘，是从其他幻灯片里挑选出来的一个集合，里面全都是孩子们的照片。在十分钟的放映时间里，那些照片虽然不是按照从小到大的时间顺序播放的，但我们还是可以看到孩子们的成长过程，就像看罗比纳家族的特别专辑一样。

我们看到孩子们在海边游泳；看到他们脸上被抹上了生日蛋糕的奶油；看到他们躺在成堆的落叶中开怀大笑；他们和学校舞会的舞伴紧张僵硬地站在壁炉前；他们坐在码头的甲板上欣赏落日景象；他们抬头仰望着拉什莫尔山上白色的岩石雕像；他们坐在热情的圣诞老人的膝盖上；他们和米老鼠拥抱在一起；他们第一次在没有我们的陪伴下度假回来时，身上被灼伤和脱皮的皮肤。

"辛迪这张太可爱了！"约翰舀起最后一勺融化了的冰激凌放进嘴里，"她像个小洋娃娃一样。"这张照片里，辛迪穿得像个跳草裙舞的女孩，那时正是万圣节，她十二岁。照片因为年久而变得发红，所以照片里的她显得比实际年龄大了一点儿。

另一张照片是凯文，当时他才四岁，也是在同一年的万圣节，他穿得像个小印第安人，脸上涂着油彩，头上戴着插满羽毛的头冠。在新墨西哥州看着这个感觉有点儿怪怪的，因为这里离印第安保留地很近。

　　"那套衣服是我和凯文在查克商店买的。"约翰说。

　　我扭过头惊奇地看着约翰，我真搞不懂他脑子里到底都记着什么东西。查克商店位于我上一所老房子的街区里，我常去那里买面包和牛奶，有时候还买点儿香草精。我真是不明白他怎么会记住这么小的事情，而其他那些更重要的东西却从记忆里消失了。但是转念一想，也许留在我们记忆中的通常都是些微不足道的小事。人活一辈子，临到最后，为什么有些记忆依然留存在脑海中，其实没有任何理由和原因，特别是当你想起一些你每天、每星期、每个月、每年甚至是一辈子都在做的事情时，那些事情会深深印刻在脑子里。而像喝咖啡、洗手、换衣服、吃午饭、上厕所、头疼、打瞌睡、走路去学校、去杂货店、跟别人聊天气，等等，这些事情都是小事，毫不重要，应该立刻就忘掉。

　　但是有些琐碎的小事却没有被忘掉。我经常想起我二十七岁时穿的那件中国红的浴袍；我还记得我们养的第一只猫叫查理，我还总是想起它走在我们那座老房子房顶油毡上的脚步声；我仍然记得做爆米花时，爆米花爆裂前，铝锅周围炙热稀薄的空气。我不仅总想起这些零散的记忆，而且也经常想起结婚或者生孩子时的事情，还有二战结束时的情形。令人惊讶的是，当你回忆起这些事情的时候，人生的六十年已经匆匆过去，这一辈子，你能记住的重要事件不过只有八九件，记忆中大部分其实都是琐碎、毫无意义的小事。怎么会这样呢？

　　你希望自己找到一种寄托，能让你心里感觉更舒服，也能给你一个活着的理由，但实际上，世上并没有这种东西。为了找到这种寄托，找到活着的理由，人们寻求上帝，但这只是因为他们不知道到哪里去寻求。人一生中会遇到很多事情：有些事情很重要，但大多数都无足轻重，而其中有一部分将会留存在我们记忆中，直到人生最后一刻。人死去之后，还有什么记忆呢？我要是知道的话，早就死了。

下一张照片是凯文在底特律年度汽车大赛上，他手里举着一个小奖杯，旁边是他参赛时改装的模型车。我敢打赌他到现在还记得获奖的这一天呢。等我们离开这个世界时，我所有的记忆也将烟消雾散。

我按了一下幻灯机遥控器，后面已经没有照片了。幻灯片盒里面空了，所有的照片都已经放完，屏幕上只有一片亮光。我转过头看向约翰，他已经躺在草坪椅上，呼呼大睡了。我叫他，他只是嘟囔一声，然后继续睡觉。他这一觉得睡到明天了，第二天起来肯定得嚷嚷浑身酸疼，然后没过五分钟又继续唠叨个没完。

远处传来一阵动静。可能只是有小动物窜过路旁，但我却有点儿害怕起来。万一是只野狗或者土狼呢？我记得营地里只有我们两个人，一直都没见过有营地管理人员或者其他露营的人经过。我决定把我的包从车里拿出来——我得拿着枪以防万一。我正要起身，突然又听到一阵动静，像是翻垃圾桶的声音。

"老头子，快醒醒！"我吓得大喊，准备冲进车里。我抓起拐杖，想要从野餐椅上站起来，但因为坐得太久，腿都僵了，没有任何知觉。我不得不坐在椅子上，晃悠着两条腿，好恢复血液循环。此时，幻灯机的风扇还在转，屏幕刺眼的灯还在亮着。如果幻灯片空了，不能长时间让灯继续这么亮着，但我不敢把灯关了，不然外面会一片漆黑。

"老头子！"

"谁叫我？"约翰突然惊醒。

"是我，艾拉，"我说，"那边有声音。"

我捏了捏我的腿，现在有点儿知觉了。我用双手撑在椅子上，想让自己站起来。我把拐杖立在旁边，费力地站起来，当我伸手去拿拐杖时，我的腿突然一软，缓缓跪在地上，先是磕了膝盖，接着双手也着地，然后整个身子翻倒在坚硬的荒草地上。我的手擦破了皮，膝盖也疼得火烧火燎，一条腿向后弯着，但愿没骨折。

"老头子！"我朝约翰大喊，"我摔倒了！"

"什么？"

我极力掩饰住自己的惊慌，说："我摔倒了，摔在地上了！你个聋子，快把我扶起来！"

"哦，天啊。"约翰懊恼地说。眨眼间，他就跑过来了。

"快，抓着我的手。"

"这样不行，你扶不起来，我太沉了，会把你也拽倒。"

"没事，我可以的，抓住我的手。"

于是我抓住约翰的手，他一手撑着野餐桌，一手使劲拉着我。他把我拉起离地一英尺，这样一来我就可以把腿伸直，但这时约翰抓着野餐桌的那只手突然没抓住，松开了，然后他整个身体向前倒。我心想，哦，天啊，不要啊，还没来得及喊出声，他厚实笨重的身子就像一棵大树一样向我倒过来，真不敢相信，我刚才说的话竟然成真了。

"啊——"约翰大叫一声，"我——"

我又一次倒在地上，不过这次是约翰砸在了我身上。上次摔倒还是慢慢地，所以摔得不厉害，这次是一下子被他扑倒在地。再加上约翰的身子压在我身上，我摔得更疼了。我的脚后跟磕在石头上，脑袋撞上了硬邦邦的土地，五脏六腑都快被挤出来了。约翰全身的重量都压在我身上，压得我喘不上气来。这种痛苦简直难以用语言来形容，疼得我眼泪不由自主地顺着眼角流下来。一说话肺都疼。

"你个该死的。"

约翰趴在我身上一动不动，我根本没力气把他从我身上推下去。

"死老头子，赶紧从我身上起来！"说完这句话，我气都喘不上来了。

"我想我的胳膊可能受伤了。"他说。

"我不管，反正你不能一直这么压着我，赶紧给我下来。"他一开始像个死尸一样一动不动，然后我感觉他的腿开始在乱动。

"该死的，你快把我压死了，快起来。"

最终，约翰闷哼一声，憋足了劲儿，把自己的身子撑起来，然后翻身下来，躺在我旁边。

他的胳膊看起来没什么事——至少现在看来没事。我又能呼吸了，我扭头看着他。他的眼神慌乱不安。天哪，这下糟了，我心里害怕极了。

我的腿现在感觉好多了。虽然很疼，但是我想腿应该没骨折。

"老头子，你还好吗？"

他看着我，像是在努力地回忆我是谁，看了半天，他才开口："你怎么躺在地上？"

"约翰，我摔倒了，你还记得吗？你想把我拉起来，但是你也摔倒了。我们在这里露营，这里是新墨西哥。"

"墨西哥？"

"是新墨西哥州。我们看幻灯片的时候，你睡着了。现在我们都摔在地上了。"

"哦，该死的。"他说。

他这才意识到我们有麻烦了。我开始一点点往房车那边蹭，仍然想着把我的包拿出来。我一点点往房车爬，地上的石子直扎我的手。我的身上脏得让人难以置信，这条裤子算是毁了。不过我心想没关系，反正我也没法从地上爬起来。

爬了一两英尺的距离，我开始觉得即使拿到了包，估计也没什么用。至少得有人出现，我才会开枪，可现在一个人也没有，估计也不会有什么人来。另外，我也不敢朝天开枪。在老家底特律，除夕夜的时候，人们总是喜欢朝天开枪，但总是有人被误伤。子弹会打穿屋顶，射中某个正躺在床上睡觉的孩子或者正坐在客厅里看跨年摇滚音乐会的人。

当然，我的手机还在房车里，正在充电。哎，我可真是够蠢的。我回头看了一眼野餐桌，不知道我能不能抓着餐桌自己站起来。我一抬胳膊，感觉疼得够呛，只好把手又缩回来了。约翰仍然坐在地上，自言自语。

我气呼呼地吼他："老头子，给我振作起来。快起来，咱们得往房车那边走。你还能动吗？"

他皱着眉头，深吸一口气，看起来挺痛苦的样子，他说："我不知道。"

"你能起来吗？试试扶着野餐桌站起来。"

约翰倒向餐桌，我看见他皱着眉头，两手抱住餐椅，一脸痛苦的表情。通常情况下，他的身手比我灵活，但是摔了一跤之后，他的动作也笨重起来。

"我站不起来。"他说。

“用后背倚着野餐椅，这样也许能起来一点儿。”

约翰照我说的话做了。

“用力倚住野餐桌，两手撑着餐椅，试着站起来。看看你的脚能不能使上劲儿。”

“该死的。”约翰沮丧地说。他几乎是在用胳膊肘撑着椅子，然后再一次摔到地上。

我脑子里想着要站起来，但我们俩都颤颤巍巍，惊吓过度，而且身上又脏又累，怎么也站不起来。我急得想哭，但哭也没用。最后我还是忍不住放声大哭，等哭完了，我们俩仍然倒在地上。

约翰试着再务把力站起来，结果弄得后背受伤了。我想这次该轮到我使把劲了。我知道我爬不起来，撑不到桌子上，不过我看到车侧门打开着，车门前有几个通向车里的台阶。台阶距离我大概有十五英尺，于是我凭着意志，一路艰难地爬过去。

“你在干什么？”约翰说。

“我要爬到房车的门口，看看能不能爬进去。”

约翰嘟嘟囔囔地说着什么，但我听不清他是说“这个主意真好”还是说“你真是疯了”。

我撑起身子，向前蹭一点儿，再撑起身子，向前蹭一点儿，就这样花了足有十五分钟才爬到车门口。真是一寸一寸地向前挪。地面很硬，特别硬，地上还有很多石块和沙子，硌得我手疼屁股疼。我累得大汗淋漓，没一会儿，汗水就滴下来流进我的眼睛里。这就是脑袋上没几根头发的弊端——汗水直接就流进了我的眼睛里。我停下来，用脏兮兮的手擦去眼镜背面的汗水。我突然想起，在旅行指南里写着，墨西哥人把美国称为“邪恶的国家”。所有由黑色熔岩构成的岩层，上面都有红色的纹路，他们说那是被战争之神杀死的可怕怪物身上留下的鲜血。我不知道为什么突然会想起这些事情，就是不由自主一下子闪现在脑子里的。

的确是邪恶的国家。我想这片黑色的土地已经沾染上我这个老肥婆子的鲜血。我一寸寸爬向房车，尽管石子仍然扎着我的手，但我已经麻木了。不过我倒是挺高兴我的大肥屁股倒是起到了些保护的作用，不至于被坚硬的地面伤到。假如我是个骨瘦如柴、形如枯槁的老太太，我早就被石子磨得体无完肤，伤痕累累了。不过，要是我真那么瘦的话，我也早就站起来了。

约翰已经放弃自己站起来了，他把头靠在野餐桌的餐椅上。

"老头子，你怎么不爬过来呢？要是我能爬起来一点儿，你还能帮帮我，把我拉起来。"

他抬起头，朝我点点头，接着又把头靠在椅子上了，伴随着幻灯机的呼呼声，昏昏欲睡。我只能靠自己了。

没办法，我只能继续爬。约翰已经倚着野餐椅睡着了，等他醒来时，肯定会纳闷自己怎么睡在地上。我敢打赌，他甚至还会责怪我。反正就我们两个人，他要怪也只能怪我。肯定是这样，他醒来后，绝对会暴跳如雷，认为是我把他推倒在地上的，他肯定得跟我大喊大叫。

哎哟，我继续往前爬。该死的，我又听到了土狼的叫声。要是它以为过来就会有一顿得来容易的美餐，那它可就错了。它本以为可以饱饱地大吃一顿，但很快它就会发现如意算盘打错了。它会遇上一场恶仗。我昨天打跑了两个混蛋，所以今天我也不会怕一只土狼，我会亲手把它干掉。

我们要死也不应该死在这里。

爬了三下之后，我的手被一块玻璃划破了，还压死了一只虫子，一开始我以为是一只蝎子，仔细一看，原来是一只类似知了的虫子。我终于爬到了房车的台阶前，那是小型的铝制下翻式台阶，非常窄，相对于我肥大的屁股，可以说太窄了。不过我知道台阶很坚固，因为我们都是踩着它走进车里的。最重要的是，台阶距离地面只有几英寸。

我后背倚着最低的一层台阶，用手腕撑着台阶，现在我的手已经完全麻木了。我用力深呼吸，然后用双手把自己撑起来。我全身都在颤抖，不过仍然咬牙坚持着，努力爬上台阶。台阶太窄，我身体的大部分都被挤到外面，不过至少我还能待在上面，没滚下来。我想休息半个小时，但我仍是没停下来。我抓着小台阶的边缘，再使把力。这次，我的脚后跟竟然也能使上点儿劲了。我爬到第二层台阶，但是坐上去感觉没有第一层台阶那么稳固。我把两手向上移，撑到上一层台阶，然后脚后跟用力蹬着地面。现在我已经累得筋疲力尽，眼泪忍不住流了下来。但我要是放弃的话，我们俩一晚上都得坐在地上了。不知道这一晚上下来，我们俩还能不能活着。

我使出吃奶的力气往上爬，爬上了第三层台阶。我现在正坐在自己的手上，手被压得疼痛难忍。我抽出一只手，再抽出另一只，同时还要小心保持平衡，别滚下去。我累得浑身发抖，不知道接下来该怎么办。

"约翰！"我扯着嗓门朝他大声喊。我发现并不是自己喊的声音还不够大，惊动不了其他人。而是因为周围根本没有人，如果有人的话，早就来救我们了。

"约翰，你个死老头子！"我声嘶力竭地大吼，这次总算稍稍把他惊动了一下。我看见他的脑袋从野餐椅上微微抬起，然后又躺了回去。

我看了一眼四周，地上到处都是石块，刚才我像蜗牛一样在地上爬的时候，就是被这种石块扎得手生疼。我抓起一块鹅卵石大小的石头，连带着一把土。我的双手脏兮兮的，已经不在乎了。我把石头用力地朝约翰扔过去，但是没打着他。我又扔了一块，还是没砸中。于是我又扔了第三块，这次扔得更使劲，终于打中了，而且准确地砸中了他的脑袋。说实话，我心里感觉真痛快。只听"啪"的一声，石子打中了他的脑袋，还有击中他眼镜腿的声音。

"哎哟！"约翰叫了一声，"怎么回事？"

"老头子！快过来帮帮我，扶我上台阶。"为什么我要这么做呢？他爬到这里至少得半个小时。我只是不想看到就我一个人这么傻卖力。我又朝约翰扔了块石头，这次砸中了他的大腿。

"哎呀！行了！别扔了！"约翰扶着野餐椅慢慢起来。

"快点儿！"我又抓起一把石子，继续朝他扔过去。

"能别扔了吗？疼死了。"

我没说话，继续朝我的丈夫扔石子。他气急之下，就会忘了自己的疲惫和虚弱。他已经站起一半，膝盖还弯着。我扔了一个稍大块的石头，打中了他的肋部，他大吼着抓住野餐桌的边缘一下子站了起来。我以为这个办法可能行不通，没想到竟然还挺管用。

"赶紧给我过来，扶我起来。"我对他说。

"你去死吧。"

"亲爱的，求你了。我一路好不容易才爬过来，不然的话，你也起不来。"

"我要去睡觉了。"他用脏手揉着眼睛说。

"你要是不扶我起来，你也进不去车里。"

我看着他朝我走过来。他走路有些摇晃，也许是坐在地上太久了，腿脚不稳。不过当他走到我眼前时，步伐已经稳健多了，跟往常一样大步流星。今天晚上真是够让他头疼的。我只是想把他叫醒，并且激起他的怒火，好让他打起精神来收拾残局。

约翰拔掉了连接着房车电源的接线板插头，关上了幻灯机，然后走回房车。他高大的身躯一步步向我走近，他的眼神突然变了。

"你身上可真够脏的。"他看着我说，眼神中不再充满愤怒，变得温柔了许多。

"把我拉起来，老头子。"我说。

约翰抓住车门旁的金属扶手，车门两边的扶手是他很多年以前亲手安装上的。他弯下身子伸出手要把我拉起来，我拉住他的手，可是他的腰却弯得更低了。他跪在我的脚边，给我系上鞋带。我穿鞋特别费劲，所以经常都是他来帮我穿鞋。现在最重要的不是鞋带，所以系不系并不要紧，不过他非要给我系上的话，我也不会反对。

约翰在我的 SAS 矫形鞋上系了一个很大而又结实的结。

"谢谢你，老头子。"我对我的丈夫说。

他笑了笑，说："哦，亲爱的，你做的一切都是为了我。"

约翰倾身吻了我一下。虽然我们两个人嘴唇都已经干裂，皮肤已经干瘪，但这个吻却甜蜜极了。我一只手摩挲着他布满胡茬的脸。他握住我的胳膊肘，把我从台阶上扶了起来。

我终于站起来了。我们都没死，我的双腿不住地颤抖，但好在它们还能稳稳地支撑住我，让我能转过身，两只手抓住车门两边的扶手。我抬腿，先用一只脚踏上了第一层台阶，然后另一只脚也踏上去。歇了一会儿之后，我又踏上了第二层台阶。

"等一下。"约翰说。他开始用手拍我后背上的脏土。

"你要是想拍完我后背上所有的土，估计今晚咱俩进不去车里了。"我说。我累得都没力气笑了。

"别说话了。"他拍着我身上的土说。

于是我闭上嘴不说话，不久之后，我感觉身上轻松多了，腿也不怎么抖了，呼吸也恢复了正常。真没想到拍拍土还能起到让人放松的作用。这么多年，约翰的力道还是没有变，虽然他的那双大手粗糙而厚实，骨节很大，随着年纪的增长，上面还长了老年斑，当然身上其他的地方也一样，但他的手劲儿仍然像以前那么轻柔。尽管我身上很难受，尽管我刚才受到了不少惊吓，尽管我已经疲惫不堪，但我仍然抑制不住对他的爱恋和渴望。我站在台阶上，双手抓着扶手，闭上了眼睛。

第二天我们一直睡到下午一点三十五分才醒。一睁开眼睛，我感觉好像跟拳王洛基·格拉兹亚诺打了十回合拳击似的，眼里甚至还含着泪水。当然，不只是因为我身体很难受，还因为我知道最后的结果是什么——身体上的痛苦最终只会让你离死亡越来越近。

昨晚临睡觉前，我把该吃的药都吃了，包括两粒蓝色小药片，我另外还给约翰吃了三粒泰诺强力止疼药和一粒安定片。我从车里把门锁上，一晚上约翰既没有上厕所，也没有翻身乱动，更没有尿床。疲惫不堪胜过了所有的疾病。这一刻，身体只关注最直接的需要，其他的都会被放到一边，所有的病痛都极为罕见地被忽视了。

我没想好我们今天是继续出发，还是留下来再休息一天。我想起凯文，总是那么谨小慎微，他经常对我说："妈妈，要是你感觉累了，或者支持不住，就应该停下来歇歇，太累的话，开车容易出事故，意外一瞬间就会发生，根本来不及反应。"

他说得也对。即使身体不舒服，你也能保持镇定，坚持下去。因为你对这种情况已经习以为常。但是当你受到极大的惊吓或者疲惫过度，甚至疼痛难忍时，就会遇到意料之外的灾难。过去的这两天的确验证了这个道理：汽车爆胎、被人抢劫、摔倒爬不起来。老话说得对，真是"屋漏偏逢连夜雨，船迟又遇打头风"。

我的身心在激烈地斗争，想停下来休息，但同时也想继续前进，以胜利和微笑面对最终无情的命运。虽然我知道命运就像个无耻混蛋，穿着招摇的格子涤纶西装，小拇指上戴着巨大的人造钻石，满嘴口臭，声名狼藉。但很快，我们就要跌进他的地盘，到时候他会用那只皮糙肉厚的爪子无情地践踏我们，同时张开血盆大口，露出满是烟渍的利齿，咧嘴朝我们笑，然后对我们说："准备迎接你们的命运了吗？这是你们最好的结局。"

不过惰性战胜了一切，我又昏昏沉沉地睡着了。下午大约三点半，约翰尿床了。我感觉到身下一股湿热，我一下子睁开了眼睛，这下我们不得不起床了。我的本能反应是朝约翰大吼，但我知道他也不是故意的。另外，我也没力气跟他喊了。我得把床单被褥从床上换下来，不过等我先去趟卫生间再说。

等我从卫生间出来，约翰已经脱下睡衣，穿着尿湿的内裤，正在套另一条裤子。内裤上还有别的东西，不过我就不给你详细描述了。

"老头子，你得把内裤换了。"

"哦，闭嘴。"他对我说。

他提不上裤子，因为昨晚累得浑身疼。

"去卫生间里洗洗，你浑身臭死了。"

"不，我不去，我这样挺好的。"他依旧在往上提裤子。

他不愿意去洗澡这个问题已经持续了很长时间，我实在懒得跟他理论了。

"那好吧，我来帮你，"我说，"来，你先脱了。"

他停下来，问道："为什么脱下来？"

"脱下来再穿更容易。一下子就能穿上了。"

约翰放弃挣扎，直接把裤子脱在地上，腿从裤腿里迈出来。我走到他身后，拿出他用来剪面包袋扎口的剪刀，一手拽着脏兮兮的内裤，一手拿剪刀从腰部开始剪。因为我在他身后，所以他看不见内裤被剪了，等他发现的时候，内裤已经被我剪开，掉在地上。

"该死的，你在干什么？"

"我马上给你换一条新的。"我一瘸一拐地走到简易衣柜前，拿出了一条干净的内裤。然后我抓起一块香皂，用温水浸湿了两条毛巾。同时，约翰正光着屁股要把裤子穿上。

"等一下，"我说，"坐下。坐下来好穿裤子。"他一屁股坐在餐桌上，然后抬头看着我。我在浸湿的毛巾上擦了点儿香皂，然后递给他，说："给，把你身上好好擦擦。"

他不满地嘟囔着，不过还是照我的话做了。虽然擦得马马虎虎，不过总比不擦强。趁他擦洗身子的时候，我赶紧去把床单被褥换了。床垫罩着一层聚乙烯膜，所以只要擦一擦就行了。接着我拿起毛巾、硬邦邦的内裤、旧裤子和床单，把它们一股脑放进垃圾袋里扔掉。到了这时候，该扔的就得扔了。

约翰勉勉强强把干净的内裤套上了，我拿起另一条毛巾，擦了擦他的脸和脖子。很快，他开始喜欢上了这种法式洗澡，跟我说这种方式感觉好极了。他一直讨厌洗澡，但等你把他身上洗干净了，他就觉得全身舒服多了。我从头到脚给他喷了一遍男士香体露。然后费了好一会儿，给他穿上了一条休闲运动裤，配上他选的一件宽松的夏威夷衬衫。折腾一通之后，他的心情好多了，整个人也焕然一新。

"我感觉好极了。"

"我很高兴你这么觉得。"我瘫坐在餐桌旁的椅子上，说，"真是把我累得够呛。"

"咱们走吧。"约翰说。

我看见他拿着刚才剪内裤的剪刀，正在修剪脸上的胡子。我累得不行，懒得阻止他了。

"等我先洗个澡，拾掇干净了，然后再说吧。"

花了一个半小时，我检查身上的瘀伤，清洗伤口，擦洗身体，简单洗漱了一下，上了几趟厕所之后（这就是拥有小型房车卫生间的好处：想摔也摔不倒，因为地方太小了），一切准备就绪。问题是，我不知道准备什么。我们吃了药（我又加了一粒蓝色小药片），喝了一小碗燕麦粥，吃了点儿干果、吐司，喝了茶，再看时间已经五点零七分了。

"快点儿，该出发了。"约翰一边说，一边在找钥匙。

我从车后门的窗户向外望去，地上到处是凹凸不平的痕迹，那是我们昨晚摔倒在地挣扎时弄的。

"好吧，"我说，"咱们离开这鬼地方。"

终于摆脱了这个该死的地方。

"今天是星期几？"汽车沿着空旷的公路开出了几英里之后，约翰问我。

"天啊，又来了。"我恼怒地说。

在家的时候，约翰总是不停地问今天是星期几，我都快烦死了。孩子们在他生日的时候，给他买了一个日历，希望来看他的时候，他不会再问了，但是日历也不管用。他不知道现在是哪月，甚至是哪年，光知道是星期几有什么用？

"今天是——"我刚开口就顿住了，因为我发现我也不知道今天是星期几。

"星期日。"我说。因为今天对我来说就是星期日。

"哦。"约翰很满意我的回答。

"老头子，咱们看看今天能不能赶到大陆分水岭步道，你看怎么样？"

"当然没问题。"

他完全不在乎去哪儿。我想他就是喜欢开车，只要开着车他就高兴。其实我也一样。离日落还有几个小时的时间，到时就会知道我们最终会开到哪儿了。

"就像周末驾车出游一样，是吧？"我说。

约翰点点头。

我们很快就开车到达了大陆分水岭步道。我经常听说这个名字，但从来不知道这个分水岭是什么。简单来说，这里是 66 号公路的最高点，也是降雨的分割点。从这里开始，东边的雨水会流入大西洋，西边的雨水会流入太平洋。我给约翰大声朗读着旅行指南里的这段话，他不耐烦地嘀咕着，像是说自己早就知道了，而且还忘了五六回。

太阳渐渐落下，夕阳斜照，有些刺眼。虽然很快就会日落，但我还是拿出了我的大太阳镜。按常理来讲，我们应该找个地方停下来过夜，但我感觉我们俩都不想停下来，因为我们根本没开多长时间的车。

我把旅行指南塞进门边的布袋里保存好，说道："好吧，老头子，这回看看咱们能不能赶到盖洛普镇。"

"好嘞。"

我们应该停下来过夜的，但我不想停下脚步。经过昨天之后，我觉得我们应该豁出去，随心所欲。毕竟世事难料。现在，我只想看着红色的砂石悬崖从眼前掠过。红色的岩石不断逐层渐变，在夕阳的照耀下，显得格外生动鲜活。巨大的平顶山崖，巍然而静默，抚慰着我备受病痛折磨的身体和千疮百孔的灵魂，仿佛让我感受到大地的怀抱。车灯照射在岩石上，显现出岩石的特征，能够看出岩石上每一寸的斑驳和时光刻蚀的印记。我看着我的手臂，用手指划过布满无数道褶皱的皮肤，就像一道道早已褪色的字迹。我的两只手臂上都有斑驳的字迹，但我却看不懂上面写的是什么。

公路沿途有几个商栈，即使这个时候，还有开门的，不过大部分早就关门停业了。我发现了一个怀汀兄弟加油站，写着"怀汀兄弟"的标志牌一头倒下来扎进地里，加油站的窗户全破了，旁边有个巨大的灌木丛，那里以前有一个汽油泵。几十年前，怀汀兄弟汽油公司在西部设立了十几个加油站，现在这些加油站都荒废了，就像眼前的这个一样。

我摇下车窗，呼吸着凉爽的空气，感受着轻柔的微风。这清凉的微风吹走了一天的闷热。我一直都喜欢轻风拂面的感觉，但更喜欢听着耳边柔和的风声，当微风吹过耳畔，所有的声音都被阻隔在外，耳朵里只有"沙沙"的声音。

我身边的约翰看起来很高兴，完全没有因为刺眼的阳光而迷失方向。他目光一直专注地看着路面，偶尔看看侧视镜，一句话也不说。突然他看到方向盘旁边的杯架上有一瓶剩下不到四分之一的百事可乐，他"咕咚咕咚"喝了一大口可乐，才开口说话。

"天啊，我今天浑身都疼。"他说。看来昨晚摔倒在地上的事他完全忘记了。

"是啊，我也是，"我说，"肯定是天气的原因。"

等我们到达盖洛普镇时，天已经差不多黑了，不过开着车灯也分不清天是不是黑了。我们又开了一两英里，经过了几家汽车旅馆和各种各样的建筑，感觉就像 60 年代的时候去拉斯维加斯一样，那时候赌场还没那么多，一座挨着一座，挤得水泄不通。那时候的拉斯维加斯，只有零星的几座赌场，感觉像个荒无人烟的沙漠。

晚上，标志牌上的霓虹灯在灰蒙蒙的夜色中，闪烁着暖暖的微光：

蓝色云杉客栈
拉里亚特小镇
箭头旅馆
农场小院
艾尔兰彻汽车旅馆

最后一家是一个非常漂亮的老汽车旅馆，许多电影明星，从亨弗莱·鲍嘉到赫伯恩和特雷西都住过这里，艾洛尔·弗林曾经骑马走进旅馆的酒吧。我听说这里是个经典怀旧的地方，但今晚我们不想留下来住在这儿。

很快，盖洛普就由小镇发展成了一座城市。当我们沿着年代久远的街道前行时，经过了一座漂亮的老剧院，名叫"艾尔莫洛剧院"。可惜今天晚上剧院黑漆漆的，没有灯光。

"你的眼睛累吗，老头子？"

"挺好的，不累。"

这时，我们身旁窜出来一辆日本车，是一辆明黄色的汽车。车子的排气管里发出尖锐刺耳的声音，车尾部有一个巨大的空气扰流板。我看向驾驶座，想看看是谁搞出这么大的动静。令人惊讶的是，开车的竟然是一个十几岁的女孩。过了一会儿，她就开足了马力，"嗖"的一声从我们身旁呼啸而过。在她车后的窗户上，贴了一张纸，上面写着：不要害怕。

我心想，这姑娘可真够酷的。

[第九章 · 亚利桑那]
A R I Z O N A

今天晚上我的判断失误了。我们已经很多很多年没在夜里开车了。更何况，对我们俩来说，在一片荒漠里开车绝对是个愚蠢的主意。孩子们如果知道的话，肯定会吓死的。他们最害怕的就是我们遇到这种情况。不过其实，我并不怎么担心，而且约翰也稀里糊涂的，什么也不知道。他还以为在他眼前的是另一条长长的高速公路。

我们年轻的时候经常这样，度假之后，急匆匆往家赶，一天开二十个小时，有时连续开二十四个小时，甚至三十多个小时。开这么长时间的车是一件很痛苦的事，有时候你甚至会忘了自己在哪儿，在干什么，整个人处于一种恍惚的状态，累得耳聋眼花。有时你以为眼前的路上什么都没有，除了车前灯照着的一片微弱的亮光之外，眼前什么都没有。

有时候在这种情况下，我们最终还是受不了这种令人折磨的疯狂状态，受不了长时间恍恍惚惚，疲惫不堪地开车。我们会每半个小时停下车加一次汽油，这样一来，每个小时就会穿过一个州。到了一定的程度，我们的感官都会变得格外敏锐，能感觉到每个道路的裂缝，还有计程表每次发出的"咔嚓"声。

约翰会喝很多咖啡，喝多了之后，肚子就会"咕噜咕噜"响，跟交响曲似的。这时他就会不停地抽烟，并且不耐烦地冲孩子们大喊。尽管如此，他还是继续开车，不停地加油，不停地喝着咖啡，配着水果味的抗胃酸咀嚼片。实在无聊了，我就给大家分点儿便携冰箱里剩下的食物——午餐肉、已经变温的汽水、路边货摊上买的水果以及一些再不吃就要坏了的食品。二十多个小时之后，房车里混合着各种味道：厨房里的饭味儿、卧室和卫生间里的臭味儿都融合在一起。全家人的眼睛已经习惯了黑暗。透过凝结着雾气的车窗玻璃，可以看到仍在闪烁着亮光的加油站；汽车旅馆的霓虹灯发出橘红色的灯光，照亮了旅馆门前的小径，还有房车在公路上飞驰时，前照灯打在高速公路标志牌上反射回来的刺眼亮光。

我们如此拼命，不顾一切忍受折磨的唯一原因就是回家。经过十几天近乎疯狂的旅行之后，你唯一想要做的就是尽快回到温暖舒适的家里。

旅行是很开心，也很精彩，可以坐在雪佛兰汽车里欣赏美国的壮丽山河！但眼下，你最渴望的却是躺在自己家里的床上美美地睡上一觉，在厨房里饱饱地吃上一顿，坐在自己家卫生间的马桶上痛快地解个手。你不想再去游览这个世界，只想好好地待在自己的小天地里。所以我们必须玩命地开车，赶回家去。

我们从来没计划要开一整夜车，也从来没打算要开这么远的路。我们本想趁着天气好，精神头足，稳稳当当地开个六百多英里，但是没想到之后我们就手足无措了，到处都找不到合适的露营地，指南手册上也没有，路边的广告牌上也没有。我们不想住在汽车旅馆里，因为这两个星期的旅行，已经花了我们不少钱。等我们快到家的时候，就会想起来该还信用卡账单了。所以我们心想：尽量往前开吧，能开多远是多远，到了累得不得不停下来的时候再说吧。

于是我们继续开车，越开越远。黄昏将至，夕阳残照，金色的光辉洒在车尾，车后窗顿时变得五颜六色，成了一台彩色电视。随后，夜晚到来，大地被黑色笼罩，空气凉爽舒适，天上群星璀璨。夕阳落下后，我们的眼睛终于得到了解脱。过了一会儿，孩子们就会停止抱怨和不满，开始变得安静。他们也跟我们一样，急着想回家。于是，我们就一路开下去，到了晚上十一点，已经太晚，没办法找地方停车过夜了。于是我们不得不接受现实，继续开吧，继续。我们朝着家的方向继续奔驰，归心似箭。

今晚，约翰和我开车行驶在纳瓦霍族保留区的腹地。半开的车窗，透进缕缕微风。沿着高速公路，我看到了月光照耀下，仙人掌分叉的轮廓，反射着月光的岩石和嶙峋的石块。黑漆漆的商栈里空荡荡的，上面挂了牌子，写着"印第安宝石，绝对超值"。我有些害怕深夜露宿在这里，但我的心里已经不再那么恐惧。我现在开始有点儿迪士尼之旅的轻松感觉了。当然，这可能跟我刚吃完药有关，我现在唯一能做的只有吃药。我想后果已经显现：我已经对吃药产生依赖了。说实话，我本以为那些带兴奋成分的药挺刺激的，但是现实跟我想象中的不一样，到现在我还是搞不懂那些小年轻们为什么那么喜欢这类药品。

我仔细端详着约翰开车时的样子。这让我想起了四十年前的约翰——当然是手上没拿着烟的他。他目光专注地看着路面，十分警觉，开车的时候连哈欠也不打。曾经一些自驾游的旅行车告诫我们不要开车旅行，担心我们"公路催眠①"，造成事故。但我一点儿也没看出来我们有"公路催眠"的迹象。我们都很清醒，我心里也很清楚。

约翰和我今晚一直开车行驶在州际公路上，我们没有刻意去寻找州际公路旁边的 66 号公路，因为很容易迷路，陷入困境。所以，我们始终行驶在 40 号州际公路上，而且能开多远开多远。是的，在大晚上开车穿越彩色沙漠②是一种遗憾，但今晚情况特殊。我有种预感，我们得尽快赶到目的地。

"我想放点儿音乐，老头子。"说着，我就在剩下的一堆八轨道磁带里翻找。过去我们有很多磁带，但是好多都因为听的年头太长而坏掉了。我找到了一个名叫《有力冲击》的专辑，是由恩诺克·莱特和他的轻骑兵乐队创作并演唱的。我把磁带放进播放器里。

"夜晚的蓝调布鲁斯……"音乐声音很大，把我们俩吓了一大跳。肯定是播放器关着时，约翰不小心把音量键开大了。我调低音量，音乐声没那么震耳欲聋了，但是随后声音却开始发颤，木管乐器的声音杂乱无章，有节奏的吉他声也断断续续，模糊不清，不过我并不在意，只要有声音就行了。我脑子里不愿意再胡思乱想了，太让人心烦。

我的嘴唇很干，于是我赶紧打开一瓶矿泉水，喝了一口。我扭头看向约翰，他正用空洞的眼神看着我，但眼睛里仍然充满爱意。他一

---

①公路催眠，指在高速公路上连续长时间驾车后，由于有效视野缩小，动态视力下降,速度感减弱,并且周围环境单调,驾车时不必担心会遇到其他车辆和交叉路口,导致驾驶员大脑活动水平下降而形成"高速催眠"现象。主要表现有：注意力分散、判断反应迟钝,甚至打盹。
②彩色沙漠,也称佩恩蒂得沙漠,或者多彩沙漠,美国亚利桑那州北部的一个地理景观, 由彩色缤纷的地层小丘所组成,是世界上色彩最艳丽的沙漠。

边跟着音乐哼唱，一边用手指敲击方向盘，打着节奏。

"你好啊，小妞。"他笑着对我说。

我把这"撩人的音乐"声音关小了点儿，这乐曲太活泼欢快了，即使声音失真，节奏拖长了，也让人难以招架。

"你知道我是谁吗，约翰？"

"当然知道。"他笑着假装自己知道。

"那我是谁？"

"你自己都不知道你是谁吗？"

他以前经常这样敷衍我。

"我当然知道我是谁，"我说，"我只是想看看你知不知道。"

"我知道。"

"那我是谁？"

"你是我的爱人。"

"没错，"我抚摸着他的膝盖，说，"那我叫什么名字？"

他又笑了。他的嘴唇动了动，但没有出声音。

"……真美。"播放器里传来一阵歌声，听起来像是用大号伴奏的一样。

"你说什么？"

"你是莉莉安？"

我把抚在他膝盖上的手缩回了。这个臭混蛋，莉莉安？

"该死的，谁是莉莉安？"

他没说话。我知道他脑子糊涂了，但我管不了这么多，我说："你听见我说话了吗？谁是莉莉安？"

"我不知道。"

"你不知道？"我捣了一下他的胳膊，"你刚才还说莉莉安是你的爱人。"

"我不知道。"

我不知道他是什么意思，不过我真的气得想把他掐死。我每次问约翰他有没有出过轨，他总是说要是他对我不忠的话，他早就离开这个家了。不过现在，我开始感到怀疑了。

"莉莉安是谁？"我又问了一遍。

"我跟莉莉安结婚了。"

"不，你没有，跟你结婚的人是我，是我，艾拉。"

"我以为你的名字叫莉莉安。"

"我们结婚快六十年了。你竟然连我的名字都忘了吗？"

"我以为——"

"哦，该死的，给我闭嘴。"我气得关上车载音响，把磁带从音响里取出来。磁带从卡槽里取出来时，发出"兹兹"的声音。

约翰叹了口气，靠在驾驶座椅背上，生着闷气。我也是一样。

我们开着车在公路上奔驰，一路无话。月亮渐渐升起，今天的月亮大概有满月的四分之三，盈盈的月光下，彩色沙漠的轮廓若隐若现。连绵的群山沿着山脊条纹状的岩石边缘，散发出银色的微光，山上的矮树丛也映射出一丝光亮，就像一个个鼓鼓的圆球。

我们的房车驶离霍尔布鲁克的高速公路打算去旁边的镇上加点儿油，总算能喘口气了。我突然想起这里好像有可以参观的景点，但是我现在不想查旅行指南。我放眼望去，就在城镇的边缘，一家五金店前面，我看见那里有一群巨大的史前生物——恐龙。腕龙、雷龙、剑龙等各种类型的恐龙，五颜六色，形态各异，沿着道路依次排开，两边零零散散地摆着几块树化石。

"喂，看那边。"虽然我还在生他的气，但我还是主动跟他说话。

"那是迪诺。"他兴致勃勃地说。

最高的那只恐龙看起来的确像是辛克莱石油公司加油站上面的恐龙雕塑。这只恐龙居高临下，傲视众人，脖子伸得长长的，这个石化了的爬行动物站在路边向我们投来好奇的目光，仿佛能看出哪些是它的同类。

我们开车拐了个弯，离开了这个荒无人烟的镇子，开上主干道。这时我才想起这个霍尔布鲁克镇里有什么景点，但绝对不是恐龙。不一会儿，我看到了远处沙漠的地平线上出现了绿色的霓虹灯光。

我们把车开近了才发现沙漠上有一个牌子，上面写着：

维格沃姆（小棚屋①）汽车旅馆

你最近住过小棚屋吗？

在这个牌子后面，有几个发光的白色圆锥形帐篷，排成一个半圆形，每个帐篷都装饰着深红色的波浪形花边，帐篷顶上都挂着一盏亮灯。

"老头子，我们第一次去迪士尼的时候曾经住过这里，你还记得吗？"

"我们从来没住过这里。"约翰说。

"不，我们住过。里面地方不大，但是很舒服。孩子们特别喜欢。"

我突然想今晚住进去，在小帐篷里住一晚上，再次回顾一下睡在维格沃姆小棚屋的感觉。但我们在亚利桑那州还要走很远的路，时间

①小棚屋，也叫维格沃姆，是一种北美土著人部落使用的类似于窝棚的住宅。

紧迫，我不想停下来。另外，我记得小屋里面地方很小，里面的木床也不大，卫生间也很挤，一切都特别小，我们还不如睡在房车里呢。

我们沿着主干道继续行驶，到了加油站加好油，刷了信用卡结账，匆匆忙忙各自去了趟厕所，整个过程中我们一句话也没说。

黑夜如同展开的墨色天鹅绒，房车行驶在公路上，转眼间就开出了十几英里。我们又回到了66号公路，经过了一个停车场，发现里面有一只巨大的长耳大野兔雕像，像哨兵一样直立着。看着这只大野兔，我心里直哆嗦，相比之下，感觉还是恐龙看着更亲切友好一些。

随后，我们又开车上了温斯洛附近的40号州际公路。突然一只走鹃从路面上穿过，我记得以前旅行时也经常见到这种小鸟。说实话，我记得以前见过的走鹃比这只跑得更快。约翰没注意到有一只走鹃直接从车前灯的亮光中穿过，我也是突然看见的。我们来不及刹车，撞上了这个可怜的小家伙，它没有发出任何声音，只有"噗"的一声，就像轧过一个牛奶盒一样。

"那是什么？"约翰问。

"咱们可能撞了一只鸟。"我声音颤抖地说，"一只走鹃。"

"一只什么？"

"走鹃。就像歪心狼总追的那只哔哔鸟一样，你记得吗？"我真为这个小家伙感到难过。一切发生得太快了，都来不及反应。这似乎是一个不祥的预兆。突然间，我突然觉得自己就像杀死了信天翁的水手①，必须把那只死鸟挂在脖子上。我拼命地抑制住自己的胡思乱想，试着想想别的事情，转移注意力。

---

①杀死了信天翁的水手，以前，迷信的水手将信天翁视为不幸葬身大海的同伴亡灵再现，因此深信杀死一只信天翁必会招来横祸。

现在我身体上最疼的时候已经过去了,所以对于迪士尼公园之旅,已经没有那么恐惧了。我快速地翻了一下旅行指南,上面说这条路还有六百多英里就到头了,然后再有五十英里就到了阿纳海姆。我还以为今晚就能到那里呢,我真是蠢啊,想得太天真了。

晚上快十点半了,约翰不停地打哈欠,揉着眼。

"老头子,来点儿可乐吗?"我说,"咱们好像还有一瓶。"

他摇着头说:"我不渴。"

约翰一路上可以不停地喝茶、咖啡和汽水,但是到了沙漠里,他却一点儿也不渴。

"老头子,你想停下车,找地方过夜吗?"

他没有说话。

"你想继续再开一会儿吗?"

"对。"

"要不咱们去旗杆镇买点儿东西吃吧?"我说。其实我也不知道这么晚了还有没有餐厅开门,不过还是想去看看。

我们到了温蒂餐厅,正好赶上餐厅快关门了。汽车餐厅里的女服务员向我们问好,我们一整晚都在车里,一直没跟别人说过话,现在可算遇到一个了。我们在停车场,坐在车里,看着远处的天空和山峦。餐厅招牌上的霓虹灯关了,月色下,天空和山峦却显得更亮了。不一会儿,餐厅里面的灯也关闭了。只有月光和附近的街灯照亮,我们只能看到彼此的脸。

约翰专心地吃着汉堡,我大口地用吸管喝着冰咖啡,周围寂静无声。透过挡风玻璃向外望去,今晚整个世界在我眼中就像一个外星球。我已经好多年没有这么晚还在外面开车了,特别是在一个完全陌生的地方。

随着年纪渐渐变老，就会越来越害怕晚上。因为你太熟悉黑夜，太熟悉黑暗所表示的含义了。你尽力要躲过晚上，避开黑夜，不让黑暗进入你的家里。你疲惫不堪，但是千疮百孔的身体却折磨得你彻夜难眠。你睡得越来越少，于是整夜开着灯，不愿进卧室——如果必须得睡觉的话，就坐在椅子上，趴着桌子睡一会儿。一切都是为了躲避黑夜。所以，我以为这会儿，我会害怕在夜里开车，不过我想我现在已经不再害怕了。

约翰吃完了奶酪汉堡，清了清喉咙。他舔了舔沾在手上的番茄酱，偷看着我放在仪表盘上的汉堡，我只咬了两口，一直放着没动。

"你吃吧。"我说。

约翰拿起我的汉堡，狼吞虎咽地吃起来。我打开冰咖啡的盖子，用塑料勺舀了一勺上面的冰激凌。冰冰凉凉的冰激凌一下子滋润了我干渴的喉咙，也平复了灼热得像火烧的胃。

附近时不时有车辆呼啸而过。

约翰不吃了，他把汉堡放下，用餐巾纸擦了擦嘴，然后一只手抚摸着我的腿。

"嗨，亲爱的。"他对我说。他完全忘了刚才发生的争吵。

他知道我是谁，知道我是他的爱人，是他一生最挚爱的女人。没有任何疾病，没有任何人可以把这份爱夺走。

旗杆花园丽笙酒店的大堂很漂亮。我步履蹒跚地走到酒店前台时，心想酒店最近是不是刚刚重新装修过，不然怎么这么富丽堂皇。今晚我用上了助行器，助行器上有一个可锁定的手刹装置，一个可以放包的小篮，还有一个座椅，如果累了的话，可以坐在上面。整个助行器都涂上了一层"苹果红糖果色"（这是凯文说的）的漆，特别花哨。我们俩累得筋疲力尽，所以我需要一些支撑才能站着。况且，我们俩再也禁不起摔一跤了。

"你们有什么房间？有好点儿的吗？"我问前台工作人员。这不像我平时的风格，一般来说我都会问："你们最便宜的房间是哪种？"

前台的服务员是个墨西哥裔的小伙子，发际线很靠后，嘴唇下面的胡须修剪得像一枚邮票一样，贴在下巴上。他正低头看着书，听到我的话立刻抬起头来，忧郁的目光盯着我看。他制服的铭牌上印着他的名字"Jaime"。

"有一个标准双人间，是无烟房间，还有一个豪华套房，也是无烟房间。"他的语气很生硬，让我觉得有些不舒服。

"我们要豪华套房。"我豁出去了，不想再扣扣索索地省钱了。

"豪华套房 125 美元一晚，税钱另加。"他说。

我倒吸了一口气，说："天啊，我又不是要买下这地方，我只是想睡一个晚上。"

杰米朝我耸了耸肩。

"很抱歉。"我递给他信用卡时说。我决定接下来的几天要给这小子点儿颜色看看。不过做一个挥金如土的人，我还真是不习惯，需要点儿时间适应一下。我这辈子还从来没花过这么多钱住酒店。

杰米在刷卡机上划了一下信用卡，大家都等着收据凭条刷出来，一时间都不说话，气氛很尴尬。

"请问，"我说，"你的名字怎么念？"

他打量了我一下，然后说："海梅。"

"哦，有点儿像犹太人的发音是吧？"

"也不是。"

"哦，幸好我没叫你杰米。"

他被逗乐了，眼睛里有一闪而过的笑意，他说："我也很庆幸。"

我们把房车停在了残疾人专用车位。海梅帮我们拎着过夜用的几个包（专门为了住酒店而准备的东西），然后带我们上楼，领我们到住的房间。我很高兴。整个房间以金色和米色为主调，看起来很干净整洁。套房里有一个客厅和一个卧室，我尽量不去管那些我们不需要的空间，也尽量不因为太过奢侈而自责。我告诉我自己，管它呢，豁出去了，不用担心，想开点儿，好好享受吧。

"这里是小冰箱，里面有酒水饮料。"海梅走过来，指着房间里的一些设施，给我们做简单的介绍，"这里还有 DVD 机和音响。那边有一个小厨房，里面有咖啡壶和点心篮。所有东西的价格列在那张清单上了。"

"这房间真不错，"约翰说，"我们付得起这么多钱吗？"

我转过身，对他说："说什么呢，约翰，我们当然付得起。"我笑着看了看海梅，然后翻钱包要给他小费。

他摆了摆手，似乎意思是说不用给。

"祝你们入住愉快。"说完，他就走了。

我挂着助行器走到音响前，把音响打开，找了一个不会让人伤心的电台。我仍然不喜欢安静，希望弄出点动静来，让自己的脑子歇一歇，不再胡思乱想。我找到了一个播放舒缓萨克斯风乐曲的电台。然后我挂着助行器走到小冰箱前，对约翰说："咱们喝点儿鸡尾酒吧，老头子。喝点儿酒，有助于睡眠。"

"好吧。"

小冰箱里有小瓶的皇冠威士忌，但没有甜苦艾酒，所以我只好随便用几种酒调在一起，凑合了。我把调好的酒倒在杯里，从我的包里拿出了一包代糖，在每杯酒里各放一半，然后用手指搅拌一下。酒店还挺体贴，提供了小冰块，所以我们又加了几块冰。那张价目清单我一眼都没瞧，挥霍无度比我想象中的更容易。

约翰和我坐在客厅的小茶几旁，品尝着鸡尾酒。他环视了一下房间，吹起口哨："哇，这是哪儿？"

"这是我们的豪华套房。很漂亮，是吧？"

"我想说的是，"他看着我，举起杯，说道，"这才是生活。"

"那还用说。"我举起酒杯跟他碰了个杯。

两杯曼哈顿鸡尾酒喝完，约翰躺在另一个房间里呼呼大睡，衣服都没脱，鼾声像打雷一样。但愿今晚他不会再在床上"画地图"了。我坐在沙发上，想把电视打开，但身子却懒得动。我的脑袋晕乎乎的，也许是低血糖，不过更大的可能是酒和药加在一块儿的结果。我察觉到虽然脑子昏沉沉的，但身上并没有感觉到疼痛。

我跟我的丈夫第二天早上差不多同时醒来。这次我没有像平时一样睡在舒适的椅子上，临睡前的最后一刻，我挂着助行器走进了卧室，睡在约翰的身旁。凭目前的感觉和嗅觉看来，约翰晚上并没有"画地图"。我闭着眼睛，迷迷糊糊地睡了几个小时，也许算是睡着了。但是实际上睡得根本不踏实，就像看了一晚上的有线电视，上千个频道来回转换，人生中的各个瞬间在画面中闪现，短短几个小时就像回顾了我的整个人生。

"早上好，艾拉。"约翰对我说。他的眼睛清澈明亮，炯炯有神。

"早上好，约翰。"

"你睡得好吗？"他从床头柜上拿起眼镜戴上。

"不太好，你呢？"

"我睡得很沉，一觉到天亮。"

"很好。"

他看了一眼房间，瞪大了眼睛，说："天啊，这里真漂亮。是你打扫的吗？"

我惊呆了。在约翰的脑子里，我们的家终于不再是荒凉颓败的露营地，或者寒酸简陋的汽车旅馆。终于，在他眼中的家，成了一个四星级酒店。这是我一直以来所期盼的。

"是的，是我打扫的。"我抚摸着他的脸说，"约翰，你记得我们去纽约乔治湖旅行的事吗？"

"孩子们也跟我们一起去了吗？"

"那次他们没去。辛迪结婚了，凯文也大了，可以自己留在家里。就我们两个人去的。"

约翰咧嘴笑了："去乔治湖那次，我只记得一件事。我们住进一个有热水浴池的旅馆是吧？我们光着身子泡澡，泡得都快脱皮了，整个人像肿了一圈。"

我也笑了："即使肿了，也比现在瘦。"

约翰凝视着我的眼睛，原来的约翰又回来了。他深情地凝望着我的眼睛，然后抬起头，吻上了我的嘴唇。记忆中，他已经好久没有像现在这样热情地吻我了。我们就像热恋中的男女，吻得热情似火，难分难舍，而不像两个老夫老妻，彼此称呼对方孩子他爸和孩子他妈。但是当他吻我的时候，他的嘴里有一股酸味，弄得我胃里突然翻江倒海似的翻腾起来，我感觉到昨晚喝的酒从胃里往上涌，混合着昨晚吃的药和咬了几口的汉堡，一齐涌到了嗓子眼。一股酸水往上涌，虽然不强烈，却灼热难耐。我赶紧推开约翰，幸好及时，没吐在他身上，而是吐在了床边的地板上。

"艾拉，你怎么了？"约翰问。

我没法说话，只能等到不再吐了之后，才转过身面对他。我气喘吁吁，但仍然尽力让自己不要喘得那么厉害，因为我不想让约翰为我担心。可惜虽然尽力了，但还是抑制不住地喘着大气。

"艾拉！"他起床走到卫生间，"我去给你拿杯水来。"

我缓了一口气，扭头看他去哪儿了。他很快就顺利找到了卫生间。我想可能因为他以为这里是自己家，所以自然而然就知道卫生间在哪儿。不一会儿，他手里拿着杯水回来了。

"喝点儿水，看看能不能好点儿。"

"是凉水吗？"

"是温的，温度正合适，快喝吧。"

我喝了一口温水。一开始，我以为我会把水吐出来，不过幸好没有。温水一喝下去，感觉就不那么想吐了。

"感觉好些了吗？"

我点点头。看到他对我这么紧张和关心，我心里暖暖的。他已经很多年没这么照顾我了，一直以来都是我在照顾他。

"你吃什么东西吃坏了吗？"

"可能是昨天晚上的晚饭，"我说，"我想可能是吃坏肚子了。"他不记得昨晚我们吃什么或者做什么了。他再次躺在我身边，陪着我，很长时间我们都没有说话。

我还是觉得头晕，于是从床上起来，用温水冰了点儿冰块，从洗漱包里拿出一小瓶来苏水喷雾剂,把剩余的毛巾都拿出来,准备清理地上呕吐的残迹。

虽然我很想在这个富丽堂皇的酒店舒舒服服地多住一天,但我知道我们必须得启程了。我打电话叫前台来帮我们拿包。我们上午十一点才去办理退房,这时我发挥了老太太的优势——"哦,很抱歉,我们真的忘了。年纪大了,记性就差了。"于是酒店没有找我们要第二天晚上的房钱。我很想告诉他们套房床边的地毯上沾了点儿东西,不过我觉得还是算了,见好就收吧。

我们开车穿过旗杆镇的"历史古迹游览区",重新开上66号公路。没开多远,道路就与州际高速公路相邻。昨晚,我疯狂地想快点儿赶到迪士尼乐园,想着我们应该一直走快速路,但今天我觉得走66号公路也可以,至少在66号公路上开一会儿也没关系。昨晚睡了一觉之后,我身体感觉好多了。不过我还是觉得不要去参观大峡谷了。

所以我们没有在64号高速公路右转,因为右转是通向大峡谷的路。我们向左转,快速穿过威廉姆斯镇,回顾旧日时光。镇子这几年日渐潦倒,不过我很高兴看到那家罗德牛排馆还在。当年我们去大峡谷旅行的时候,曾经路过这里,在这家餐馆里吃过牛排。那个棕白相间的巨大公牛雕塑依然摆放在餐厅前面的人行道上。那是这家餐厅的标志,甚至他们的菜单也是公牛的形状。66号公路这条"母亲之路"上有许多巨型雕塑,在我印象中,这就是其中之一。

沿着公路行驶了大约二十英里之后,我们穿过一个名叫阿什福克的小镇,哈哈,你猜怎么着,我又看到了一家66号公路餐厅。另外,我们还看见一家名叫德索托的美容院,美容院的屋顶上还有一辆紫白色相间的老爷车。

房顶上怎么有一辆车？我也搞不懂。一路所见到的大多都是荒芜的空地，空地上堆满有纹路的切割石板。我们开车在镇子上穿行，一路上到处都能看到这种石头——有纹理的粗质石头，有棕红色的，也有银白色。有的棱角分明，有的粗糙而扁平。这些石头堆积在坡道上，地面上，甚至堆成小山，以不规则地形状伸向天空，就像十几个城市的天际线同时被压成碎石一样。

　　我的旅行指南上说，阿什福克镇可以说是"世界石板之都"。现在，这一片空地上什么都没有，只有一块块巨大的石板。两块巨大的石板挡住了炫目的阳光，几乎直接暴晒在太阳底下，但石板似乎并不害怕太阳的直射。

　　此时光线太亮，照得人刺眼，即使戴着太阳眼镜也抵挡不住。我不得不转过头，躲过阳光的照射。谢天谢地，约翰一直很安静。

　　我拿出手机拨打凯文的电话。这个时候，他应该刚刚下班回家。

　　"喂。"

　　"凯文，我是妈妈。"

　　"妈妈，感谢上帝。你们好吗？"

　　他声音里充满了担忧。我突然感觉很内疚，让他这么多天都提心吊胆的，不过我实在没有别的选择。

　　"我们都很好，亲爱的，"我故意提高嗓门，装作特别开心的样子，"一切都很好。"

　　天啊，我真是个大骗子，瞎说话不打草稿。

　　凯文平时说话声音很低沉，但现在他急得嗓门也大了："妈妈，托马谢夫斯基医生认为你们应该赶快回家。"

　　"哦，是吗？"我说，"告诉托马医生管好他自己的事吧。"

“妈妈，别这样，”凯文气急败坏地说，“你们不能一直待在外面不回来。”

“凯文，我讨厌别人告诉我应该干什么。”

凯文深吸一口气，说：“托马医生说如果你们不回家的话，你们可能撑不过——”

“该死的，闭嘴，凯文。”我朝着电话怒吼，我不想听那些让我心烦不安的话。我深吸一口气，想要镇定下来。

“亲爱的，这次旅行很好，真的，我们过得很开心。”

“不，你们必须赶快回家，我说真的。”

听到凯文这么强硬的语气，我感到很惊讶。他从来都不会用这样的语气说话，特别是对我。

“不，凯文，我不喜欢你说话的语气。”

“我管不了这么多。我们已经打电话报警了。”

“凯文·查尔斯·罗比纳，你为什么要这么做？”我对我的儿子真的很生气。

“我们不知道还能怎么办，妈妈。所以只好报警。”

我不明白，但我知道他真的快崩溃了，我们俩一吵架，他就噘着嘴，气呼呼的样子。

“警察不能把我们怎么样，”我说，“我们又没有犯法。你爸爸有合法的驾驶证。”

凯文无力反驳，也许警察也是这么跟他说的。上岁数了又不违法。至少现在，我们还没触犯任何法律。

“妈妈，我们追踪了你们的信用卡记录。我大概知道你们在哪儿。我要去找你们。”

"你来试试，凯文。我不是开玩笑的。"我拿出了做母亲的威严，说道，"你别为我们担心了，我们两个都很好。"

"我不相信。"

我能听出他的声音开始颤抖。他在故作坚强。约翰一直告诉凯文不要哭，不要像个长不大的孩子，但他总是忍不住。

我总是对约翰说，别老说儿子，他太敏感脆弱，自己也控制不住。

"亲爱的，不管你信不信，都无所谓。"

"如果你回来的话，妈妈，也许你的身体会好一些。"他的声音像是快要哭出来了，我太了解他了。

"亲爱的，"我突然感觉很累，全身的力气就像泄气的气球一样，"你在说胡话呢。"

电话里声音有干扰，我以为信号要断了，不过接着又没事了。

约翰扭头对我说："你在跟谁说话？"

"我在跟咱儿子凯文说话。"

"你好，凯文！"约翰突然变得很开心，朝电话大喊。

我把电话举到他耳朵边。约翰听着电话，露出了笑容："啊，我们很好。你妈妈要跟你说话。"

"我们得挂电话了，凯文，"我重新接起电话，"告诉你姐姐我们打过电话了。"

电话那头沉默了很久，我听见我儿子抽泣的声音。

"替我告诉你姐姐一声，好吗？"我问道。

又是一阵沉默，他说："好的，妈妈。"

他又说了几句话，不过我没听清楚。他的声音好像隔得很远。

"记住，"我说，"我跟你爸爸很爱你们两个。"

"妈妈，你说什么？我听不清。"

"凯文？凯文？你在吗？"我把电话拿远一点儿，想找音量键，但我一看手机屏幕，上面显示着：信号中断。

哦，那就算了。

我想起几年前，凯文来看我们，帮我们在前门安装遮挡风雪的护窗。突然他的手不小心划到了门上的铰链。幸亏铰链没有生锈，但是却很锋利。他走进厨房，一路上手指都在滴血。我一看见，立刻跑出厨房，给他找创可贴。我在他伤口上抹了点儿抗生素软膏，然后用创可贴紧紧裹住他的手指。接着我不由自主地握住他的手指亲了一下。我说，这样伤口会好得更快。这时我一抬头，看到的却不再是个孩子，而是一个四十四岁中年男人的脸。我们母子之间已经有几十年没有这么温馨的时刻了，一切却仍然那么熟悉。

有些事情一想起来就会让我难过得无法呼吸。每当我一想到我要坦然地面对即将到来的命运时，就会回想起过去的点点滴滴，撕开我所有的伪装，只剩下支离破碎的内心。

打完电话后，我和约翰都安静了一阵。我拼命地去想别的事情，转移注意力。

"老头子，听说这附近有一个叫塞利格曼的镇子，他们那儿鸡肉做得特别棒。你有兴趣吗？"

"没有。"

我叹了口气，说："那儿也有汉堡。"

"这还差不多。"

天啊，我真不知道该怎么办了。旅行以来，我吃了无数顿汉堡，都快变成"哞哞"叫的牛了。

我们来到塞利格曼镇，这里看上去又是一个荒凉萧条的小镇。我们去了德尔加蒂略雪冠汽车餐厅。听名字似乎跟别的汽车餐厅有些不同，但我没想到会有这么大的不同。

"天呐，这是什么鬼地方？"约翰说。

"倒是挺有意思的。"我说。不过他说得没错，这地方看起来真的很怪异。餐厅装饰得五颜六色，墙上涂着红色、橙色、蓝色和黄色的油漆，里面摆设着各种乱七八糟的家具和陈设，老式汽油泵、各种广告横幅，甚至还有屋外茅厕。门旁边停着一辆古老的福特 T 型车，上面装饰着老式的汽车喇叭、各种旗子、塑料花和闪烁的小灯泡。到处贴着各种奇怪的标语和标志牌。

死鸡

有奶酪的奶酪汉堡

在此处用餐并加油

圣诞节快乐！

很抱歉，餐厅正在营业

我本来还想算了，不去了，不过餐厅前面停了一辆旅游巴士，所以这餐厅应该不会太差吧？更何况，我们俩都累了，需要休息一下。也许这个餐厅会给我们一个惊喜。

我想开门进去，但没想到门把手是假的，惹得露台中庭里的游客一阵讥笑（约翰很不高兴）。我推着助行器走进餐厅，餐厅里墙上和天花板上都贴满了电话卡、便签贴、明信片和外国纸币。看起来并不像我想象中的那么干净，不过也许只是因为贴得到处都是的装饰显得有些乱而已。

柜台后站着一个五十多岁深褐色皮肤的男人，头发锃亮，他一看见我们进来，眉开眼笑，十分热情。

"看看！"他大声说，扔了一块糖果条到柜台上。

约翰和我都看着那块糖果条。"看看"是那块糖果条的牌子，我礼貌地微微一笑。我听见身后排队的人在大笑。

"这是什么鬼地方？"约翰不满地说。

柜台服务员并没有在意，而是放声大笑，说："我们今天的特色菜是鸡肉！"他挥舞着一只大橡胶母鸡说道。

"别朝我挥舞那玩意儿。"约翰说。

我看到柜台后的员脸色有些难堪。

"约翰，"我试着安抚他的情绪，"他只是在开玩笑。我想这儿的人都爱开玩笑。"

"这里不是麦当劳。"约翰讥讽地说。我看到他气得满脸通红，嘴唇都在颤抖。

"冷静点儿，老头子。"我不敢看我们身后的一家人，那里面还有一个小女孩。

"你带我来的是什么破地方？"约翰大吼着，一拳砸在柜台上。柜台上的糖果条都被震了起来。

柜台服务员不再大笑了。他的表情充满震惊和恐惧，他说："先生，请你离开。"

"你去死吧！"约翰怒吼道。

我抓着约翰的胳膊就把他往外拽。

"很抱歉，"我对柜台服务员说，"他脑子有问题。"

不过服务员的脸色并没有显出同情之色，只有受惊和愤怒。看上去他都快哭了。我们今天不知道怎么回事，总是把别人弄哭。约翰和艾拉只是想出来散心，并且给大家传递快乐的。我们其实是这样的人。

约翰狠狠地瞪着他，然后又死死地盯着我。我迅速拉着他往外跑，从小女孩身边挤过去，那个小女孩大概六七岁，褐色短发，亚麻灰色的大眼睛，头上戴着一个卡通猫的发卡。小女孩咬着嘴唇，可怜兮兮地看着我，不知道究竟发生了什么事。

"很抱歉吓着你了，亲爱的。"我努力地挤出了一个笑容，对小女孩说道。

她向前跑去，帮我们打开了门。我摸了摸她柔弱的小胳膊，继续向前走。走到中庭，看到旅游大巴上的游客都在窃笑，显然是知道了餐厅里发生的事。

我对约翰小声说："咱们去别的地方吃午饭。"

"早该这样。"他咆哮着说。

走进车里，约翰还是不停地叨叨。我什么也没说。

我现在有点儿怕他了。我埋头看着旅行指南，我看着书上标示的66号公路路线，从麦康尼科到托普克，一直到加利福尼亚州。据说，这是原有的66号公路中最原始的一段路程——沿着荒凉的沙漠一路而下，路经荒无人烟的鬼城，能看到一群群饥肠辘辘的野驴在路旁的荒漠里奔走，一路上溅起无数的碎石，在蜿蜒的峡谷弯道上盘旋。

我指挥约翰开上了州际高速公路。

[第十章 · 加利福尼亚]
CALIFORNIA

　　我们终于到达了最后的一个州。经过日夜兼程和紧张的奔波，我终于看到了科罗拉多河，还有"欢迎来到加利福尼亚州"的标志牌。虽然我已经累得要死，不过一看到这些，我顿时感觉好多了。我想我们两个都累极了，日夜赶路和奔波劳累，弄得我们身心俱疲。

　　车里闷热难耐，更别提车里的空调已经完全用不了了。当然，我们还得把车窗半开着，因为车里有废气渗漏。不过尽管如此，我的身体还没有太难受，我所依赖的蓝色小药片效力还在。

　　"今晚住酒店吧。"我对约翰说。约翰在雪冠餐厅发飙之后，我对他还是有点儿害怕，不过我仍然用坚定的语气跟他说。

　　"没问题，这个主意很好。"他和蔼地说。

　　我们进入了尼德尔斯市荒无人烟的边界。我会尽量在找汽车旅馆时不要有那么多的挑剔，但我知道要是我们最后死在一家简陋破旧的汽车旅馆里，也太凄惨了。

　　"老头子，那边有个旅馆，上面写着'有空房'，快停车。"

　　约翰二话没说，立刻把车停下。我打开车门，突然迎面袭来一股热浪，差点儿吹得我一屁股坐在地上。

约翰拿出我的助行器，放在我身边。我把我的包放进助行器的小篮里，然后我们一齐走向旅馆的大堂。一进旅馆，我就闻到一股难闻的味道。不知道是饭馊味还是汗臭味，反正让人很恶心。

"有什么能帮您的吗？"前台的一位年轻的女人说。

"不了，谢谢。"说完我就转身而走，约翰替我把门打开。

我们去了三家汽车旅馆，都跟这家一样。我想连大堂都这么脏，里面的房间还不知道什么样呢。现在已经晚上七点了，我们最后住进了西佳酒店，我累得都快站不住了。没人帮我们拿行李包，所以我只能把我的包放在助行器上，这下助行器沉得更推不动了。幸运的是，酒店大堂旁边有一个残疾人专用通道。

我走进房间，里面有一张送餐菜单，街角的一家饭馆可以提供送餐服务。我点了两份烤牛肉三明治和两杯奶昔，然后吃了些药，随后就瘫在床上了。等点的食物送来时，我已经感觉好多了。约翰把电视打开，我们一边吃饭一边看电视。吃完饭我就躺到床上睡着了。

我梦见了老家底特律的旧平房，真高兴又回到那座老房子了。一切都跟原来一样，一点儿没变。我认出餐厅的那套丹麦现代简约家具是从哈德逊家具店买的，还有那张旧沙发也是，厨房里的雏菊图案壁纸是约翰亲自贴的。我看见了地下室，地板也是约翰铺的，地下室的那套美式复古家具是我从阿兰家具店买的。我甚至忘了是不是在梦里见过这些东西，但我的确记得原先那座房子里的陈设和样子。

在梦里，我坐在辛迪的房间里，自从她结婚搬走之后，那间屋子就一直空着。我们一直没动那个房间，只是搬了一台电视和两把椅子进去。晚上，夜色已深，约翰正在楼上睡觉。我跟凯文在一起，那时他才十三岁，我们正在看电视。我们俩都是夜猫子，每天晚上都看约翰尼·卡森的《今夜秀》。自从辛迪走后，我一直很想她，怀念她在这个家里住的时候，所以现在我经常和我儿子在一起，填补我心里的思念。虽然他小小年纪，也许不应该这么晚睡觉，但我仍然希望他陪着我。我们都喜欢搞笑的喜剧演员——比如巴迪哈克特、鲍勃·纽哈特、谢基·格林、阿兰·金、查理·卡拉斯等人。

在梦里，我们正在看《今夜秀》里的一个版块《卡纳克大人》，约翰尼穿得像个教士，拿着一个信封举在脑门，占卜预测信封里问题的答案。约翰尼给艾德讲睡袋里的病驴的笑话，逗得凯文和我哈哈大笑。

这是一个甜美而温馨的梦。我跟我的儿子在摆放着老家具的房间里看电视，我们一边吃奶酪饼干，一边开怀大笑。唯一奇怪的是卡纳克回答的一个问题。

"唐老鸭、米老鼠和阿亚图拉·霍梅尼①。"约翰尼把信封举到他戴着的伊斯兰教徒戴着的包头巾上说。

艾德看着约翰尼，重复着他的话："唐老鸭、米老鼠和阿亚图拉·霍梅尼。"

卡纳克拿着小刀，又看了看艾德，然后划开信封，读到："你将在迪士尼乐园看见谁？"

也不知道睡到几点钟，电话铃声突然响起。我甚至忘了自己睡在哪里。我想看看时钟，但是没戴眼镜。电话铃声持续不停地响着，就

①阿亚图拉·霍梅尼，伊朗什叶派宗教学者（大阿亚图拉），1979年伊朗革命的政治和精神领袖。在经过革命及全民公投后，霍梅尼成了国家最高领袖。

像在家时一样，因为孩子们知道我拿到手机得花很长时间。最后，我终于接起了电话。

"喂，哪位？"

"是罗比纳太太吗？我是前台的夜班值员埃里克。呃，您的丈夫现在正在楼下，呃，好像有些麻烦。"

"他还好吗？"

"他很好，只是他很烦躁，他先是走出酒店，站在你们的房车前待了好半天，然后走进酒店，接着又出去了。他回来问我他的车钥匙在哪儿，所以我查了查他住在酒店哪个房间。"

我深吸一口气，揉去左眼的眼屎。还好，至少他没出什么事。

"他现在一直不停地问我咖啡在哪儿，我告诉他我们六点半以后才提供咖啡，可他始终认为我们有咖啡，他现在越来越焦躁不安。"

"我真的很抱歉，"我说，"我这就下楼。"

感谢上帝，我昨天幸亏记着把车钥匙拿走了。

"你刚才去哪儿了？"我们坐电梯准备回房间时，约翰问我。

我推着我的助行器，因为被突然吵醒，脑袋还晕晕乎乎的，我说："我正在楼上睡觉，约翰。"

"我想开车出发。"

走出电梯，我带着他走向房间。

"太早了。咱们再睡一会儿好吗？"

"咱们出发吧。"

"约翰，现在才凌晨四点半，太早了。如果脑袋昏昏沉沉，开车会出事的。"

我让约翰坐在沙发上安安静静地看电视，又从零食架里拿了一小袋薯片给他。电视里正在播老电视剧《欢乐酒吧》，约翰一边看一边笑。我跟他一起躺在床上，我们把房间里所有的枕头都堆在一起，我把头枕在厚厚的枕头上。毫无疑问，我想睡也睡不着了。但是再吃一粒蓝色小药片又太早了。我想喝杯酒，但是现在已经快天亮了。

《欢乐酒吧》的片尾曲响起，屏幕上滚动着演职人员表。约翰油腻的手指抹在衬衫上。

"好了，"他说，"咱们出发吧。"

"老头子，还早呢。现在才早上五点。"

"咱们不是得早点儿出发吗？"

"不，咱们得睡会儿觉。花这么多钱住酒店，我得好好享受，不能早早地就退房。"

两分钟后，约翰又忍不住了："好了，咱们走吧。"

"哦，该死的，"我说，"好吧，好吧，咱们走。"

离开酒店房间之前，我在浴室里美美地洗了个热水澡，用上了所有的毛巾和浴巾，把自己身上好好地洗干净，我一个星期都没好好地洗澡了。天知道，我多么希望自己不要变成一个浑身臭烘烘的老太太，天天在外面逛荡。我的姑妈科拉就是这么个人，等她离开房间之后，屋子里的人都被熏得直流眼泪。我告诉我自己等老了可千万别变成这样。

我们临走的时候，酒店房间已经一片狼藉，乱七八糟。我这辈子住酒店从来没弄得这么乱过。我总是临走前把床铺好，但这次却没有。一个原因是我今天早上状态不好，身体很虚弱，另一个原因是我们已经付了房钱，所以想怎么样就怎么样，反正等我们走之后，他们大可以把房间打扫干净。

给"求闲者号"加满了油之后，我们又开车上路了。早点儿出发看来是个不错的主意，因为我们正沿着莫哈维的 66 号公路原始路段，一路向西驶出尼德尔斯。趁着天色还早的时候穿过沙漠，最好不过了。

旭日冉冉升起，路上只有我们两个人。我坐在"求闲者号"的副驾驶座上，我们从加油站买了咖啡，我手里拿着温热的咖啡，看着破晓时分天空的颜色——紫罗兰色慢慢散开，晕染成樱桃红色，碳色的天空渐渐变成白垩蓝色。天上的星星暗淡消失，远处的地平线上，尖尖的芦荟和灌木以及陡峭的银色萨克拉门托山脉开始显露出轮廓。这一幕简直跟安塞尔·亚当斯①拍摄的照片一模一样。

也许是因为我们的旅行即将接近尾声，我开始有些伤感起来，但我觉得我还是很高兴今天能看到这样壮观的景象。而约翰看着这样的一幕，更是高兴得不得了。我伸出手，握着他的胳膊，说："谢谢你，老头子。"

约翰看着我，眼神里充满担忧。

不久之后，莫哈维壮丽的景象就消失了。当太阳升起，烈日阳光开始炙烤着大地，眼前的景象也发生了变化。放眼望去，目光所及之处，一片荒凉，赤日炎炎，一切生物都在经受着生死的考验。我看着光秃秃的群山和萧瑟凋零的景象，到处都是杂草，被阳光晒得失去了颜色，一片片毫无生气的灌木附着在地面上。汽车飞驰，形状怪异的仙人掌从我们身旁一路掠过，长长的刺枝以扭曲的姿态向上伸展，就像一个人伸出得了关节炎的手指，想要抓住什么东西。我记得《愤怒的葡萄》里，汤姆·乔德把这片沙漠叫作国家的骨骼。我同意他的说法，但是

①安塞尔·亚当斯，美国著名摄影师，美国生态环境保护的一个象征人物，在美国家喻户晓。

今天感觉这些骨骼跟我身上的老骨头差不多，既脆弱又无情。

车开到钱伯利斯附近时，我往嘴里塞了两片止疼药，用冰冷的咖啡把药送下去。我在口袋里又找到了半片药，于是也一口喝了下去，我只想赶快到达圣莫尼卡，那里是 66 号公路的尽头。我们现在才开了不到二百五十英里，但愿约翰再开五个小时的车也没问题。

过了一会儿，烈日当头，火热的阳光下，沙漠上蒸腾起滚滚热浪，就像浮起来一样。虽然地上长着些灌木，但却无法抵挡炙热的阳光，现在太阳比刚才更烈了，无情地烘烤着地上的一切。我闭上眼睛，想止住被烤得头晕目眩的感觉。我睁开眼睛，再次抬头看着天空，这次我看到了一个女人，浑身发着光。一开始，我没认出这个女人，但随后我突然认出她竟然是瓜达卢佩圣母，但是又不太像。她浑身闪耀着金色的光芒，但光芒之下，她的肩上披着一条印有星星图案的亮绿色披肩，看上去有点儿眼熟。而且她看上去有点儿胖。实际上，这位圣母看上去跟我长得有点儿像，不过比我更年轻。她慈祥地对我微笑，朝我挥了挥手，然后食指放在嘴上，像是要我保守秘密。

我还是头晕，看着手里拿了一个多小时的咖啡，一口气把杯里剩下的咖啡全喝下去了，但愿这些咖啡能让我保持清醒。我的手闻起来有一股刺鼻的味道，我看着杯子，看到泡沫塑料咖啡杯上出现了一个凹槽，那是我抓着杯子时留下的指甲印。我又看向天空，但除了刺眼的阳光以外，什么也看不到。我把杯子放下，放在了地板上。

等我们到达拉德洛镇时，我已经感觉好多了。我想刚才不舒服的情形最好还是赶快忘了。我突然觉得有些困，于是一路上我都把车窗开着。风声越来越嘈杂，暖风吹进车里，一开始觉得很舒服，但几秒钟之后，就感觉自己像是在衣物烘干机里翻滚一样，我的脑袋上缠满了棉线还有洗烂了的面巾纸。所以我只好又把车窗摇上去点儿，只留下一条一英寸半的缝隙。

"这条路怎么回事？"约翰问我。人行道上蒸腾而起的热气让他的视觉出现偏差，他总以为要撞上街边而时不时地刹车。

"没事，约翰。"我说。周围的汽车呼啸着从我们身旁飞驰而过，弄得我紧张又害怕，开车的人车窗紧闭，正朝着我们大喊，但我们什么也听不见。

两分钟后，他又问了我同样的问题。然后一遍又一遍不停地问。

到了巴斯托镇，我们把车停下来加油。正好旁边有个麦当劳，我们进去给约翰点了些东西吃。我喝着小杯的可乐，想止住胃里恶心的感觉，也让脑袋清醒一些。约翰吃完了两个汉堡，打着饱嗝，重新发动汽车，就像机器人按照程序操作一样。我们重新开上66号公路，但其实并不是原先的66号公路。因为原先的公路已经没了，取而代之的是15号州际公路。想想真令人遗憾，那些该死的家伙们，不仅没有把老公路留着，反而还在上面修建了新的州际公路，对待这些老公路总是那么冷酷无情。

一到这里，道路两旁的树木都不一样了。这里的树木粗壮高大，表皮粗糙，盘根错节，深深扎根在土地中，树枝顶端有毛茸茸的深色尖刺，枝条上有一根根外翘的尖刺，就像巨型的刷杯子的毛刷一样。这让我想起在电视上看见的突变细胞的照片。旅行指南上说，这种树叫约书亚树。虽然我以前走过这条路，但我还真不认识这种树。

很快，66号公路又重新出现在前方，但我决定这次还是走近道。我们继续行驶在15号州际公路上，我们沿着这条公路，穿过了卡洪隘道，绕过圣贝那迪诺，听说这里的景象并不怎么令人震撼。

糟糕的是，下坡的车道非常陡峭而且拥挤。六个车道全堵了，都是因为下坡速度太快了。也许如果不绕过圣贝尔多就好了，没准那里没有这儿这么堵。很快，重力显现出作用，"求闲者号"开始沿着陡坡向下走，速度越来越快。

"约翰啊，"我看着速度计已经到了七十迈，吓得喊他，"咱们速度越来越快了。"

约翰没理我。

没过多久，速度就到了七十五迈，随后飙到了八十迈。我们一路上都没开过八十迈着这么快。"求闲者号"开始颠簸起来。

"老头子，"我说，"求你了，快把速度慢下来。"

约翰在干什么？他进入了左侧车道。我们开始从别的车旁急速冲过，我看见我这一侧的车都被甩在后面，眨眼的工夫就不见影儿了。汽车颠得厉害，我的脑袋也随之不停地摇晃。我紧咬着牙，害怕把我的假牙咬碎了。真是吓死我了。我看到前面有个牌子，上面写着：紧急避险车道。

"该死的，约翰！"

约翰还是没说话。八十五迈，终于要出事了。

我不再害怕，反而突然很镇定。我做了个深呼吸，我的胃也不那么难受了。气流穿过车窗发出尖锐的噪音。九十迈了。车底盘"咣当咣当"响，跟冲锋枪开火似的。

我闭上了眼睛。

突然我听到"砰"的一声巨响。感觉汽车速度减慢到十迈了。我睁开眼睛，看到约翰的手握着换挡杆，换到二挡，汽车滑行的速度更慢了，但又一声巨响传来，声音比刚才更大。"求闲者号"的引擎发出"轰隆隆"的响声，仿佛是渴望自由的呐喊和怒吼。终于汽车变得不那么颠簸了。

当速度计显示车速降到六十迈时，我突然听到车后面有东西晃动的声音。约翰盯着前面的路，嘴里嘀嘀咕咕着什么。他亮起转向灯，并入右侧车道。有人在朝我们狂按喇叭。

我转过头，看着一棵棵的大树。

转眼间，我们就回到了老66号公路上。我很高兴终于离开了州际高速，离开了该死的沙漠。我很惊讶兰丘库卡蒙加市竟然这么漂亮。我突然想起杰克·本尼①在广播和电视里经常说的那句口头语——"阿纳海姆、阿苏萨、库卡蒙加！"

在这里，66号公路被称为"山麓大道"，并且被神奇地改造为一条长长的商业街，两边装饰着郁郁葱葱、花团锦簇的花草，集购物中心、饭馆和写字楼于一体。不得不说，看到年代久远的公路经过重新开发和打造，焕发出新的生机和气象，真是令人高兴。进入克莱尔蒙特镇时，我看到了一个牌子，上面写着：洛杉矶县边界。

看到这个牌子，我终于有一种如释重负的感觉，既惊讶，又兴奋，还有一丝丝忧伤。这就意味着还有五十英里我们就能看到大海了。我突然意识到现在我们需要好好计划一下。我看了很多关于洛杉矶的介绍，所有的资料里都强调了一点，那就是到哪儿都堵车。不知道下午如果进去的话会不会遇到堵车的情况，是不是要冒险赌一把。最后我还是决定先找个地方过夜。我指挥约翰先去加油站加油。

"咱们在加油站停下吧，约翰。我要方便一下。"

---

①杰克·本尼，1894年—1974年，美国著名喜剧演员、广播家和电影演员。

我决定让约翰看着车,我把车钥匙拿走,然后推着助行器去加油站。加油站里的厕所总是脏得让人无法形容。我上完厕所,走到柜台。柜台后坐着一个中年女人,一头棕色的卷发,正在看《美国周刊》杂志。她穿着一件蓝色的牛仔衬衫,上面印着壳牌石油的标志。

　　"你好吗?"

　　"哦,还行吧。"她笑着对我说。

　　我尽量不去看她的嘴,因为她竟然没有牙。

　　"你知道这附近哪儿有比较好的房车露营地吗?"

　　她一边思考答案,一边揉着自己的脸。我这才注意到这个叫诺玛的女人连眉毛也没有,只有弯弯的一道蓝色细线。不知道她是不是为了搭配这套制服,把眉毛染成了蓝色。

　　"沿着山麓大道开出几英里,你会看见一个牌子,上面写着'房车公园'。从那里拐进去,不远就到了。那地方挺不错的。"

　　"哦,太好了,非常感谢。"

　　"不客气,亲爱的。一路顺风。"诺玛又笑了。这次笑容更灿烂了,一点儿也不担心暴露出自己没有牙。

　　诺玛说得没错。山麓大道房车公园真不错,环境优美,干净整洁,周围绿树环绕,而且离商业区也不远。在管理员办公室的门前有一个木牌,上面刻着一行字: 上帝保佑我们的房车之家。

　　我们很快开车来到房车公园门口,一个人拿着登记簿来到"求闲者号"车窗旁,登记交费之后,让我们进入公园过夜。我们悠闲地开车到达预定的营地,一路上看着营地里的这些人,我突然有一种感觉,他们就像在这里住了很长时间似的。几辆房车被涂上了特别可爱的颜色,比如绿松石和暗玫瑰色。一些房车前面还有一小块花园或者旗杆作为装饰。甚至还有一辆房车前面摆着一个流水的小喷泉，这些就是我们的邻居。总而言之，这里有一种家的感觉。至少，很合我们的心意。

"这里真不错。"约翰说。

没花多少时间，我们就安顿好了。我让约翰把房车的遮篷打开，把野餐椅放在车前面。然后他就回到车里，随手把车门关上了。我把我的包藏起来了，他不可能找到的。所以我决定还是随他去吧，不必担心。

在这里我要说一句，我已经制定好了计划。我们要在这里待一阵子。当然，明天我们会去圣莫尼卡，只是为了到达 66 号公路的尽头，完成这次 66 号公路之旅。对我来说，这很重要。我们要早点儿出发，好避开交通拥堵，顺利走完最后的五十英里。我想再去看一次大海。当然，我们会继续前往迪士尼乐园。

我坐在房车前最稳固的一把草坪椅上，正在打瞌睡，这时约翰打开车门，走到我身边。我听到了一个熟悉的声音——啤酒瓶里轻柔的气泡声。

"嘿，先生，"我半转过身子，对他说，"你在哪儿找到的啤酒？"

约翰停下来，看了看手里的啤酒罐，对我说："在冰箱里。"

"给我拿一罐好吗？"

"咱俩一起喝这罐吧？"

"好吧。"我发现约翰的脖子上有一个三角形的泡沫。我抓着他的胳膊，拉低他的身子到我眼前。我用手指擦去他脖子上的泡沫，说："你刚才干什么了？刮胡子了吗？"

他摸了摸下巴，说："对啊。"我弯下腰，亲了一下他的脸，又吻了一下他的嘴唇。再自然不过。我能闻到他脸上边锋牌剃须啫喱和古风牌须后水的味道。

"你身上终于有香味了，老头子。"我又看了看他，原来他连身上的衣服也换了。

"你怎么了？打扮得这么帅。"

"没什么。"他说。他就像变了个人一样，仿佛这四年里的失忆症都是假的，他一直都在装傻充愣，跟我逗着玩的。

"嗯，你这样真帅，我喜欢。"我不知道是什么原因让他发生了改变，不过每隔一段时间，他都会跟抽风似的改变性情，脑子里想到什么就干什么。

约翰坐在我旁边的椅子上。他把手里的密尔沃基之最啤酒递给我，我喝了一口。啤酒太凉了，喝了一口，就冻得我眼泪都快要流出来，他肯定是放在便携冰箱最里面了。我扭头看着他，这些日子以来，他第一次把胡子刮得干干净净，不再像野人一样蓬头垢面，穿着整洁的格子衬衫，配了一条绿色针织裤子。虽然不是那么干净，但至少这四天以来一直没有穿过。我深情而帅气的丈夫又回来了。

这个地方究竟有什么魔力？约翰来到这儿后，变得干净了。而我到这儿以后，身体也感觉好多了，这两个星期以来，从来没这么好受过。不知道是因为马上就要到目的地了，还是别的什么原因，但是我的确觉得身体好多了。我知道这只是一种错觉，但至少现在我很享受这种身心的舒适和愉悦。

便携式冰箱里已经没什么东西了，所以我决定出去买点儿吃的。我也不知道自己是想去超市还是饭馆，但身体好受些之后，我真的想趁着有点儿食欲大吃一顿。于是我们再次收拾东西，整装待发，准备开车出去。不过草坪椅和户外的一些东西我们并没有带走。

附近没有什么好饭馆。约翰想去麦当劳，但被我否决了。我不想走得太远，于是我让约翰开车去了一个超市。我们把车停在残疾人专用车位，幸运的是，旁边正好有一个别人留下的购物推车。我推着购物车跟约翰一起走进超市。

　　拉尔夫超市是一个大型超市，超市里明亮整洁，面积大得让人有些晕头转向。逛了一大圈之后，我们终于找到了买饮料的货架区。约翰拿了瓶百事可乐，我拿了一瓶加州乐事干红葡萄酒放进购物车里，接着又拿了一箱六罐装的汉姆斯啤酒。不过我猜约翰可能喜欢另一个牌子的啤酒。我们买了一包 Cheez-Its 芝士苏打饼干和小麦脆饼之后，觉得有点儿累了，于是我推着购物车到肉类专区，拿了两盒看起来不错的牛排，意大利面包，另外从熟食区拿了些焗烤土豆泥。去银台结账的路上，我发现地上有一些订书钉，于是我们赶快躲开那里，不然的话，一不小心摔一跤可就糟了。

　　"我累死了。"把买的东西放上车，钻进车里之后，我说，"咱们回家吧。"这话说得有点儿别扭，其实我们开着的车就是我们的家。

　　我累得筋疲力尽，不过当我们回到房车公园时，我又觉得好多了。我感觉我还是能吃点儿东西，于是我用煎锅煎了两块牛排，把焗烤土豆泥和面包热了一下，然后倒了两杯红酒。晚餐真是太丰盛了。这么多天以来，我头一次把盘子里的东西全吃了。我吃得饱饱的，又开心又满足。

　　之后，我们决定看幻灯片。这次我们弄得很简单，而且更安全。我让约翰把幻灯机放在车门旁边的小桌上（这幻灯机真皮实，竟然还能用）。然后我把床单挂在房车的一侧，近距离放映。屏幕上幻灯片的尺寸是两英尺见方，感觉就像看电视一样，只不过这个电视里放映的是你自己的生活。

因为我们这次没有去大峡谷，所以我们就看看很久以前去大峡谷旅行时的照片。头一张照片是我站在大峡谷的边上。日落时分，正是约翰经常说的"梦幻时刻"，整个大峡谷散发出朱红色的光芒。约翰拍照时，离我很远，而且我穿着一件橘红色的衣服，所以照片里几乎看不见我。不过我知道我就在照片的一个角落，脚下是凹凸不平的石头，巨大裂谷旁边，站着一个矮小的身影。

照片里我穿的那件衣服我到现在都记得很清楚。那套衣服非常可爱——休闲裤搭配花卉图案的衬衫，一身暗橙色。拍完照片之后，就连约翰也赞叹说我的衣服跟大峡谷特别配。我记得我当时还说："我跟大自然融为一体了。"约翰哈哈大笑，但是孩子们却一头雾水。

接连好几张都是大峡谷日落的照片。我稍快一点儿播放照片，就像浏览自己的大峡谷黄昏特辑专属相册一样。随着时间的变化，黄昏中的景色颜色越来越深，越来越暗——赤金色渐渐变成血红色，整个大峡谷就像被鲜血浸染过。翻过五六张照片之后，我已经有些厌倦这组照片了，这太阳怎么还没下山，时间也太长了。于是我按了快进键，直到看到白天拍的照片。白天的大峡谷又是另一番景象。

清晨灿烂的阳光照射在大峡谷崎岖的山间，你可以看到各种不同的颜色。石头上反射出的彩虹色光，还有山间角落斑驳的阴影。在阴影中，你会产生一种幻觉，感觉阴影处仿佛深不见底，但其实根本没有那么深。科罗拉多河千百年来川流不息，将河流周围坚硬的石头雕刻得圆润光滑。在照片中，我只能看到一点点水光，让我不禁想到，如果这条河流数千年来可以一直在地下深处流淌，那为什么没有把这个世界分割成两半呢？会有这种可能吗？

我满脑子都在想着这条奔流不息的河水。我的整个人生就相当于这个大峡谷的六十四分之一英寸。我知道，这可能只是个大概的估算，但我在这个臆想的事实中找到了一丝安慰。有意思的是，这种毫无逻辑而且毫不起眼的想法，竟然平复了我这些天来的烦躁和不安。

"这张照片真漂亮，是吧，约翰？"

约翰打着哈欠说："我要去睡觉了。"

可我还不想睡觉。今晚夜阑人静，舒适怡人，大好的晚上，我想跟约翰在一起。我把我的酒杯递给他，让他给我倒满。

"再喝一杯吧，约翰。"

我们又看了半盒幻灯片，是去太平洋西北部旅行的照片。有几张照片是在一个名叫维多利亚的温馨小镇上拍的，那个小镇位于加拿大不列颠哥伦比亚省温哥华市的郊区。我很喜欢那个小镇，干净舒适，环境优美。那里跟我从小长大的地方——底特律的迪尔曼大街完全不同，那里就是这个世界应该有的样子，蓝天白云，芳草如茵，宁静安详，与世无争。远离尘嚣和世间的悲欢离合，纷纷扰扰。

最后一张幻灯片是我和约翰的合照，我们站在维多利亚镇的一座城堡前，是我们的朋友多萝西和艾尔帮我们拍的。不得不说，这张照片拍得真好。

"这是最后一张了。"我说。话音刚落，约翰就站起来，把幻灯机从桌上拿起来。

"约翰，"我大声喊着，"天啊，让我先把机器关了。"

他完全没理我。幻灯机的灯还亮着，约翰把它拿起的时候，幻灯片的灯光像手电筒一样，照到隔壁的房车上，然后穿过马路，照在树上，最后射向天空，灯光在黑夜中弥漫，形成一片雾蒙蒙的微光。

"把它放下，老头子。"我说。

约翰羞怯地看了看我，然后把幻灯机放回到小桌上。

清晨四点半的时候我的闹钟响了。借着厨房上面的小烤箱上微弱的亮光，我挣扎着从床上起来，踉踉跄跄地走向卫生间。我进卫生间之前，先烧了热水，准备一会儿给我们俩沏点儿速溶咖啡，醒醒盹。不过其实我已经醒了，而且睡意全无。这些日子里，我总是从睡梦中惊醒，心脏像打鼓一样怦怦直跳，就像要跳出来似的。即使如此，我仍然深吸一口气，努力挤出笑容来。早上起来，感觉脑袋睡得昏昏沉沉，眼睛也迷迷糊糊，这一切让我觉得很开心，因为过去开"求闲者号"旅行时，早上起来就是这种感觉。

从卫生间出来之后，我打开车门，向外看了一眼。外面还是挺黑的，不过黑暗中有一种蒙胧的光，预示着很快第一道曙光就要出现了。约翰咳嗽一声，然后睁开了眼睛。他昨晚没换睡衣就睡了。

"老头子，快起床，"我说，"咱们得出发了。"

他又咳嗽了一声，问道："怎么这么早就走？"

"因为我不想遇上洛杉矶的大堵车。这就是原因。"

他嘴里嘟嘟囔囔了一分钟，我猜他是在抗议，不过最后他还是起来了。我的丈夫一辈子就讨厌两件事：排队和堵车。我的话正中他的下怀。

正好，这时水开了。我冲了一杯咖啡，然后递给他。

五点十五分，约翰坐到了驾驶座上，我坐在他旁边。我们离开山麓大道房车公园的时候，我对自己说，如果幸运的话，也许今晚我们还会回来。但愿还能把车停在原来的那个位置。

圣迪马斯、格伦多拉、阿苏萨、欧文戴尔、蒙罗维亚——这些都是保存完好的小镇，我们开车从这些小镇经过。山麓大道总是不断地改名字，所以我必须得时不时看看旅行指南才能确保行驶的方向正确。我们发现一件有趣的事情，我们在蒙罗维亚看到了一家酒店，根据书里介绍，这个酒店的建筑很特别，有点儿欧式风格，还融合了阿兹特克和玛雅文化的风格。说实话，我从来没见过这样的建筑，而且我也不怎么喜欢。

快到帕萨迪纳的时候，道路的名字变成了科罗拉多大道。该死的，即使这么早，还是遇到了堵车，但愿进入帕萨迪纳镇的时候别那么堵，不然我会疯了的。朝阳之中，帕萨迪纳看起来很美。不过我被拥挤的交通弄得心情烦躁，没心情欣赏美景。我试着让自己放松下来，我看看路边的棕榈树，环视一下街边的商店和古朴的建筑。约翰倒还挺镇定。他嘴上没说什么，但是开起车来像个冲刺的赛车手似的。

我按照旅行指南上的路线，让约翰开车走阿罗约公园大道，然后走帕萨迪纳高速公路，接着下高速走菲格罗亚大道，最后一路向西驶向日落大道。

我们终于进入洛杉矶市了。

尽管我曾经说过对上年纪的老人来说，在大城市里开车是件很危险的事，但我不得不承认，当汽车驶入日落大道时，我真是激动极了。我活了一辈子，总是听说这条大道，却一直没来过，现在终于见到了。车辆越来越多，很多地方甚至出现拥堵，但是这条大道宽阔笔直，两旁绿树成荫，让人心旷神怡。我觉得在旅行的过程中，我们的胆量也变得越来越大了。或者说，越来越不知道自己几斤几两了。不管怎么样，我们终于来到这里了。

现在正值艳阳当头，看来今天天气很棒。这时我看到一个漂亮的年轻女人，穿着短裙和吊带衫，站在一个打折商店的门口，盯着我们的车看。

"老头子，"我说，"那个是站街的妓女吗？"

这时我又看见另一个女人，她比刚才那个女人年纪更大些，看起来一脸疲惫。她正倚靠在一间废弃餐馆的橱窗玻璃上，我对她们的遭遇和选择感到很痛心，她们不得不靠肉体来维持生计。我们开车经过时，那个女人一直在看着我们。

我伸出一只手，于是那个女人立刻把目光转向别处。

我们本来想转道开上圣莫尼卡大街，但是日落大街太漂亮了，我不想转道离开。旅行指南的地图上说几英里之外，日落大道和圣莫尼卡大街将会相交，于是我决定继续行驶在日落大道，几英里之后再转道。

路边的标示牌不断地切换语言——西班牙语、亚美尼亚语还有日语。我们开车经过了一个小型的购物中心，里面挤满了各种外国风味的餐厅，我看到了好莱坞干洗店、好莱坞比萨饼店以及好莱坞假发商店。我们经过了电视台、广播电台还有电影院，以及吉他商店和比之前更豪华别致的餐厅。与此同时，堵车越来越严重了，不过我并不烦躁，因为路旁有太多有意思的东西可瞧。

在日落大道和藤蔓街的交口，我看到了一个牌子，惊讶地屏住了呼吸。

"老头子，快看！是施瓦布药店。拉娜·特纳①就是在这里被星探

---

① 拉娜·特纳，1921年—1995年，美国影星。代表作《永志不忘》《冷暖人间》等。

发现的。"

约翰转过头对我说："天哪，她那身材也太壮了。"

"她正坐在柜台前，被好莱坞的一个大人物看上了，于是决定请她拍电影。"

"也许是对她另有企图吧。"约翰说。

我大笑着说："是啊，也许你说得对。"

我还想再看一眼那个药店，但是却找不到。我想大概现在只剩下牌子还挂着了吧。我们经过了家古老的圆顶剧院，还有一个叫"世界十字路口"的地方。

我们离目的地越来越近了。

西好莱坞①特别光鲜华丽。街上和楼顶上到处都是巨大的广告牌，大部分的广告上都是衣着暴露的女人照片，就像我刚才看到的那两个妓女一样。这里有豪华的酒店、奢华的餐厅、巨大的科米蛙②和《鹿兄鼠弟》里的麋鹿雕像。我看到几家夜店，一家叫"大笑工厂"，一家叫"汽修店"，不过我敢肯定这跟我们底特律老家的工厂和汽修店绝对不一样。我有一种感觉，好莱坞的人希望让人认为他们是为了维持生计而工作。我看到很多豪华轿车，那些轿车肯定正载着人们去做那些所谓的工作。

等我们回到圣莫尼卡大街时，路上已经堵得水泄不通，同时我身上剧烈的疼痛又开始发作了。我立刻吞了一片小蓝药片，然后用剩下的一点儿咖啡把药送下肚去。

---

①西好莱坞，洛杉矶的娱乐区，遍布夜总会、餐馆、酒吧和喜剧夜总会。
②科米蛙，《大青蛙布偶秀》（The Muppet Show）电视节目的角色。

约翰挫败地靠在驾驶座的椅背上，喘着粗气。我看着他开车一点点靠近前面的一辆敞篷车。

"别着急，耐心点儿，"我说，"只是堵了一小段路。"透过车窗，我看到一个带有绿色遮阳篷的温馨小饭馆，名叫"丹塔纳餐厅"。

"那个小饭馆看起来不错，"我对约翰说，"很像比尔·克纳普餐厅。"

约翰重重地喘着粗气，一句话也没说，仍然紧紧盯着前面的车。我一抬头看见一个广告牌，上面有一张巨大的海报，两个半裸的男人在海浪中拥抱嬉戏，海报下面写着一行字：同性恋游轮之旅，惊爆价899美元！

好吧，这就是好莱坞。

一路上我们经过了一座座商场、店铺和高楼之后，终于来到了圣莫尼卡。这个小镇看上去很漂亮，不过我们来这儿不是为了参观景点的，我们来这里只有一个目的——走到66号公路的尽头。随着街牌号越来越小，我突然闻到了大海的味道——咸咸的清爽气息。虽然车里的废气味儿也掺杂在其中，但闻着这种味道，我的脑袋一下子清醒多了，一想到马上就能看到海了，我心里忍不住激动起来，连身上的疼痛也暂时忘记了。前面的路边上有一个牌子，上面写着：海滨大道。

前面有个公园，周围的棕榈树郁郁葱葱，高大挺拔，从这里眺望远处，映入眼帘的是在阳光的照射中闪闪发光的太平洋。海面之上，蔚蓝的天空中飘着朵朵白云。这景象跟我想象中的一样，灿烂夺目，蔚为大观。

"老头子，快瞧，咱们到了。"我指着前方说。

"到哪儿了？"

"到大海了啊，傻瓜。"

"我的天，真的到大海了，我们成功了。"

听到约翰这句话，我感到很惊讶，也很开心，因为他还记得我们这一趟出来要做什么。我以为他只知道开车呢。

我伸出手握着他的胳膊，说："是的，我们成功了。"

"哦，我的天哪。"他挠着头说。

"因为有你一路开车，我们才能到这儿，老头子。你真棒，亲爱的。"

约翰看着我，笑意盈盈，这样灿烂的笑容已经很多年没见了。我突然心里产生一股内疚，我是不是对这个老小孩太严苛了，因为这些日子里，我很少称赞他，很少夸他做得好。

"在这儿左拐，老头子。"

沿着海滨大道，海岸公园随着地势变得更加开阔，我看到几个流浪汉正在公园里闲逛，无所事事，到处溜达。虽然他们被太阳晒得黝黑，但在纯净而浩瀚无边的大海面前，仍然显得有些突兀，甚至格格不入。

过了几个街区之后，我们来到了圣莫尼卡码头。码头上的标志牌跟旅行指南里的一模一样，多年来一直都没有改变，标志牌是一个老式的拱门，上面刻着几个字，就像老弗雷德·阿斯泰尔①电影里的字体一样。

圣莫尼卡

游艇码头

---

① 弗雷德·阿斯泰尔，1899年—1987年，美国电影演员、舞蹈家、舞台剧演员、编舞、歌手。1950年，获奥斯卡终身成就奖。1999年，被美国电影学会选为百年来最伟大的男演员第5名。代表作有《鬼故事》《狗王擒贼王》等。

可垂钓、划船

内有咖啡馆

　　"从这儿右拐，老头子，慢点儿开。"

　　穿过码头大门的牌子，我的心里忍不住地雀跃激动。这么多天以来，我心里一直在打鼓，不知道能不能到这儿，没想到我们真的做到了，我真为我们感到骄傲。

　　前面有一个黄色和紫色相间的摩天轮，听说在《骗中骗》这部电影里出现过，作为今天旅程的最后一站再适合不过了。

　　"老头子，咱们去坐那个摩天轮吧。"

　　我们找到了一个地方停车，约翰帮我把助行器拿出来。摩天轮距离这里不远，走几步就到。沐浴着阳光，呼吸着海风，看着周围的人，我的心情愉悦，走路也变得稳健，腰板也变得挺直，人也变得更精神了。也许这仍然是蓝色小药片的作用。

　　幸运的是，排队的人不多。摩天轮的管理员，是一个蓬头垢面的男人，看上去像连着狂醉三天刚出门一样。他说我们上摩天轮时，他会帮我们看着助行器。我没有别的选择，只好相信他。

　　"别担心，"他说，"我不会把它卖给地下拆车厂的。"他大笑着说，露出一口亮白的牙齿，白得跟假的似的。我能闻到他身上汗水和廉价酒的味道，他穿着蓝紫色的丝质衬衫，领口脏兮兮的。当我们蹒跚地走进二人座的小摩天轮车厢时，他递给我们每人一副湿冷的手套。我以为他想找我们要小费。

　　"祝二位玩儿得开心，"他闪着亮白的牙齿说，"请不要在车厢内接吻。"

他拉下车厢的保险栓，我们被锁在车厢里。

车厢慢慢上升，摩天轮发出"嘎吱嘎吱"的噪声，听得我心烦，但约翰却丝毫没有受到影响。我探过身子一看，原来他已经睡着了。

"约翰。"我轻声说。

他的脑袋向后一仰，眼睛睁了一下，然后又闭上了，随即又低下头打起了盹。我没再叫他，让他继续睡。

我看着窗外的棕榈树，茂密的枝叶随风摆动。水面上，水波荡漾，泛起阵阵涟漪，在阳光照射下，显得波光粼粼。升到这么高的地方，看着窗外仿佛随时会掉下去一样，要在平时我早就吓坏了，但是今天我一点儿也不害怕。今天我成了个天不怕地不怕的人，我是埃维尔·克尼维尔①，我是纳斯卡车赛的车神，外号威吓者②。我低头看着下面，寻找停在停车场里的"求闲者号"。

公园里喧闹的声音渐渐远去，我的耳中只听到风声和车厢发出的"嘎吱嘎吱"声。我把头发向后梳，扎成一个小髻，但还是有散落下来的碎发在风中凌乱，拍打着我的脸。车厢升得越高，风力就越大，这让我喘不上气来。等我憋得快要眩晕的时候，风力突然变小了。

我看到了圣莫尼卡码头的牌子。我记得书上说太平洋实际上并不是 66 号公路真正的终结点，最初的终结点应该是在圣莫尼卡奥林匹克大道的某个地方。圣莫尼卡码头是后来才被人们认作是终点的，因为人们理所当然地认为到了太平洋，这条路才会走到尽头。其实我也同

---

①埃维尔·克尼维尔，美国冒险运动家，特技明星。以表演驾驶摩托车飞越障碍物闻名于世，并被誉为"世界头号飞人"。

②威吓者，即纳斯卡车赛冠军车手戴尔·恩哈特，美国一位传奇赛车手，是缔造纳斯卡赛车最伟大的传说之一。

意这个说法。

我深吸一口气，呼吸着清爽的海风，我们的车厢也到了摩天轮的顶点。这时，约翰刚好睡醒了。

他看着周围，吓得大呼小叫。

之后，我们从摩天轮下来，回到车里，开车沿着高速公路，准备回到房车公园。一路上，我一直气若游丝，喘不上气，剧烈的疼痛又开始了。如果疼痛等级分从一到十的话，我现在的等级相当于十四。

"咱们是在10号州际公路上吗，老头子？"

"是的，当然。"

我不相信他的话。我透过车窗急切地寻找州际公路的标志牌，虽然我几乎能肯定我们是在正确的路上，但我还是不放心。毕竟，一直以来都是我领路的。摩天轮上安抚大呼小叫的约翰，已经让我疲惫不堪，更别提现在还得忍着身上钻心刻骨的疼痛。

前面又堵车了，我们准备放慢车速。这时，我突然看见前面有一个牌子，上面写着：10号州际公路东。我很想松口气，但却疼得不行。

最终我还是忍不住疼得喘了口大气。约翰本来正专心地盯着路上的车，听见我粗重的喘气声，立刻扭过头看着我。

"怎么了？"他说，"你胃疼吗？"

"是的，我得吃点儿抗胃酸咀嚼片。"我打开我的包，拿出了两粒蓝色小药片。我应该早点儿吃药的，但我希望到达最终的目的地时能始终保持头脑清醒。我想用座位下面那瓶已经没什么气的百事可乐把药送下去，没想到药片突然卡在喉咙里了。我差点儿被呛到，于是我赶紧又喝了一大口，把药片吞下肚去。

"这个比咀嚼片效果更好。别叨叨了，看着点儿前面的路。"

很好，他继续把注意力转移到开车上了。

我醒来才发现我刚才竟然睡着了，现在我的身体感觉好多了。我微微抬起头，看见约翰正专心致志地盯着路面。道路又堵上了，现在的车速只有二十五迈。不知道我睡了多久，也不知道我们走了多远。

"咱们到哪儿了？"我说。我的脑袋还昏昏沉沉的。

约翰没有说话。我看了一眼公路边上的标志牌，发现我们已经不在10号州际公路上了。现在这条路是5号州际公路，从这条路出去，可以到一个叫布埃纳公园的地方。

"怎么走这条路了？"

"是你说走这条路的。"

"别蒙我，约翰。我才没说过，我刚才睡着了。"

"哦，该死的。"不知道他是在骂前面的堵车还是在骂我。

"去死吧，约翰。"我又喝了口百事可乐，然后看着地图。我找到5号州际公路，发现约翰也许并没有把事情搞砸。我们很快就要到达公路的出口，从那里驶入阿纳海姆。虽然我一心想回到那个漂亮的房车公园，但走这条路似乎更合理一些。反正不管怎样，我们已经到这儿了。

"从下个出口下高速公路，老头子，"我笑着对他说，"我们就要到迪士尼了。"

当然，我们今天不去迪士尼，我要找个地方，安安稳稳地住一晚。没想到找个地方住竟然毫不费力，迪士尼乐园离高速公路不远，所以路上有很多汽车旅馆和露营地的广告牌。我选了一个地方，于是我们下了高速公路。就是这么简单。

最佳目的地房车公园距离迪士尼乐园只有大约三英里，但是远离大部分拥堵的道路。洛杉矶的交通真是太糟糕了，但这里却是人人都向往的地方。当然，也包括我们俩。

我们办理了入住手续，这个地方没有服务员过来给客人开车门拿行李——我走出房车时，腿一软差点儿跪到地上。公园的负责人是位女士，她说这里有大巴可以带我们去迪士尼乐园。对我们来说，这真是再好不过了。

我们找到预定的露营地，我指挥约翰把车开进去，确保我们房车的车尾跟旁边房车的车尾相对。然后我坐在野餐桌旁，指挥约翰把一切都安顿好。

这个地方虽然不如克莱蒙特的那个房车公园那么好，但也不差。唯一的问题是，放眼望去，到处都有撒欢似的跑来跑去的孩子，像狂野的印第安人一样（我想现在应该叫"狂野的美国原住民"），所以我们还需要点儿时间适应。

我查看了一下周围，一抬头，正好看见一个巨大的双筒水塔，下面有一个很高的圆形基柱支撑，基柱上面画满了波尔卡圆点，我们恰好就在这个水塔的阴影之下。这个水塔难看死了，丑得简直无法形容。我再仔细一瞧，又有了新的发现：水塔的两个双筒的轮廓看起来就像米老鼠的两只耳朵。

等约翰把一切搞定之后，我推着助行器，绕着房车走了一圈，看看一切是不是都弄好了。

"干得好，老头子。"我说。

"我想喝瓶啤酒。"他说。

现在是下午三点二十分，时间已经挺晚了。

"好吧，那就奖励你一瓶。"

约翰站在原地不动。

"自己去拿，"我说，"你又不是瘸子。"

"放哪儿了？"

"啤酒当然是放在冰箱里了。"

于是约翰立刻走进房车里。

"给我也拿一瓶。"我在他身后大喊。我突然意识到我这辈子都在说"你又不是瘸子"这句话。小的时候，我妈妈经常对我这么说。现在我们老了，真的就成了瘸子。

但我还是不会去给约翰拿啤酒的。

天黑了，营地里也安静下来。白天孩子们肯定在迪士尼乐园玩得不亦乐乎，简直玩疯了。凯文小的时候，我们带他到迪士尼乐园，他也是玩得很疯。所以从迪士尼回来，可怜的小家伙就会肠胃不舒服，消化不良，晚上临睡觉时，我们必须得给他吃点儿健胃消食药。孩子们现在应该都玩累了，倒在床上睡着了吧。他们现在肯定正胃口不舒服，而且做着噩梦，梦见巨大的老鼠怪正向他们扑过来。

吃了点儿三明治之后（我强迫自己吃点儿东西，好为明天的迪士尼之旅攒足体力），我们在房车旁边架好了幻灯机，准备看幻灯片。今晚的主题是 1966 年的迪士尼之行。那虽然不是我们最后一次去迪士尼，但却是玩得最开心的一次。孩子们那时都还很小，所以在他们心目中，迪士尼是世界上最美丽最梦幻的地方。约翰和我那时也很年轻，精力充沛，跟孩子们一起享受快乐。

第一张照片是在迪士尼大道上拍的，周围是熙熙攘攘的人群，后面是漂亮的城堡。照片里，我和凯文还有辛迪站在一起，我拉着他们俩的小手，我们三个都露出了灿烂的笑容。我注意到我们三个人穿的衣服都很漂亮。

在通向未来世界园区的入口，有许多高高的旗杆，上面彩旗飘飘，还有一个卖冰激凌的小推车。在另一侧有一个很大的亭子，上面有一个巨型的原子弹。不过我的视线被前面一个巨大的红白相间的火箭飞船吸引住了。那时候，那艘飞船看起来绝对震撼，未来感十足。而现在，即使在我们这些上年纪的人看来，这飞船都显得过时了，幼稚可笑。不知道这艘飞船现在还有没有，甚至我都怀疑这个未来世界园区还在不在。

下一张照片是迪士尼动画片里的代表人物高飞蹲在凯文和辛迪身后，紧紧地抱住他们两人。孩子们欣喜若狂，但是我发现这个高飞硕大的手掌就在凯文的脑后，看着就像要一巴掌拍向他的后脑勺一样。

"那是只狗吗？"约翰问。

"没错，是高飞，动画片里的角色。"

"他不是高飞。"他说。

我不屑地瞟了他一眼，说："你是高飞。"

下一张照片是孩子们在坐小飞碟。这里肯定还是未来世界，因为我看到照片背景中有一个未来感十足的房子———个带窗户的大蘑菇。

凯文和我在西部垦荒时代园区，我们俩都戴着浣熊皮帽。小家伙看上去真可爱，可我却看起来不怎么样。我记得那是我戴过的最难看的假发之一。

下一张照片是约翰和辛迪。我们旅行的照片里，约翰的照片很少，所以这张肯定是我拍的。辛迪看着特别可爱，但约翰却傻里傻气的。那个时候，他肯定是为了逗孩子们笑，经常搞怪或者装傻。显然，他的确逗得孩子很开心。身边的约翰看着照片，像个神经病一样，狂笑不止。

最后一张照片是在晚上的迪士尼大道上，我们身后的城堡亮起了银蓝色的灯光。天空中燃起烟花，将黑暗的天空瞬间点亮，十几条绚丽的火花划破长空，在城堡周围绽放，我从来没见过这么长这么耀眼的烟花。

"这张照片我用了超长曝光功能。"约翰说。

"是吗？"对于他突如其来的记忆，我还是感到很惊讶。

我凝视着这张照片，久久逗留。我看着蓝色的城堡和那些烟花，发现这些年来，迪士尼在我脑海中的印象就是这样，就像电视剧《迪士尼的梦幻世界》里的画面一样，也许这就是我这次一心想来这里的原因。我知道这个理由很幼稚，但我真的希望下辈子能活在迪士尼乐园这样梦幻的世界里。

就如我曾经说过的一样，我很早以前就不再提信仰和天堂了——天使、竖琴和天堂的云朵，都是骗人的，然而，我心里还是有天真幼稚以及愚蠢的一面，并且仍然愿意相信这些，相信天上有一个充满光明和温暖的世界，那里跟地球不太一样——那里天空更蓝，草更绿，花朵更鲜艳。或者也许我们就变成了五彩斑斓的颜色，像灿烂的烟花划空而过，在城堡周围绽放。也许这个地方我们曾经去过，在我们出生之前就生活在这里，所以当我们死后就会回归故里。我想如果这是真的，等我们回到那里之后，一定会觉得很熟悉。可能这就是我安排这次旅行的原因——寻找记忆中的地方，唤起隐藏在灵魂深处的记忆。谁知道呢？也没准迪士尼乐园就是天堂。这是不是你听过的最诡异最疯狂的想法呢？大概这又是药力的作用吧。

晚上我睡得很不好，实际上根本没怎么睡，一直在做梦。我之前还说那些玩疯了的孩子们呢，没想到现在我也成了梦见老鼠怪的人了。成千上万只老鼠，蜂拥着朝我扑过来，啃噬着我的身体，把我撕咬成碎片，腹腔里只剩下一堆填充的破麻布和棉花，暴露在外。

半夜里，我一次又一次从蒙眬睡眠的状态中惊醒。蒙眬睡眠，也叫"半麻醉"，这是医生告诉我的术语。他们从来不告诉我，他们所谓的治疗就是让我进入这种"蒙眬睡眠"的状态——一个温和而平静的字眼，没人会拒绝或排斥。然而我却发现，对我来说，他们所谓的"蒙眬睡眠"总是伴随着惊恐和噩梦。

不幸的是，今晚的噩梦选择了老鼠作为载体。梦境中的事件发生在一个很特别的疗养院，这个地方我很熟悉，我和约翰去过很多疗养院，但唯独对这里印象很深。去疗养院，是作为一个老人的责任之一。这不仅是出于对家人和朋友的爱和义务，也是因为除此之外没什么更好的事情可做。这是一种出于无奈的消遣方式，但同时也是为你晚年的生活做好准备。

我梦到的这个疗养院，正是我们的朋友吉姆住过的地方，他生命最后几个月就是在这里度过的。他的妻子唐恩一年前先于他去世了，于是他的孩子们把他送到了这里。吉姆和唐恩是我们最好的朋友，所以我们经常去看他。我们一个月去看他两次，每次都得穿过气味难闻的过道，走进他的房间，但是吉姆甚至连我们是谁都不记得了。我们俩，约翰和艾拉，跟他一起结伴旅行，跟他相交了二十多年。然而，他想见的人并不是我们。他最想见到的是唐恩。疗养院的人说，他一天到晚不做别的，就坐着轮椅在疗养院里转悠，寻找他的妻子。

"唐恩，"他总是喊着，"唐恩，你在哪儿？"

在梦里，正是我和约翰最后一次去看吉姆的时候。对于约翰来说，每次来看他的朋友都是一种折磨，但这次看他比以往任何时候都让人心痛。吉姆甚至连话都说不出，叫不出唐恩的名字了。他坐在轮椅上，流着口水，耷拉着脑袋，下巴抵着胸口。他的嘴唇时不时在动，像是在轻声说着什么，但是只有他自己能明白。我们跟他说话，他只是抬头看着我们，用无尽的凝视来回应我们。

等我们离开疗养院，约翰坐在车里，转过头，说了一句每次来看吉姆之后都对我说的话："如果我晚年像他这样的话，我宁可开枪自杀。"但最后一次见吉姆之后，他又对我说了些别的。他握着我的手说："艾拉，答应我，答应我，你绝不会把我送到这种地方来。"

我看着我的丈夫，答应了他的请求。

六点刚过，我睁开眼睛，最终放弃了要睡觉的挣扎。在加利福尼亚阳光灿烂的清晨，我感觉自己身体很虚弱，甚至连头都抬不起来。

约翰睡得很香，正鼾声大作。半夜，他起来把一件羊皮大衣披在身上，几乎罩住了他的整个脑袋。我起身看了看，幸好他没有尿床。虽然没尿床，但感觉也快了。

我想把他从床上拉起来，但实在拉不动。我想给他翻个身，但又害怕把他滚到地上。我记得我的睡衣口袋里还有一粒蓝色小药片，于是我把手伸进口袋里找，掏出口袋里揉成团的面巾纸，最后终于在口袋最里面找到了蓝色小药片。我闭上嘴积攒了点儿唾液，虽然不多，但是足够把药片送下去。有了这粒药，我可以继续睡觉，也可以从床上起来，二者选一。

八点半的时候，我睁开眼睛醒来，身上的疼痛感已经减轻很多了。约翰睁着眼睛，躺在我身边，正看着房车的天花板，也不知他现在脑子是清醒还是糊涂。

"老头子，你醒了？"

约翰一开始没说话，我突然吓了一跳，以为他死了，只剩下我一个人。

"约翰？"

他转过头看着我，一本正经地说："什么事？"

"我就是看看你是不是醒了。"

"我醒了。"

"太好了，我可不想孤零零一个人。"

他把手放在我的后脑勺，抚摸着我的头和脖子。他的力道很轻，我感觉舒服极了，过去的感觉又回来了，但又有些不同。我想大概是因为现在我的头发少了的缘故吧。我们年轻的时候，他一直都像这样抚摸我的头，后来，我开始戴上了假发，他就不这么做了，除非我们在家，只有我们两个人的时候。

"你不是孤零零一个人，亲爱的。"他说。

"我不想跟你分开，约翰。"

"我们不会分开的。"

他在房车里巡视了一圈。我想可能他是想问我这里是不是我们的家，但他并没有问我，反而说："这辆老房车真好。"

"是啊，没错。"我说。一时间我们俩都没有说话，约翰温柔的眼神，让我忘了所有的痛苦和烦恼。那充满柔情的眼神，让我感觉今后的一切都会好的。

他对我微微一笑，但我能看出来他的眼神开始迷茫，眼中的光彩渐渐变得暗淡。我开始语速变快，迫不及待地跟他说话。

"你准备好去迪士尼乐园了吗？"我慌张而急促地大声说，"记得吗，我们今天要去迪士尼，我们一定会玩得很开心，老头子。"

他有点儿被我吓到了，但我急切地想把他拉回清醒的状态。我不想让爱我的那个约翰溜走，我想让他明白我的话。

"是吗？"他问。

"是的，老头子。这是我们旅行的最后一站。我们一路上很开心，不是吗？"

他不知道该说什么，只是不住地点头，听着一些他根本不明白的话。

"的确很开心。"他说。

我双手抚上他的脸，手指摩挲着他的嘴唇。他的脸上因为有胡茬，所以摸起来很粗糙，但我并不在意。我的拇指轻轻滑过他的下嘴唇。

"我们一直都很开心。"我说。

"很高兴我们就要走了。"他说。

他脑子糊涂了，我想他以为我们要出发去旅行了。我本想纠正他，但最终还是没有这么做。

"我也是，"我对他说，"我也很高兴。"

"你确定今天要去公园玩儿吗，女士？"开大巴的年轻人对我们说。

我想说不去。该死的，我今天状态很不好，但我还是要去。我说："哦，是的，我们要去公园。"

"他们有可以自行开动的电动轮椅，也许这样会让您轻松一些。"

"真的吗？"我说，"我不喜欢轮椅，我想我们不需要。"

他从后视镜里看着我和我的助行器，没有说话。

很快我们就到了目的地，果然他说得没错。迪士尼乐园比二十年前扩大了不少。你知道等你长大后再来小时候来过的地方，一切看起来都比你想象中的小，但是，等你老了再来旧地重游的话，你就发现事实恰恰相反。该死的，这里看起来太大了。

但我还是决定去迪士尼乐园。我们必须坐电车才能从停车场到售票处。我费了半天劲，想从座位上起来，这时，一个体贴的年轻人伸出手帮了我们一把。

等我们站到售票口排队，我已经累得不行了。我们买了两张一日单园门票，票价真是贵得要死。不过到了这个时候，贵不贵都无所谓了。我把门票和信用卡以及所有东西都放在了一起。

"你们有电动轮椅吗？"我问道。现在我终于意识到，以我们俩的体力，根本没办法逛完这个地方，特别是我今天身体很不舒服。

"现在可能都租出去了。"售票亭里一个笑容可掬的年轻女孩毫不留情地说，"您得询问一下乐园里的工作人员。轮椅租赁处在右侧，通过验票闸门之后向右转。"

"租赁？他们说轮椅是免费的。"

"电动轮椅是收费的，租金三十美元，另需二十美元的押金。"

"我的天啊。"我看了看约翰，他只是耸了耸肩，没说话。迪士尼现在怎么变得这么坑人呢。

我停下来，深吸一口气，抬头一瞧，看见头顶上的单轨游览电车。

"快看啊！太棒了！"约翰指着上面说。看到橙色条纹的轻轨电车，约翰激动不已。状态转换完成，他又变成了个小孩。

看着电车滑行而去，渐渐消失在远方，我还是感觉有种未来感。只是现在，未来太遥远，我累得没力气去想象了。

通过检票闸口，我和约翰一起走向租赁站。他现在脑子已经完全迷糊了。

"您是来租 ECV 的吗？"一个衣着整洁的年轻小伙子问我。这个看起来像中国人的小伙子说着一口南方口音的英语，让我觉得一下子有点儿不太适应。

"租什么？"

"电动助力车，我们管它们叫 ECV。"他指着两辆还没租出去的电动助力车说道。

"哦，对，我想是的。"我拿出信用卡。

自从我到了迪士尼乐园之后，他是第五个一看见我就咧嘴而笑的人了，意思是："真是个挺特别的老太太，虽然年老体弱，但是挺可爱。"他们很喜欢冲你笑，特别是当看见你从钱包里掏钱的时候。

"快来，约翰，"我说，"咱们开着这车去逛公园。"

约翰一听见开车就来了精神："咱们能把房车开进来吗？"

"不行。咱们开这辆车。"我指着蓝色的小电动助力车说。

年轻人给我们介绍助力车的使用方法。一开始，我有点儿发怵，怕不会用，但经过指导并在房间里转了一圈之后，我终于确信我会开这种车了。约翰更是不用说，各种车都不在话下。不一会儿，他就撒欢似的开着车到处跑了。

"别离我太远了，老头子，"我把我的钱包放在车前面的筐里说，"你听见了吗？"

没有，他听不见，因为他已经开车跑远了。

当我们从一个桥下穿过，进入公园时，上面的牌子上写着：在这里，你将离开现实的今日，进入一个昨日、明日和梦幻的世界。

桥洞里昏暗而拥挤，不过幸运的是，我们坐在电动助力车里。这种四驱车结实稳当，不会被拥挤的人群撞翻，我的心情也变得好多了。我们走出桥洞，进入公园，令我喜出望外的是，迪士尼乐园跟以前相比，竟然没什么太大的变化。当然，这里的人比我记忆中更多，人山人海，特别是上午十一点四十五分的这个时候。我不敢想象四五个小时之后，这里会变成什么样子。不过到时候，我们应该早就走了吧。

公园里到处都是一家子一家子的人，成群的婴儿车。我看到一群孩子，起码得有三百多人，都穿着同样的海军蓝色 T 恤。孩子们跑来跑去，上蹿下跳，大喊着有敌人杀过来了。穿过美国小镇大街时，我被这热闹的场面和气氛弄得有点儿不知所措。一辆古老的马拉着的有轨电车从我们身旁经过，它后面紧跟着一辆老爷车，此时正朝我们大声按喇叭，真是太粗鲁了。我们身后传来蒸汽动力机车"丁零当啷"的声音，一个铜管乐队正在演奏苏萨进行曲。人们朝着他们大声欢呼，七八个小孩从我右后方蜂拥地跑上来，又笑又叫。我赶紧看看车上的小筐里钱包还在不在。突然，我发现约翰又不见了，我左看右看，到处都找不到他。我开始有点儿惊慌害怕了。

我不知道到底出了什么事，但当我直视前方时，发现自己正好要撞到一只巨大维尼熊怀里，也不知道这只熊是从哪儿冒出来的。我吓了一跳，一下子忘了怎么把这车停下来。

"小心！"我朝那只毛茸茸的橙色熊背后大喊。最后，他终于转身了。我盯着维尼熊的大嘴，看到穿维尼熊服装的演员眼睛里闪烁着惊恐的神色。只听得他大喊一声"哎呀！"然后跳向一旁，躲开了。

我终于松开了电动助行车的加速挡，让它立即停下来了。原来只要我一松手，它就停了。我大声对维尼熊道歉。他挥了挥手，表示没关系，但很可能他正隔着演出服装对我竖中指呢。

约翰突然出现在我旁边，大笑着说："你差点儿撞到那只熊。"然后他"咯咯"直乐。

"吓得我心脏病都快犯了。"我也忍不住哈哈大笑起来。我敢说刚才那一幕绝对精彩极了。

美国小镇大街就像一个古老的城镇广场。我们在里面逛了一会儿，看了看市政厅、电影院还有游乐场。我们经过了一个小咖啡馆，这个咖啡馆一半在室内，一半在室外，室外有一架老式的格泰姆钢琴，一个男人正在弹奏着乐曲。

我们走进咖啡馆，坐了一小会儿。一个女服务员走过来，我跟她说我们只想在这儿坐一会儿，听听音乐。她说我们必须得点东西，于是我们要了两杯可乐。正在弹钢琴的男人弹奏了《我不知道为什么》和《加州，我来了》两首乐曲。我应该把孩子们和孙子孙女们都带来，但考虑到所有人都不同意我们出来旅行，所以即使想带他们来，估计也实现不了。

我们正好来到音乐屋"魔法提基神殿"外面，突然意外发生了。前一分钟我还在好好的，听着小鸟在唱："请进入提基神殿，提基、提基、提基"，下一分钟，我就倒在地上，旁边站着迪士尼乐园的医护人员，周围围着很多旁观者。我完全不知道发生了什么事。

"你们是谁？"我对其中一个年轻人说，他正把一个吓人的呼吸器导管插进我鼻子里。

"您感觉怎么样？"他问我。

"我只是感觉有点儿头晕。"我并没有告诉他，我的身体一侧疼得厉害，肯定是摔倒时磕在地上了，我也没告诉他我全身剧痛无比，就像一袋土豆撞上一辆卡车，然后被车拖了七个街区一样。

"我们要把您送到医院去，女士。"年轻人对我说。我只能看见他健硕的肌肉、金色的头发和坚定的神色，他肯定是个举重运动员。他的头下面直接就是肩膀，我想找找他的脖子，但他穿着医务人员的护理连身衣，我怎么也找不到。

　　看着他，突然让我想起了杰克·拉兰内[①]，但是他比杰克更高大也更蠢笨。

　　我又扫了一眼另外一个小伙子——一个大块头的黑人。他年纪稍长，什么也没说。

　　我又转过头看着"杰克·拉兰内"，我说："你们不能把我送到该死的医院。"

　　我听到周围的人都倒吸了一口气。所有那些温和友善的迪士尼乐园游客，一个个都放肆地任由他们变态的好奇心作祟，残忍地站在边上，看着我像头老母牛一样一屁股倒在地上。他们听到我说的话都吓得吃了一惊，我抬起头，看见一只巨大的米老鼠。他不停地向在场的孩子们点头，然后双手举起，握住脑袋上两只巨大的老鼠耳朵。

　　"我们必须送您去医院，女士。这是乐园的规定。"

　　我松开抓着他的手，想要坐起来，但是他按着我不让我起来。我没怎么挣扎反抗，因为浑身难受得厉害。

　　"我不管什么规定不规定，反正我就是不去，"我说，"我很好，只是有点儿头晕而已。主要是对你们这里的设施还不熟悉。"我到处都找不到约翰，焦急地问："我丈夫在哪儿？"

　　"杰克·拉兰内"看着我，像是在说"她真是倔强"。

[①]杰克·拉兰内，美国健身大师，世界上第一家"健身房"的健身教父，是最早强调经常锻炼和健康饮食的健身专家之一。

没错，我就是不去医院。我这辈子都不想再去医院了。

"他在我们的救护车旁边，"他终于开口说，"他看起来脑子有点儿糊涂。他是有阿尔茨海默病吗，女士？"

"他有点儿痴呆。"这是我这次旅行中说的最大的一个谎话。说约翰有点儿痴呆，或者说我有点儿小小的癌症。

我现在急得快疯了。当看到有人抬出担架来时，我挣扎得更厉害了。

"我不去该死的医院！"我大喊着，我甚至不知道哪儿来的力气大喊。周围所有人都用惊惧的眼光看着我，但都没有杰克和他的同事那么紧张和震惊。

我知道一旦他们把我抬上担架，一切就都完了。他们会把我送到医院，那么这趟旅行就无法正常结束了。我不知道怎么想的，突然冒出一句话来，我意识到我必须坚持到底。

"如果你们把我放上担架，我就去告迪士尼，要求赔偿一百万美元。"

这个肌肉结实的男人，脸上露出惊恐的神色。

"我一定会告你们的，你们敢把我抬上担架试试。"我双手叉在胸口，努力不让自己退缩。我眯起眼睛，对他说："别怪我事先没警告你们。"

"杰克"一挥手，示意担架暂时先别抬过来。

"女士，您的身体出问题了，"他关切地说，"我们得给您检查一下，查出病因。"我能看出他这么说真的是出于关心，但我并不在乎。这张王牌我要出到底。

"我很清楚我自己的身体，所以不需要去医院检查。我很好，没事的。请把我扶起来，把我送回那辆电动助行车里，我们这就离开迪士尼。这样我们就不用再给你们添麻烦了。"

他正在考虑我的建议。他深吸一口气，看了看他的同事，几个人交换了一下眼神，然后转过头对我说："那您必须得签一个免责声明，确认您拒绝所有的医疗救助。"

"我无所谓，你想让我签什么东西都行，只要能让我们俩赶紧离开这里。"

"好吧。""杰克·拉兰内"没好气地说。他真的挺生气的。

他当然生气，因为我赢了。

我们叫了一辆出租车，让司机把我们送到停放"求闲者号"的地方（这是我们旅行以来第一次打车），我吃了最后的两片蓝色小药片，然后给了约翰一粒安定片，我们俩睡了很长很长时间。一晚上身体都在抽痛，于是我翻来覆去，睡不踏实。我梦见了孩子们，梦见我们全家一起去旅行的点点滴滴，有些旅行现实中并没有去过。我梦见了凯文，他的眼神里总是带着忧郁，总是让人感觉将要有悲伤的事情发生。我梦见了辛迪，像以往一样，她总是那么坚强，无论什么艰难困苦都能承受。他们会幸福的，我的梦已经告诉我了。他们知道他们的父母永远爱他们，人生最后的晚景，并不能代表我们的一生。

我醒来时，身上依然痛苦难忍，但比先前好点儿了。房车上的闹钟显示现在是晚上八点零七分。车里很闷，而且有一股腥甜的气味。我很快反应过来，原来是我们的小冰箱坏了。

房车里很黑，于是我决定打开一盏灯。我突然想起我们上床睡觉时拿了一盏电池供电的小灯。我探身过去开灯，结果差点儿又晕过去。我坐起来喘口气，歇了几分钟，然后伸手去开灯。我擦了擦额头上的汗水，按了一下开关，灯泡闪了几下，然后慢慢亮起来，灯光昏黄，房车里几乎还是黑乎乎的。电池不怎么够了，不过这个亮度正好，不刺眼。我又躺了回去，仍然气喘吁吁，不过比刚才好多了。这次旅行，我的身体真是被折腾得够呛，我甚至没想到竟然能撑到现在，当然，医生更是没有料到。

值了，这次旅行，尽管一路波折，但走到现在已经值了。很抱歉，这么多天来，让孩子们一直为我们担心，但我已经为他们担心一辈子了，所以我们就算扯平了吧。

身旁的约翰鼾声大作，就像破床单被撕开的声音。每打三四声呼噜之后，他的呼吸就会停顿一段时间。随后他又打了一个呼噜，声音太大，把自己都惊醒了。约翰突然起来，两眼直直地盯着我的脸。我觉得一时间他可能没有认出我是谁。

"这里是咱们的家吗？"他问我，声音中还带着睡意。

我点了点头。

我看了一眼，发现他肯定是又尿床了，但今晚，我并没有生气。我决定趁我还有力气的时候，帮他洗洗身子，换换内衣。这是孩子在房车里尿床时，每个母亲都会做的。我解开约翰的裤子，试着把脏裤子从他身子底下拽出来。这一次，他终于肯配合我，主动把屁股抬起来。我把他的裤子往下脱，但即使他配合我，脱下来也很费劲。很快我就发现了原因。约翰竟然有反应了，多少年都没见过这样的情形了。

"哦，你看你！"我说，"你个老家伙。"

我仍然不确定他现在认不认识我，但他在冲我笑，这个笑容我很熟悉。

我脱下他的鞋，脱掉他的裤子。我闭着眼睛，不去看他的内裤，因为看到内裤上的东西会破坏我现在的心情。我把所有的裤子藏在床脚边的储藏柜里，我掏出他的钱包，把它扔在桌上，然后转身关灯。

我不小心碰到约翰的身体，他突然呻吟了一声，这个声音我几乎都快忘了。我笑了，把他推开，远离我这个年老体衰、朽株枯木般的身躯。我看着他的眼睛，虽然睡意蒙眬，半梦半醒，却仍然紧紧凝视着我。我暗自心想，不知道我们还行不行。

为什么不行？我心想，怎么不行？

几天前，当我倒在房车的台阶上，约翰扶我站起，触碰我的那一刻，我感觉到心里产生一种渴望，现在这种感觉又来了，而且欲望更加强烈。这种欲望，让我忘了身体上的痛楚，忘了身上的瘀伤，也忘了岁月刻在身上的满是褶皱的皮肤。这种欲望，让我忘了恶心不适的痛苦，也让我忘了想死的念头。

"艾拉。"

我继续抚摸着约翰，他的皮肤变得更干，眼神变得更亮了，他不断地喊着我的名字，"艾拉。"

此时此刻我唯一想听到的就是他不断地喊我的名字。我的丈夫深情地凝望着我，最后他挺身而起，压上了我的身子。

这是我的身体最熟悉的记忆，最无法忘却的事情。

我又被一股撕心的疼痛惊醒，现在是凌晨一点十七分。我刚才又给约翰吃了一粒安定片，他睡得正沉，连呼噜都没打。他呼吸的节奏很乱，几乎没什么规律。他的气息很浅显，就像要把我们带入一个静谧之地。这一切都如此甜蜜而熟悉，我们热情相拥，交织缠绵，仿佛用了一生的时间，几乎让我放下了念头，不去做那件必须要做的事情。

不过我还是起来了。

朦胧的月色像是给"求闲者号"披上了一层薄纱，房车里笼罩着一层乳白色的微光，只能让人看出一丝轮廓。我站起来，扶住桌子站稳，小心翼翼地走向小抽屉柜。出人意料的是，经过昨晚的一番激烈运动，我的腿虽然有些僵直，但竟然还能站住。我从抽屉柜里拿出了一件我最喜欢的厚绒睡衣，然后给约翰拿了一条干净的内裤。我套上柔滑的睡衣上衫，穿上面料松软的睡裤。

　　虽然约翰的 T 恤很脏，但我决定让他继续穿着。我把内裤给他向上提，但没穿到屁股，他好像下意识地配合我似的，朝我这边翻了个身，于是我趁机快速地把裤子给他往上提。接着我给约翰盖好被子，不让他冻着，然后亲吻了他因为流汗而有些咸湿的额头，对我亲爱的丈夫说"晚安"。

　　这时，我轻轻地用枕头盖住他的左耳，他并没有从睡梦中惊醒，我找出钱包，从钱包的一个口袋里拿出一串钥匙。我把小灯打开，灯光比刚才更暗了。

　　我打开房车的侧门。车外，整个营地异常安静。夜晚有些凉意，凉风吹着我的腿，吹干了我身上的潮湿。我抬起头，发现天上没有星星，只有云朵在快速地移动，比我想象中移动的速度更快。一团团银色在蓝黑色的天空中迅速划过，直到被水塔上两只巨大的米老鼠耳朵给挡住。空气中弥漫着金盏花微苦的味道。

　　静静地，我关上车门，摇上所有的窗户，然后走到驾驶座。我打开"求闲者号"的引擎，然后静静地闭上眼睛。我担心发动车子的声音会吵醒约翰，不过还好他没醒。很快，引擎轰隆隆响了几下就停了，变成有节奏的嗡嗡声。排气管的废气像缭绕的烟雾，弥漫在车里。

　　我从驾驶座上起身，小心翼翼地回到车后的床上，灯光变成了褐色，产生了一种遮光的效果。昏暗的灯光让我觉得很舒服。我还不困，但我已经感觉有点儿跟约翰一样，无法分清梦境和现实了。

趁我意识还清醒的时候，我摸索着钱包，找出我的身份证，然后把身份证放在小桌上。同时，我也把约翰的驾驶证拿出来，同样也放在桌上。接着我从桌旁的椅子上站起身，躺在约翰身旁。

我已经准备好要睡觉了。

很快，我就开始有些昏昏欲睡了。经过了漫长的不眠之夜后，我终于觉得困了——这时我的意识还很清醒，非常清醒，然后渐渐地，进入睡梦中。我能感觉到自己正沉沉入睡，缓缓放松，进入舒适安稳的梦乡。随着卧室的门渐渐关上，灯光照耀的门缝越变越窄。

所不同的是，通常当你意识清醒的那一刻，你会重新从睡梦中被唤醒，把你拉回现实，但这次不会。我知道我们现在正处在黑暗和光明之间，半梦半醒之中。

我们的旅行终于在这里画上了一个句号，对我们来说，这是一种解脱。此时此刻，我必须为我的做法向我的孩子们表示歉意，很抱歉让他们面对这样的场面和结局，但我已经把所有的解释和理由都写在了一封信里，之后他们会打开看的。看起来似乎找律师还是挺有用的。我们已经把所有事情都做了安排，一切都做了妥善的处理。哦，天啊，可能孩子们会收到一笔费用不小的信用卡账单，不过已经不用我们来付了。

我知道这一切看起来很可怕，令人震惊，甚至骇人听闻，但我得告诉你们，真的并非如此。很久以前，约翰和我就约定好了，把生活中大部分的事情都做了规定和安排，比如：抵押贷款、工作、孩子们、争吵、疾病、日常安排、时间规划、恐惧、痛苦、爱和家庭。我们一起组建家庭，共同生活，并愿意携手迎接未来的一切。我说如果是爱让我们结合，将我们连在一起，那么爱也会在我们死后仍然在一起，永远不会分离，不是吗？

我想，我们要在人生的最后，开开心心地携手而去。这就是这次旅行的目的。

我真的跟约翰在一起度过了一段快乐的时光。相信我，如果我们继续待在家里的话，我们的情况只会更糟，而且死得更快。我会遭受比这更大的痛苦和煎熬。我会一直接受现代医学们的治疗，带给我的只有身体上的折磨和心灵上的摧残，让我毫无尊严地苟延残喘，但事实上一切都无法改变。最终，我会被医院赶走，回家等死。然后，大家会不顾约翰的意愿，把他送到养老院。对他来说，他的状况会每况愈下，一年比一年衰老，一年比一年凄惨。

到时，我们的结局会很悲惨，彼此失去了老伴儿和依靠。如果我们不以现在这种方式结束生命的话，就会是那样的结局。也许你们很难相信，但这就是事实。这才是最圆满的结局，我的朋友。这就是我们人生最后想要的结果，但很多人永远无法实现。

也许你会认为这不是爱，但今天对我们来说，这就是爱的意义。

而你们并没有资格去评判。

致　谢

　　我要对以下所有尊敬的各位表示衷心的感谢和感恩：

　　我的妻子，瑞塔·西蒙斯，感谢她陪伴我走过漫长而宁静的岁月，是她给了我力量和智慧，让我的生活充满快乐。

　　感谢我的姐姐，苏珊·萨莫利，每当我遇到艰难困阻时，她都给予我无尽的爱和支持。

　　感谢以下所有底特律的朋友们，感谢你们对我的书稿提出意见，帮助我，鼓励我，并且倾听我无数的抱怨：提姆·特加登、吉斯·麦克莱农、吉姆·达德利、安德鲁·布朗兄弟、尼克·马林（他浮夸的笑声太刺激了）、堂娜·麦圭尔、巴克·埃里克·沃特纳、霍利·索舍尔、吉姆·波特、罗斯·泰勒、杰夫·爱德华、戴夫、米夏拉克以及路易斯·莱斯托。

　　感谢林恩·佩里尔和罗兹·莱辛，在他们的帮助下，我才能始终保持冷静和理智。戴夫·斯帕拉，感谢他对我的鼓励，并且坚持己见，一直对我的话都是左耳进右耳出。还有辛迪、比尔和劳拉，作为优秀的母亲们，对我推心置腹，给了我很多建议和灵感。还有一直以来都积极热情想要帮助我的迪安·厄文；提供给我许多没用点子的托尼·帕克；虽然没什么责任心，但提供给我不少好照片的约翰·罗伊；为我提供不少实情的兰迪·萨缪尔，还有一直关心家庭主妇的迈克尔·劳埃德、巴里·博迪亚克以及马克·穆勒。

我的经纪人萨利·范·海兹马，真的无与伦比，才华横溢。感谢她向我讲述她的父亲肯·范·海兹马的故事；我的编辑詹妮弗·波雷，她对这本小说投入了不懈的努力和热忱，并且对其大加称赞，这对作者来说是极大的激励和安慰。还要感谢我的恩师，克里斯托弗·利兰，他从未停止对他的学生孜孜不倦地教导。

特别要感谢我的父母，萝丝·玛丽和诺曼·加多利安。他们的生活一直以来都是我创作的灵感。

最后，要向 66 号公路以及 66 号公路附近的村镇和生活在其中的人们表示敬意和感谢。

这条路会永远存在，并且延续下去。

总 经 理	常蓦尘		设计总监	李 婕	
总 编 辑	熊 嵩		产品经理	颜 燕	
执 行 总 编	罗晓琴		运营总监	蒋 雷	
			流程校对	颜 燕 吴 琼	
执 行 策 划	蒋 惊		宣传营销	蒋 惊	
装 帧 设 计	刘江南 汪芝灵				

总出品 **漫娱图书**

图书在版编目（CIP）数据

爱在记忆消逝前／（美）迈克尔·扎多里安著；王梓涵译.
—武汉：长江出版社，2019.3
ISBN 978-7-5492-6392-9

Ⅰ.①爱… Ⅱ.①迈… ②王… Ⅲ.①长篇小说—美国—现代
Ⅳ.①I712.45

中国版本图书馆CIP数据核字（2019）第059766号

THE LEISURE SEEKER

Copyright ©2009 by Michael Zadoorian

Published by arrangement with William Morrow, an

imprint of HarperCollins Publishers.

Simplified Chinese translation copyright ©2017 by

TianJin Manyu Culture Communication Co., Ltd.

All rights reserved.

图字：17-2019-064

爱在记忆消逝前 ／ （美）迈克尔·扎多里安 著 王梓涵 译

出　　版	长江出版社				
	（武汉市解放大道1863号　邮政编码：430010）				
市场发行	长江出版社发行部				
网　　址	http://www.cjpress.com.cn				
责任编辑	李　恒	**开　　本**	880mm×1230mm 1／32		
装帧设计	刘江南　汪芝灵	**印　　张**	8		
印　　刷	深圳市精彩印联合印务有限公司	**字　　数**	192千字		
版　　次	2019年3月第1版	**书　　号**	ISBN 9787-5492-6392-9		
印　　次	2019年7月第1次印刷	**定　　价**	45.00元		

版权所有，翻版必究。如有质量问题，请联系本社退换。
电话:027-82926557(总编室)　027-82926806(市场营销部)